西行覚書

栗津則雄

思潮社

西行覚書

栗津則雄

思潮社

装幀＝菊地信義

西行覚書

1

藤原頼長の日記『台記』の、康治元年（一一四二）三月十五日の項に、西行についての次のような記述が見える。

「西行法師来りて云ふ、一品経を行ふに依り、両院以下、貴所皆下し給ふ也。料紙の美悪を嫌はず。ただ自筆を用ふべしと。余、不軽承諾す。また、余、年を問ふ。答へて曰はく、二十五と。去々年出家、二十三そもそも西行は、もと兵衛尉義清也。左衛門大夫康清子重代の勇士たるを以て法皇に仕ふ、俗時より心を仏道に入れ、家富み年若く、心に愁ひなけれども遂に以て遁世す。人、之を歎美するなり」（原文漢文）

若年期の西行と直接に会い、そのときのやりとりその他をそのままに語っている文章はほかにない。それだけでも興味深いが、そればかりではない。日記だから、ごく簡潔なもので、別に立ち入ったことが語られているわけではないにもかかわらず、この文章を眺めているとさまざまなものが見えてくる。

文中の「一品経」とは、二十八人の人間がそれぞれ、法華経二十八品のなかの一品を受け持って写経する供養を言う。このときの供養は、同じ康治元年に行われた、鳥羽院の中宮、待賢門院璋子の出家落飾のためのものだ。この供養には、「両院」つまり鳥羽院と崇徳院のほか身分の高い人びとが加わった。そして西行は、頼長に、その二十八人のひとりとなるように勧進する役目を与えられたのである。現在われわれが作りあげている西行のイメージのせいもあって、ついこれを何でもないこととして見過しがちだが、実はそうではない。頼長は、藤原北家の氏の長者藤原忠実の第二子、このとき二十三歳になっているが、六年まえの保延元年（一一三五）、わずか十七歳で内大臣となっており、その後さらに官位がのぼって、このときは左大臣になっていた。まさしく、名門中の名門の貴公子だったのである。一方、西行は、二年まえ、現在の頼長と同じ二十三歳のときに出家するまでは、鳥羽院に仕える下北面の武士だった。

北面の武士とは、白河院によって始められた制度だが、院の身辺警護を第一の任務としているから、これは名誉の職である。院政がその力を増すにつれて、この職は、ますます権威あるものとなったのだが、だからといって高い官位が与えられていたわけではない。四位、五位の者は上北面、六位の者は下北面と呼ばれたが、佐藤義清が属する下北面は、特に許された者以外は昇殿も出来なかったのである。義清が許されていたかどうかはわからないが、いずれにせよ彼は、頼長と気楽に会えるような身分ではなかった。だからこのときも、彼は、元下北面の武士としてではなく、「西行法師」として頼長を訪ねたのだろう。僧であれば、在俗のときのこのような身分上のへだたりなどあまり気にする必要がないからである。

もっとも、僧なら何でも自由にふるまえるわけでもあるまい。義清が出家したのは、保延六年

（一一四〇）十月十五日のことだが、高位の僧を導師として、正式な格式と順序とをもって得度したわけではない。彼は、出家を主題としたある歌に「年ごろ嵯峨に知りける聖のもとへ尋ねきて出家をとげにけるほどいかにと申しければ」という詞書を付している（この詞書は『山家集』の異本に見える）。また『西行物語』（伝阿仏尼筆本）には、「としごろにしやまのふもとにあひしりたるひじりのもとへはしりつき、あかつきがたにおよびて、つゐに出家をとげにけり。法名を西行といふ」とある。「聖《ひじり》」とは、官僧ではなく寺に入ることなく独り修業をしている隠遁僧を言う。義清は以前からこういう聖たちとのかかわりがあったことを思わせて興味深いのだが、このときの聖についても、名前も経歴もわかっていない。いずれにせよ、こういうことがあったのだろうが、元下北面の武士という身分からいっても、頼長がわざわざ「家富み」と記するほど人に知られた一族の豊かさからいっても、その気になればいくらでも他のやり方があったはずだ。それをそうしなかったことには、彼が出家という行為に注いだ激情とそれに求めた純度とのあらわれを見てとることが出来る。そういうわけだから、出家したといっても、彼には、僧位も僧籍もない。あの聖たちとも、それどころか、税金をのがれるために出家するいわゆる「私度僧」とも、たいして変わりのない存在なのである。そういう彼にただ出家したというだけで、中宮の出家落飾のための供養を頼長に勧進するなどという役割を果すことが可能であるかどうかいささか疑わしい。自発的であるにせよ依頼されたにせよ、たぶんここには他の事情も働いていたと見るべきだろう。

義清は、十五、六歳のころ、藤原氏閑院流で、徳大寺家を立てた徳大寺実能に、家人として随身しているが、中宮待賢門院璋子は、この実能の同腹の妹なのである。義清が下北面の武士となったことには、このような縁もあったはずだ。実能が、みずから、あるいは妹待賢門院の口を通して義清を推したということも充分に考えられる。もちろん、彼が実能に眼をかけられていたからこそそういうことになったのだろうが、徳大寺家と義清とのあいだには、それだけには留まらぬつながりがある。

紀伊国紀ノ川の北岸、粉河寺と根来寺とのあいだ、ちょうどそのまんなかあたりに、田仲荘という肥沃な荘園があったが、それは古くから閑院流藤原氏の所領であって、徳大寺実能に伝えられた。一方、佐藤氏は、以前から、代々、この地にあって、この荘園の管理運営を司どる預所をつとめていたのである。この荘園からの収入は徳大寺家を大いに潤しただろうが、佐藤氏にも豊かな富をもたらした。佐藤氏は、長承元年（一一三二）、義清十五歳のとき、その年の除目に際して、義清が内舎人に任ぜられるよう願ったということだが、平安末期における内舎人の任料の相場は絹二千疋だったそうだから（絹二反を一疋とする）、これはなかなかの物入りだろう。もっとも、このときの願いはかなえられず、三年後の保延元年（一一三五）に兵衛尉に任ぜられたのだが、兵衛尉の任料の相場は絹一万疋であって、佐藤氏の豊かさを見てとることが出来る。当然、徳大寺家と佐藤氏との関係は、主家と家人の実家といった枠組をはみ出すものとなる。それどころか、預所として荘園の実権を握っている佐藤氏の力が、時とともに、「本所」と呼ばれる所有者徳大寺家の力を上まわることにもなりかねないのである。徳大寺家における義清の立場には、そういうことを思うと、単に眼をかけられたというだけでは片付かぬ、何か特別なものがあったのではないかと推測される。だが、若い義清にとって、これは必ずしも心地よいことではなかっただろう。彼が、出家に際して、格式に従って高位の僧を導師とせず、ほとんど反射的に（そう見える）、名も伝わらぬ聖のもとに走るなどという振舞いに出たことにも、あるいはこのことに対するある嫌悪の情が働いていたのかも知れぬ。だがしかし、無位の僧西行となった義清が、こんなふうに頼長に会いえたことには、やはり徳大寺家の存在が大きな力になっているだろう。しかも頼長は、実能の娘幸子をめとっており、おさない頃、現在龍安寺が建っている土地にあった徳大寺山荘で暮していたことさえあったようだ。そのときの頼長と義清とのかかわりがどの程度のものであったかはわからない。ほぼ同年輩という親しみはあっただろうが（義清は頼長より二歳年上だ）、義清が、いつも山荘に詰めていたとは限らないし、第一、身分が違いすぎる。だが、知り合ってはいただろうし、ことばをかわしたことも多分あっただろう。こういったことも含めて、西行は、このような勧進を行なうのにまことにふさわしい存在であったと言っていい。

勧進はききとどけられ、頼長は「不軽承諾す」、つまり法華経二十八品のなかのひとつである「不軽品」を書くことを承知したわけだが、私に興味深いのは、この「不軽承諾」が、以前は、一般に「軽々しくは承諾せず」と訓まれていたことだ。現在では「不軽承諾す」と訓むのがほぼ定説となっているが、法華経に「不軽品」という経がある以上、たしかにこの方が自然な訓みだろう。それに、それまでの待賢門院や徳大寺家との頼長のかかわりを思えば、彼は直ちに快諾していいはずであって、「軽々しくは承諾せず」というのも奇妙な話なのである。

だが、にもかかわらず、この訓みには、ただ単純に否定することをためらわせるようなところがある。それと言うのも、この頃頼長が置かれた立場には、この勧進を「軽々しくは承諾」出来ないような事情が見てとれるからだ。ほとんど絶対的な権力者であった白河法皇が崩御されたのは、大治四年（一一二九）七月七日のことだが、このとき以来、宮廷での待賢門院の力は急速に衰退に向かっていたのである。法皇は、まだおさない頃から類い稀な美貌をそなえたこの少女を愛しており、彼女を孫の鳥羽天皇の中宮としたのも法皇の意志によるものだった。そればかりではない。鳥羽天皇のあとを継いだ崇徳天皇は、実は、法皇と璋子とのあいだに出来た子供であって、鳥羽天皇は彼のことを、自分の子ではあるが、祖父法皇の子だから叔父でもあるという意味で「叔父子」と呼んでいたという話だ。こういうことがありはしても、法皇の在世中は、鳥羽院と待賢門院との関係も、内面はともかく表面上は一見事もなく続いていたのだが、法皇の崩御は、それがはらんでいたものをあらわにすることとなったようだ。鳥羽院は、長承三年（一一三四）の春頃から、権中納言藤原長実の娘得子に、はた目もはばからぬ寵愛を注ぐようになったが、これは、ひとつには、法皇という重圧の消失が彼に与えた自由のあらわれだろう。彼女は次々と皇女を生み、保延五年（一一三九）には、皇子體仁を生む。翌々永治元年、體仁親王は、崇徳天皇の譲位を受けてわずか二歳で即位し、近衛天皇となるが、ここには、明らかに、内心崇徳天皇をうとましく思っていた鳥羽院の意志が見てとれる。かくして今や、得子は国母となったわけで、待賢門院の力が弱まることは自然の成行であった。そして、事を決定的にしたのは、待賢門院に近い何人かの人びとが、近衛天皇即位の直後に、得子を呪詛したかどで捕えられたことだ。待賢門院の出家落飾は、このことが直接の原因と推測されているが、たぶんそう言っていいだろう。すべては、宮廷内での得子派にとって好都合に運んだわけだが、その中心にあってこれらさまざまな策謀の糸を引いているのは、頼長の異母兄忠通であるとも言われている。こういうさまざまな事情を考えると、待賢門院や崇徳院に近く忠通とは不仲であった頼長が立場上「軽々しくは承諾」しなかったとしてもおかしくはない。だが、そのように訓むと、いささか文章が尻切れとんぼである。「不軽承諾す」と訓んだ方が自然だが、あるいは彼は、この文章を書いたとたん、それが軽々しくは承諾しなかった自分の反応をともに表わしていることに、苦い面白さを感じたのかも知れぬ。たぶん私の深読みが過ぎるのだろうが、頼長というこの一筋縄ではゆかぬ人物にそれくらいのことがあってもおかしくはないのである。

継いで頼長は「また、余、年を問ふ。答へて曰はく、二十五と。去々年出家、二十三」と書いている。どうということもない記述としてついうっかり読み過ごすことになりかねないが、眺めていると、やはりそれだけでは片付かぬような気がして来る。西行の勧進の件は先に触れたような厄介な事情をはらんでいるからこれを書き留めるのは当然だろう。だが、勧進に来た若い僧に年を問うてわざわざそれを日記に記録するのは、やはり格別のことだ。それには、後段で語られているような西行の家柄や人柄が、またとりわけ西行が今の自分と同じ二十三歳のときに出家という思い切った行為に出たことが彼の興味をそそったのだろうが、それだけではあるまい。そういったことといっさいを内に包み込みながら眼前に坐する西行の並々ならぬ存在感に鋭い刺激を受けたのだろう。そのことが彼に、西行の年齢や出家の年を改めて書きつけさせたと考えてみると、いかにも面白い。

もちろんこれは、頼長の方に、西行のそういう存在感を感じとる力があればこその話だろう。その点、頼長より二十三歳年上の異母兄忠通の第四子慈円の頼長評はなかなか興味深い。彼はその著

『愚管抄』のなかで「コノ頼長ノ公、日本第一ノ大学生《だいがくしやう》、和漢ノ才ニトミテ、ハラアシクヨロヅニキハドキ人ナリケルガ、テ、ノ殿ニサイアイナリケリ」と評しているのだ。「和漢にわたって大変な学識の持主だが、ひどく怒りっぽく、万事において極端な人物だった。だが、父の忠実にはこのうえなく愛されていた」というほどの意味だろう。慈円は、保元の乱の一年まえ、久寿二年（一一五五）に生まれているが（このとき頼長は三十五歳である）、頼長は保元の乱のときに負った傷がもとで急死しているから、当然この記述は伝聞や記録にもとづくものだろう。加うるに、頼長と、慈円の父忠通とはこのとき敵味方となって戦っており、忠通とその父忠実との関係は文字通り犬猿の仲だったから、そういうことが彼の評言に、歪みとは言わぬまでも、ある微妙な影を落しているようにも感じられる。だが、そういうことはあっても、この評言からは、頼長という特異な人物の姿がおのずから浮かびあがって来るようだ。

『愚管抄』では、保元の乱での頼長の負傷の様子について、「左大臣ハ、シタハラマキ（下腹巻）トカヤキテヲチラレケルヲ、誰ガ矢ニカアリケン、カホニアタリテホウ（頬）ヲツヨク射ツラヌカレニケレバ、馬ヨリヲチニケリ。小家ニカキ入テケリ」と語られている。『保元物語』での叙述は、物語ということもあって、もっと精しくなまなましい。

「此《この》まぎれに新院遙《しんいんはるか》にのびさせ給ふ。左府少《さふすこし》さがりまいらせ給ひけるが、いかなる者《もの》の放《はなち》けるや、白羽《しらは》の矢一《ひとつ》ながれ来《き》て、左府《さふ》の御頸《くび》の骨《ほね》にたちにけり。成澄矢《なりずみや》をぬき奉《たてまつ》る。血《ち》の流出《ながれいづ》る事、竹《たけ》の筒《つゝ》より水《みづ》をいだすがごとし。白青《しらあを》の狩衣紅《かりぎぬくれなゐ》にそめなせり。心魂《きもたましひ》もくれまよひ、手綱《たづな》を捨《すて》て鐙《あぶみ》をもふませ給はず、鞍《くら》の前輪《まへわ》にかゞらせ給ひ、暫《しばらく》かゝへ奉《たてまつ》れ共《ども》、馬《もま》はけやり、主《しう》《ぬし》はよはらせ給て、なだれおちさせ給ひけり」

重傷を負った頼長は、奈良に逃れて、生母の兄千覚律師のもとに身を寄せたが、十四日のあいだひどく苦しんだのち、三十七歳で世を去るのである（『兵範記』）。

軍記物語である『保元物語』はもちろん、『愚管抄』のような歴史書であっても、その記述がすべて事実というわけではない。だが、それらの記述を眺めていると、博大な学識をそなえた気性の激しい大貴族というだけでは片付かぬこの頼長という人物の姿がふしぎなほど生き生きと浮かびあがる。宮廷内の争いばかりではなく現実の戦いにも敢て身をさらすたけだけしい心が見えてくる。そういう頼長が、武をもって仕えた者らしいがっしりとした身体つきと、不敵な面構えをそなえた西行に心を惹かれる所以はよくわかるのである。

もっとも西行のそういう身体つきや面構えを、実見の印象にもとづいて語った文章があるわけではない。西行を対象とした木彫像や絵にしても、何となく出来あがっていたイメージや伝承に頼った想像の産物に過ぎない。だが、そういう身体つきや面構えの持主でなければ、七十歳にもなって奥州への長途の旅を試ることなど出来なかっただろう。そういう西行を思い描いたときまことに印象的なのは、鎌倉末期の歌人頓阿がその歌学書『井蛙抄』のなかで伝えている文覚と西行との出会いをめぐる挿話である。

文覚は、俗名遠藤盛遠、一一三九年の生まれである（一一二〇年という説もあるが、いずれにせよ、西行より少し年下だ）。武芸に秀でた巨漢であって、待賢門院の娘上西門院の北面に仕えていたが、『平家物語』によれば、横恋慕していた源渡の妻袈裟御前を誤って殺したことがもとで出家した。彼は神護寺その他すたれていた諸国の大寺の復興に努力したが、たまたま彼が神護寺にいたとき、西行が訪れた。『井蛙抄』は、事の成行きをこんなふうに語っている。

「心源上人語りて云はく、文覚上人は西行を憎まれけり。そのゆゑは、遁世の身とならば、一筋に仏道修行の外他事すべからず、数奇《すき》を立ててここかしこにうそぶき歩く条、憎き法師なり、いづくにても見合ひたらば頭《かしら》を打ちわるべきよし、常のあらましにてありけり」

文覚とすればこれは当然の反応である。彼には、西行の生きかたは何とも中途半端な、腹にすえかねるものと思われただろう。西行の突然の来訪に、文覚の弟子たちは、いったいどういうことになるだろうと驚きあわてていたのだが、事は意外な成行きになった。

「上人内にて手ぐすねを引いて、思いつる事叶《かな》ひたる体《てい》にて、明り障子を開けて待ち出でけり。しばしまもりて、『これへ入らせ給へ』とて入れて対面して、年頃承り候ひて見参に入りたく候ひつるに、御尋ね悦び入り候ふ由など、ねんごろに物語りして、非時《ひじ》など饗応して、次の朝又斎《とき》などすすめて帰されけり。弟子達手を握りつるに、無為に帰しぬる事悦び思して、『上人はさしも西行に見合ひたらば、頭打ちわらんなど、御あらまし候ひしに、ことに心閑のどかに御物語候ひつる事、日頃の仰せには違《たが》ひて候ふ』と申しければ、『あら言ふ甲斐なの法師どもや。あれは文覚に打たれんずるの面《つら》やうか。文覚をこそ打たんずる者なれ』と申されけると云々」

袈裟御前を誤って殺したという話は必ずしも事実ではないようだが、何らかの女性問題があったことは確からしい。そしてそれがもとで直ちに出家したことからも、この文覚という人物が、単に武芸に秀でた大男というだけに留まらぬ直情の人であることがよくわかる。『平家物語』には、出家した彼が、修行に際しておのれに課したかずかずのすさまじい荒行が語られているが、話半分としても、それもこの直情の当然のあらわれだろう。そればかりではない。出家後の彼は、神護寺復興の仕事に全身全霊を注いでいたが、そのための寄付を後白河院に強訴し、院の怒りに触れて伊豆に流されるのであって、彼の直情が自分だけにかかわるものではないことを示している。彼は、伊豆に流されたあともじっとしてはいない。その地でやはりそこに流されていた頼朝に親しく接するのであって、そういったことを『愚管抄』はこんなふうに語っている。

「文覚トテアマリニ高雄ノ事ス、メスゴシテ伊豆ニ流サレタル上人アリキ。ソレシテ云ヤリタル旨《ムネ》モ有ケルトカヤ。但《ただし》コレハヒガ事ナリ。文覚・上覚《じやうがく》・千覚《せんがく》トテグシテアルヒジリ流サレタリケル中、四年同ジ伊豆国ニテ朝夕《てうせき》ニ頼朝ニ馴《なれ》タリケル、ソノ文覚、サカシキ事ドモヲ、仰《おほせ》モナケレドモ、上《じやう》下《げ》ノ御ノ内ヲサグリツ、、イヒイタリケルナリ」

「上下ノ御ノ内ヲサグ」るというのは朝廷と平氏との心の内を探るということらしい。そのようにして世の情勢を探りながら頼朝に平氏追討のための蜂起を促したということだが、ここには直情とは裏腹の、まことに端倪すべからざる策士という、彼のもうひとつの顔が見てとれる。このような文覚と西行とのあいだには、単に共に元北面の武士であり共に出家したということだけではなく、内的にも深く相通じるものがあるようだが、同時に鋭く対立するものも感じられる。彼と西行との出会いの挿話にはそういうことがむき出しに現われていて、興味深いのである。

　そして頼長が、文覚ほどの男に「あれは文覚に打たれんずる者の面《つら》やうか。文覚をこそ打たんずる者なれ」と言わせたと伝えられている西行を前にして並々ならず心を動かされたというのは、充分にありうることだろう。彼が、直ぐ続けて「そもそも西行は、もと兵衛尉義清也。左衛門尉大夫康清子重代の勇士たるを以て法皇に仕ふ」と記しているのも、たまたま記録したというだけのことではあるまい。西行のこのような身体つき面構えが、頼長のなかにあるたけだけしく荒々しいものを刺激し、改めてこういう事実を確認させたと考えると、いかにもよくわかる。このような頼長と文覚という二つの視点から西行を照らし出してみると、西行の姿が、まことに生き生きと現前するのである。

　頼長は、さらに続けて「俗時より心を仏道に入れ、家富み年若く、心に愁ひなけれども遂に以て遁世す。人、之を歎美するなり」と書いているが、眺めていると、この文章にも奇妙な屈折が見えてくる。「家は金持だし年も若くて、何の悩みもなさそうなのに」と言うだけでは片付かぬものが見えてくる。ここには、「心に愁ひ」ある頼長自身の心の動きが反映しているようにも感じられるのである。頼長の父忠実は頼長を偏愛し、長子忠通とは事ごとに対立していたが、親子間のこのようないざこざは、鋭敏な感性の持主であった頼長を苦しめていただろう。加うるに待賢門院をめぐる対立がある。頼長は、徳大寺実能の娘で、待賢門院の姪に当る幸子を妻にしていたから、当然、待賢門院派に好意的であったが、一方、兄忠通は、得子（美福門院）を押し立てる一派の中心的存在だった。当然彼は板ばさみの苦しみを味わったわけだが、白河法皇がなくなったあとの、宮廷内での待賢門院派の衰退は誰の眼にも明らかだったから、彼の苦しみは二重三重に屈折したものとならざるをえなかっただろう。彼の心はまさしく「愁ひ」にあふれていたはずであって、そういう彼であるからこそ、西行に「心に愁ひ」がないように見えることが、ことさらに印象的だったのだろう。「家が富み、年が若いことは私といっしょだが、君は私のように心に愁いがないように見える。

にもかかわらず、君はその若さでいさぎよく出家して、世人の歎美を受けている。だが私には出家することも出来ないのだ」というもうひとつの響きが、この簡単な記述の奥に鳴っているようだ。文章とは、表面上の意味のほかに実にさまざまなことを語るものだ。そればかりか文章は、何かを語らぬことによって語ることもある。彼は宮廷内で多少は名を知られていた西行の歌についてはまったく触れていないが、そこには、経書を重んじ、歌を軽んじていた頼長の好みが、おのずから立ち現われているようだ。

2

頼長は、佐藤義清について、「重代の勇士たるを以て法皇に仕ふ」と記していたが、「重代の勇士」であったことは、北面の武士となるための単なる要件であることを超えて、独特のかたちで、義清の存在そのものを奥深いところから染めあげているようだ。義清は、鳥羽院北面、左衛門尉だったが、曽祖父公清、祖父秀清、父康清は、いずれも検非違使、左衛門尉だった。佐藤氏の家格が、五位六位どまりの武官の家として社会的に定まっていたことがわかるが、彼らには、そういう家格にただおとなしくおさまっているだけではないようなところがある。

祖父秀清は、辣腕の検非違使として名を知られていたばかりでなく、この職務の故実に通じていて、子孫のために『左藤判官秀清記』という文書を残した。父康清は、天永三年（一一一二）二月に行われた中納言藤原忠通の春日詣に際して、馬術に長じた者が任ぜられる十人の「乗尻」のひとりに選ばれている。もちろん、馬術さえうまければ他はからっきし駄目でもいいということにはなるまいから、馬術以外の武術においても、それなりの技倆をそなえていたと見るべきだろう。そればかりではない。『愚管抄』巻四のなかの次の文章にあげられている「保清《やすきよ》」なる人物が実は康清ではないかとする説もある。

「（白河院は）ホリカハ（堀河）ノ院ウセ給テケル時ハ、重祚ノ御心ザシモアリヌベカリケルヲ、御出家ノ後ニテ有リケレバ、鳥羽院ヲツケマイラセテ、陣ノ内ニ仙洞ヲシメテ世ヲバオコナハセ給ニケリ。光信・為義・保清三人ノケビイシヲ朝夕ニ内裏ノ（宿《との》）直《ゐ》ヲバツトメサセラレケルニナン」

この時期に、康清以外には「やすきよ」という検非違使が見当らぬということだから、これは充分に可能性のある推測だろう。

堀河院がなくなったあと、白河院は、まだ二歳の鳥羽天皇に代って、宮廷内に設けられた仙洞の御座所で政務を取りしきっていた。その身辺警護のために「宿直《とのゐ》」するというのは、院の信頼のあつい武勇すぐれた人物でなくてはかなわぬ重要な職務である。この「保清」が康清であって、彼が、武勇のほまれ高い土岐光信や源為義とともにこのような任務についていたとすれば、これは格別のことである。このような点に着目すると、頼長の「重代の勇士」という評言は、直接には、義清に先立つこれら数代の人びとを念頭においてのものだという気がしてくる。それにまた、康清が「乗尻」をつとめた忠通が頼長の異母兄だったことが、この評言に、どこか親しみのある表情を与えているようにも思われる。もちろん義清は、こういった点について、現在のわれわれよりもはるかに多くのさまざまなことを知っていただろう。そしてそれが、彼の家系意識にしっかりとした内実を与えていたのだが、この佐藤氏という家系は、はるかに藤原北家に連なるのである。

藤原氏は、天智天皇が、功臣中臣鎌足に「藤原」という姓を与えたときに始まり、あとを継いだ不比等がその基礎を築いた。不比等の子、武智麻呂、房前、宇合、麻呂らは、その住まいの場所その他によって、それぞれ「南家」「北家」「式家」「京家」と呼ばれたが、この北家房前の五男魚名から発する流れが、はるかに佐藤氏に達するのである。この北家は、房前の三男真楯の孫、冬嗣の頃から急速にその力を伸ばし、やがて頂点としての道長に到る藤原氏の嫡流となった（頼長もこの流れの直系である）。だが、魚名の系統はそうではなかった。魚名自身は左大臣まで昇りつめたが、それ以後は、真楯系の人びとのように宮廷で力を振うことはなかった。それでも、魚名の長男末茂の系統はそれなりの官位をえていたようだが（興味深いことに、義清が仕えた待賢門院璋子に対立して、彼女を出家落飾に追い込んだ美福門院得子は、この流れに連なっている）、五男藤茂の系統は、代々、姻戚関係で土地の豪族と結びつくことで、その力を強めていった。この動きは、藤茂の三代のちの、俵藤太とも称する秀郷において、きわめて強力な存在に結晶したのである。

秀郷は、下野大掾村雄を父とし、下野掾鹿島の娘を母とすると伝えられている。下野の有力な豪族だったわけだが、延喜十六年（九一六）には、同族とともに配流され、延長七年（九二九）には、下野国司によってその濫行を中央に訴えられている。気性の激しい、容易に手のつけられぬ人物で、かなり荒っぽいやり方で、その勢力を拡めたと推測される。研究家は、そういう彼を、「将門と同じようなたぐい」の人物であるとか、将門と「同じ末路をたどりかねない存在」とか評しているということだが、このような存在が、まさしくその平将門を討ち滅したのである。それも私闘によるものではなかった。下野押領使として、平貞盛と協力してそれを行った。だからこそ、その功によって、従四位下に叙せられ、下野守、武蔵守、鎮守府将軍に任ぜられた。かくして彼は、東国の一豪族という地位を乗り越えることが出来たと言っていい。

もっとも、彼の場合、これを単なる出世として片付けられないようなところがある。何代にもわたってこの一族のなかに流れ込んだ濃密な東国の豪族の血とこの赫々たる武功とが結びついて、彼を、時とともに、現実的であるとともに伝説的な存在に変容させていったようだ。俵藤太の有名なムカデ退治の挿話がはじめて文章に現われるのは、南北朝期の『太平記』においてであり、その後『御伽草子』の「俵藤太物語」などでごく一般的になったのだが、もちろんそれ以前にも、多少筋書の異なるかたちで、あるいは口伝、伝説として、伝わっていただろう。義清は、秀郷の五男千常の七代目の後裔に当るのだが、彼がこのムカデ退治などという話を知っていたかどうかはわからない。だが、東国の武士としての秀郷の勇名や、血の臭いと土の臭いがしみとおったその伝説性は、義清の意識を奥深いところから染めあげていたのではないかと思われる。もちろん、傍流ながらはるかに藤原北家房前に連なる家系への誇りはあっただろうが、房前は、天平九年（七三七）に亡くなっているから、四百年近く昔の人間である。その誇りも、ごく表面的なものとなっていただろう。一方、秀郷の歿年はわかっていないが、十世紀後半には亡くなっているはずだから、ずっと間近な存在である。彼がはらむ一種の魔性と相俟って、義清の内部をのぞき込むようなところがあったのだろう。

義清を「重代の勇士」と評したとき、たぶん、頼長の念頭には秀郷の存在があっただろうし、それなりの関心もあっただろうが、あったとしても、藤原嫡流の御曹子の傍流の鬼子に対する関心を出なかっただろう。その点義清のなかには、秀郷の存在ははるか後年まで、なまなましく生き続けているようだ。秀郷の長男千晴の流れは、やがて、清衡、基衡、秀衡と続く、平泉における藤原三代の栄華を築きあげたのだが、西行は、文治二年（一一八六）六十九歳のとき、東大寺再建の勧進のために平泉を訪れている。共に秀郷に連なる縁に頼って再建に使う砂金を求めようとしたらしい。七月に、当時暮していた伊勢を立った西行は、八月十五日に鎌倉で頼朝に会っているが、『吾妻鏡』はその始終をこんなふうに記している。

「この間、歌道ならびに弓馬の事に就き、条々尋ね仰せらるる事あり。西行申していはく、弓馬の事は、在俗の当初、なまじ家風を伝ふといへども、保延三年八月遁世の時、秀郷朝臣以来九代の嫡家相承の兵法を焼失す。罪業の因たるにより、その事かつて以て心底に残し留めず。皆忘却し了んぬ。詠歌は花月に対して感を動かすの折節、わずかに三十一文字を作るばかりなり。全く奥旨を知らず。然れば是れ彼れ報じ申さんと欲する所無しと云々。然れども恩問等閑ならざるの間、弓馬の事に於ては、具さに以てこれを申す。すなはち俊兼をしてその詞を記し置かしめ給ふ。繂《こと》、終夜を専らにせらると云々」

西行が頼朝に会ったのは偶然のことではなかった。当時、秀衡と頼朝とが、微妙な関係にあったせいがあるようだ。頼朝は、都にさし出すものはすべてまず自分のもとにとどけろと命じていたということだから、秀衡に勧進するにしても、まず頼朝の了解をえておく必要があったのである。だが、『吾妻鏡』の記事を眺めていると、言わば事務的なものであった会見がそうではないものに変ってゆく様子がうかがわれていかにも興味深い。

頼朝はなかなかいい歌を詠んでいたから、すでに歌人として名の高い西行に「歌道」について問うのは当然だろう。西国に縁の深い平家とちがって、源氏は東国にしっかりと根づいていたから、秀郷はごく身近な存在だった。その秀郷の後裔である西行に「弓馬の道」について問うのも、ごく自然なことだ。それに対して西行は、秀郷以来代々伝えられてきた「兵法」はみな焼いてしまって何ひとつ覚えていないと言うばかりではない。それは「罪業の因」であるとまで言うのである。歌についてもその「奥旨」を知らぬと言うのであって、これは謙虚とか遠慮深さなどではない。ほとんどけんもほろろの返答である。だが、頼朝がしつっこく問い続けるうちに様子が変ってくる。歌に関しては口をつぐんだままのようだが、「弓馬の道」に関しては、頼朝が臣下に書きとめさせるほど、夜を徹して事こまかに語り続けるのであって、これでは何が「罪業の因」だか、わかったものではない。もっとも、西行は、問いに応じて直ちに多弁に語り出したわけではない。そのことばが彼と同様東国と深く結びつき、彼と同様秀郷に惹かれていた頼朝の執拗な問いに応じて、奥深いところからあふれ出たのであって、ここには、単なる「弓馬の道」だけではなく、彼における荒魂とでもいうべきもののありようを見てとることが出来る。

義清の祖千常も、その子文脩も、秀郷同様鎮守府将軍になっているから、東国との結びつきが強く保たれていたことが推測される。その後も、一族は、東国ばかりではなく、東海、近畿、伊勢、紀伊などにまで、在地豪族としてその力をひろげた。もっともそのすべてが藤原姓のままではない。それぞれが新たな姓を名乗ったようだ。下野の小山氏や足利氏のようにその土地の名に由来するものもあった。近江掾をつとめた者は、近江と藤原とを結びつけて「近藤」と名乗った。あるいはまた、「武者所」とか「主馬首」とかいった官名から「武藤」とか「首藤」とかいう姓が生まれたのである。義清の「佐藤」という姓は曽祖父公清からのものだが、これは「左衛門尉」という官位と藤原とを結びつけたものらしい。この佐藤氏も、すでに触れたように、紀伊の田仲荘という豊かな荘園の預所であって、まさしく「家富み」ていたのだが、家格としては衰退に向かっていると言わざるをえないだろう。そして、義清のなかには、秀郷に、さらには遠く藤原北家に連なるということへの誇りと、この衰退とが生み出す鋭い下降意識とでも言うべきものが生き続けていたのではないかと思われる。

すでに述べたように、義清の父方の家系は、秀郷から魚名や房前まで、さらには鎌足に到るまで辿ることが出来るのだが、母方の家系に関してはそうではない。彼の母が監物源清経の娘であったことくらいしかわかっていないが、この清経はなかなか興味深い人物であって、義清がこのような外祖父を持っていたことは注意していい。

清経は、寛治七年(一〇九三)監物に任ぜられているが、監物とは内務省に属し、大蔵、内蔵の出納を監督し、諸庫の鍵を管理する役職だったから、練達な能吏だったのだろう。だが、その一方で、後白河院の『梁塵秘抄口伝集』(巻十)では、稀代の数奇者として語られている。清経は「今様」の愛好者であるばかりでなく、すぐれた歌い手でもあったが、尾張に下ったとき、たまたま美濃の宿で遊女《あそびめ》目井の今様をきいて心を奪われた。単に心を奪われただけではない。当時十二、三歳だった娘分の乙前ともども都に連れ帰り、いっしょに暮すことになった。その頃「遊女《あそびめ》」と呼ばれていた女は、後世のようにもっぱら色を売る女ではなく、少くとも立て前としては歌や芸を売る女だった。言わば芸者のような存在だったらしいが、それにしても、わざわざ都まで連れ帰って共に暮すとなると、これはなかなかのことだ。もちろん今様という仲立ちが強く働いたであろうが、ここには、それだけでは説明のつかぬ、彼の並々ならぬ数奇者ぶりを見てとることが出来る。

だが、清経は、女の色香が失せれば平然と捨て去る(今様の場合は声の衰えということがあるだろう)、色好みにありがちな冷酷非情な性情は持ち合わせていないようだ。『口伝集』にはこんな記述が見える。

「清経、目井を語らひて、相具して年末《としごろ》住みはべりけり。歌のいみじさに、志無くなりにけれど、なほありけるが、近く寄るもわびしくおぼえけれど、歌のいみじさに、え退《の》かでありけるに、寝たるが、あまりむつかしくて、空寝《そらね》をして、後ろ向きて寝たり。背中に目をたたきし睫毛《まつげ》の当りしも恐ろしきまでなりしかど、それを念じて、青墓へ行く時はやがて具して行き、また迎へに出で、具して帰りなどして、のちに年老いては、食物あてて、尼にてこそ死ぬるまで扱ひてありしか。(乙前)『このごろの人、志なからむに、京なりとも行かじかし』とこそ言いけれ」

年とともに目井の色香が失せ、女としての魅力を感じなくなったが、歌がすばらしかったから同棲を続けていた。そばに寄るのもやり切れないような状態だったけれども、我慢して床を共にしていた。それでもあまり気味が悪いので眠ったふりをして目井に背を向けて寝ていたが、顔を寄せて眠っている目井の睫毛が背に触れてぞっとするほどだったというわけで、この話はひどくなまなましい。

後白河院は、保元二年(一一五七)、乙前を召し出して、今様の師としている。この話は乙前から聞いたものだが、清経が、こういうことをすべて直接乙前に語ったわけではあるまい。目井に背を向けて寝たとか、彼女の睫毛が背に触れてぞっとしたとかいう、ほとんど秘事に属する微妙で残酷な話を、わざわざ彼女の娘分に当る乙前に話すことはあるまいから、たぶんこれは、清経が、愚痴まじりについうっかり人に洩らした話を、又聞きで知ったのだろう。それを、これまたついうっかり院に話してしまったものだから、乙前は、あわてて、目井が故郷の青墓へ行くときは清経が送り迎えをしたとか、年をとっても喰いぶちをあてがい、尼となって死ぬまで面倒を見たとか、あれこれ弁護をしているように見える。そのあとで、「近頃の人なら、色恋がなくなったら、青墓どころか、同じ京の町なかだって送り迎えなどしませんよ」ということばが引かれているが、彼女の心の動きがよくわかる。

　後白河院は、下治二年（一一二七）、鳥羽院の第四皇子として生まれているから、義清より九歳年下ということになる。久寿二年、二十九歳で皇位に即いているが、たぶん生前の清経に会うことはなかっただろう。その清経が『口伝集』のなかに、引用した個所にとどまらず数度にわたって登場しているのは注意していいことだ。こういうことが起ったのは、何よりもまず、今様が、彼らを強く結びつけていたからである。『口伝集』には「昔《そのかみ》十余歳の時より今にいたるまで、今様を好みて怠ることなし」とある。継いでその熱中ぶりについて「夏は暑く冬は寒きをかへりみず、四季につけて折を嫌《きら》はず、昼は終日《ひねもす》うたひ暮し、夜は終夜《よもすがら》うたひ明かさぬ夜はなかりき。夜は明くれど、戸蔀《としとみ》をあけずして、日出《い》づるを忘れ、日高くなるを知らず、その声を止まず。おほかた夜昼《よるひる》を分かず、日を過し月を送りき」と述べている。こういう精進のかいあってすぐれた歌い手になったのだが、こういう状態では、政務はおろそかにならざるをえなかった。この『口伝集』に、天皇や上皇としての仕事に関する記述がまったくないのもそのことのあらわれだろう。そういう後白河院が、今様の名人として名の高い清経を知っていたのは当然だろうが、清経とかかわりの深い乙前を今様の師とし、彼女の口を通して、養母の目井や、さらには清経を知ったことで、後白河院にとって清経は、単なる今様の名手を超えた存在となった。稀代の数奇者でありながら不思議に情の深い、まさしく『梁塵秘抄』の登場人物であっていいような存在となったのである。鳥羽院の政治顧問的な役割を果していた信西藤原通憲は、その後妻が後白河院の乳母だったから、後白河院とはごく身近な関係にあったのだが、彼の今様ぐるいには、業を煮やしたらしく、「当今《たうぎん》（後白河院）、和漢の間、比類少キ暗主ナリ」と記しているが、「暗主」でなければ見えないものもある。そして、彼が見抜いたこのような清経の特質は、義清のなかに、微妙だがはっきりとしたかたちで見てとることが出来る。

清経の数奇者ぶりは、このような個人的なことだけにとどまるものではない。『長秋記』の元永二年（一一一九）九月四日の項に、清経が、「前行者」つまり一種の幹事役として貴族たちの遊行に加わったという記事が見える。貴族たちは、広田社参詣のために船で淀川を下ったのだが、研究家によれば、この広田社参詣は、江戸時代の伊勢参りと同様単なる口実であって、実際の目的は、途中の江口や神崎で遊女たちと遊ぶことだったようだ。遊女たちは船で人びとを迎えて共に今様や舟遊びを楽しみ、次いで人びとは上陸して遊女たちと遊ぶのが通例だったのである。貴族たちによるこのような遊行の「前行者」は、単なる案内役ではありえないだろう。清経は、江口、神崎その他の事情に精しい大通人だったのである。義清が生まれたのは元永元年のことだから、このときは二歳になっていたわけで、この外祖父と孫との姿を思い描いてみるとなかなか面白い。
江口と言えば、『山家集』には、江口の遊女とのこのようなやりとりが収められている。

天王寺にまゐりけるに雨の降りければ江口と申す所にやどかりけるに、かさざりければ

世の中を厭ふまでこそかたからめ仮のやどりを惜しむ君かな

返し　　　遊女妙

家を出づる人としきけば仮の宿に心とむまと思ふばかりぞ

宿を断った遊女にむかって、「仮りの宿りであるこの世を厭うて出家まですするのはむずかしいことだと改めて思うよ、あなたは、仮の宿りであるこの世のなかでの一夜の宿さえ貸すことを惜しんで、私に恵んでくれないのだから」と言う西行に対して、女は「あなたはその仮の宿りであるこの世を厭うて出家なさったのでしょう、そのあなたが、たかが一夜の宿りにこだわることはないじゃありませんか」と応ずるのであって、これはいささか西行の旗色が悪い。この挿話は西行が編者に仮託されている説話集『撰集抄』にも「江口遊女事」として語られている。そこでは西行は結局泊ることになり、「四そぢ余り」の年頃で「みめことがらさてもやさし」いその遊女と、夜もすがら語り合うのである。もちろんこの記述は『山家集』でのやりとりにもとづいたものだが、あまりにも話が出来すぎているとして、これを西行の創作と見る向きもあるようだ。その可能性もなくはな

いが、清経と江口との深いかかわりから見て、これはやはり実際の経験に即したものとすべきだろう。だからと言って、この遊女が、義清在俗の頃からのなじみの女であったとまで考える必要はあるまい。ただ、清経が、そのまわりに作りあげていたある自由な雰囲気が、おさない義清を染めあげたということは充分に考えられる。この大通人の外祖父が、時として彼を江口に伴ったというのも、けっして突飛な空想ではないのである。四十過ぎの遊女と夜もすがら語り明かしたという『撰集抄』の記述は別人の想像によるものだとしても、清経と重ねたこのような経験が、義清の情念を刺激すると同時に、たとえば遊女に対しても、ごく自然に接しごく自然に語り合う素地を与えたというのは充分にありうることだ。後年の西行が、漁師その他、同時代の歌人たちがめったにとりあげることのない階層の人びとを自由に詠んでいるのも、このことと通じているのだろう。

清経と義清とを結びつけるもうひとつのものは、蹴鞠である。蹴鞠とは、革製の鞠を一定の高さに蹴りあげ、落とすことなく何回続けられるかをきそう競技であって、当時大変流行していたのだが、清経はその名手だった。それも、ただ単に技倆がすぐれていたばかりではない。藤原頼輔の『蹴鞠口伝集』には、蹴鞠の作法についての清経の説がいくつかとりあげられているから、この競技に関するその見識そのものが、周囲から高く評価されていたことがわかる。当然、義清は清経に手ほどきを受けたであろうが、やがて、清経に劣らぬ名手となったらしい。『蹴鞠口伝集』には「聖人西行云、あけまりハまつゆつらんとする人揖する也云々。かすは一足二足三足ひとによるへし云々」といった西行の説が五個所にわたって引かれているということだ。彼が、この道でも周囲の尊敬を受けていたと推測される。こういう彼に蹴鞠を教えたのは清経だけではなく、鞠聖と呼ばれた藤原成道からも教えを受けたらしく、『西行上人談抄』にこんなことばが見える。

「大かた、諸道好士その心ざし一也。侍従大納言（成道）の侍しは、蹴鞠このむは、思かけぬ木下にたちよりても、此技の梢の鞠のながれんには、いかにたつべきと案ずる也と侍し也。歌好もさやうにおもふべし。又彼の大納言のありしは、をのれは一千日の鞠けたる也。雨ふる日は大極殿、又所労の時はかきおこされて、あしに鞠をあてし也と侍き。それほどに心ざしあらむには、哥も何かあしからむ。なを〳〵行住座臥に心を歌になすべしと侍し也」

こういうことを語ったときはすでに老齢であってみずから蹴鞠を試ることはなかったであろうが、成道のことばを踏まえながら、清経や成道に導かれた蹴鞠の道を、おのずから歌の道に融かし合わせていて、まことに興味深い。

3

義清が兵衛尉に任ぜられたのは、保延元年（一一三五）七月、彼が十八歳のときのことだ。それと同時に下北面の武士となったわけではあるまい。たぶん、少し間をおいてそうなったのだろうが、いずれにせよ彼は、保延六年（一一四〇）十月十五日、二十三歳で出家するまで、ほぼ五年のあいだこの職務についていた。この時期の彼の行動や生活についてはごくわずかなことしか知られていないせいもあって、それを、歌人西行の前段階としてあいまいに片付けることになりがちだが、それでは、重要なものを見落すことになりかねないだろう。

はたち前後の五年という時間は、われわれの生来の気質と、おさない頃から積み重ねてきた印象や思考や経験が、われわれのなかで自然に融け合っていることを止める時期である。それらのそれぞれが、強化され、加速され、増殖されて、われわれのなかで、あるいは鋭くからみ合い、あるいは激しく対立しながら、われわれの個性の根源をなすかたちを決定する時期である。逆に言えば、もしこの年頃にそういうことが起きなければ、われわれは、おのれの個性に出会うことなく世を終えることになる。そういう決定的な年頃の義清を、この院北面という場においてみるとなかなか面白い。

頼長に「重代の勇士」と評されたほどの家柄だから、当然彼は、おさない頃からさまざまな武技を仕込まれていただろう。下北面の武士になってからは、職務上さらにその技に磨きをかけたはずである。文治二年（一一八六）八月十五日、六十九歳のとき、二度目の陸奥への旅の途次頼朝と会談したことについての『吾妻鏡』の記事にはすでに触れたが、このときは出家後四十六年を経ている。にもかかわらず彼は、夜を徹して頼朝に「弓馬の事」について語り、頼朝が単にそれを傾聴したばかりでなく、わざわざそれを家臣に書き留めさせたことを見れば、彼が下北面の武士として身につけたものが並々ならぬものであったことがわかる。

そればかりではない。それからさらに五十一年のち、『吾妻鏡』の嘉禎三年（一二三七）七月十九日の項に興味深い記事が見える。その日、北条泰時は、流鏑馬の名手であると同時にその故実にも精しい海野左衛門尉幸氏を招いて、流鏑馬の射手の体について尋ねるところがあった。『吾妻鏡』の記述は次のようなものだ。

「幸氏愁に申して云ふ、箭を挟むの時、弓ヲ一文字ニ持たしめ給ふ事、其説無きに非ずと雖も、故右大将家（頼朝）の御前に於て、弓箭の談議を凝らさるるの時、一文字ニ弓ヲ持ッ事、諸人一同の儀か、然れども佐藤兵衛尉憲（義）清入道西行云ふ、弓ヲバ拳ヨリ押立テ引く可きの様ニ持つ可きなり、流鏑馬に、矢ヲ挟むの時、一文字ニ持つ事ハ礼に非ざるなり者、倩案ずるに、此事殊勝なり、一文字ニ持テバ誠に弓ヲ引テ、即ち射る可きの体ニハ見えず、聊か遅キ姿なり、上ヲ少キ揚テ、水走リニ持つ可きの由ヲ仰下さるるの間、下河辺行平、工藤景光、両庄司、和田義盛、望月重隆、藤沢清親等三金吾、并びに諏方大夫盛隆、愛甲三郎季隆等、頗る甘心して、各異議に及ばず、承知し訖んぬ、然らば是計ヲ直さる可きか者、義村云ふ、此事此説を聞かしめ、思出し訖んぬ、正に耳に触るる事候キ、面白く候ト云々、武州も亦興に入り、弓の持様、向後は此説を用ふ可しと云々」

海野幸氏や三浦義村は、若年ながら、かつての頼朝と西行との会談の席に連なっていたわけだが、そのときの西行のことばは、頼朝ばかりでなく、彼らの心にも深く刻まれたようだ。そしてそれは、四十六年という長い時を経たあとでもなお、彼らのなかになまなましく甦るのである。しかもそれは、泰時以下の歴戦の鎌倉武士の心をみずみずしくとらえるに足りた。このことは、若き義清が、単に弓の上手であっただけではなく、弓技の本質をとらえ、それを正確に意識していたことをおのずから示していると言っていいだろう。

義清の父康清は、藤原忠通の春日詣でに際して、馬技に秀れた者十人が選ばれる乗尻のひとりとなったほどだから、当然その血は義清に伝わっているはずだ。彼の馬技についての記録は何ひとつ残されていないが、「伏見すぎぬをかのやになほとどまらじ日野までゆきて駒試みむ」という歌を詠んでいることは注意していい。出家したあとで、僧衣をなびかせて遠乗りを試みることもあるまいから、在俗中の歌だろう。「をかのや」は、黄檗の西に当る宇治郡岡屋、「日野」は、岡屋の東北、醍醐の南に当る。当時、義清は、油小路二条の辺りに住んでいたから、これはなかなかの距離である。この住まいから、はっきりとした行先も定めぬままに走り出したのだろう。ここには、あいまいな思い入れもなければ、中途半端な叙景もない。だが、何となく地名を羅列しているだけでもない。余計な装飾をそぎ落して、ほとんどぶっきらぼうに地名を並べることでかえって、ある場所に来たことが乗手を次の場所へと衝き動かす生き生きとした前進力が浮かびあがってくる。そういう前進力をつらぬく自在な疾走感のごときものが感じられてくる。けっしてうまい歌ではないが、ここには、義清の個性が、どぎついほどはっきりと立ち現われているようだ。『古今著聞集』は、晩年の西行について「世をのがれ身はすてたれども、心はなほ昔にかはらず、たてだてしかりけるなり」と評しているが、そのたてだてしさは、まだういういしいかたちながら、この歌にあふれていると言っていい。

だが、院北面という場は、ただ武事のみをもって仕える場ではなかったようだ。義清は在俗時代に「君が住む宿の坪をば菊ぞかざる仙の宮とや言ふべかるらむ」という歌を詠んでいる。歌としては主題を処理することに精いっぱいという感じのするごく稚拙なもので、北面に仕えてまだ間もない頃の作と思われるが、この歌には長い詞書が付されている。「京極太政大臣中納言と申しけるをり、菊をおびただしきほどにしたてて鳥羽院にまゐらせ給ひたりけり。鳥羽の南殿の東面のつぼにところなきほどにうゑさせ給ひたりけり。公重の少将人々すすめて菊もてなさせけるにくははるべきよしありければ」というのがその詞書である。義清が徳大寺家の家人であった頃から詠歌に親しんでおり、院北面に仕えるようになってからはいっそうその道にはげんでいることが知られていたから、こういうことが起ったのだろうが、これは義清だけの例外的な出来事ではあるまい。別に和歌とは限るまいが、北面の武士にも時と場合に応じて文事にかかわる自由も与えられていたようだ。

それは、いわゆる文事に限られたものではなかった。院警護の部署としては、他に「院御随身」、

「院武者所」もあったが、北面は、院自身の意志が強く働いた言わば私兵的な性格のものだったようだ。もちろん、職務の性格からいって、武技にすぐれていることがひとつの任命基準になっていただろうが、なかには、藤原盛重のように「御寵童」と呼ばれる者もいたし、「夜、御殿に召さる」者もいた。そしてこれは、院の特殊な個人的な性癖に留まるものではなかったようだ。当時は、比較的開放的だった男女関係にくらべて、こういう関係は、秘されることが多かったようだが、それだけにかえって、その気配は、宮廷内に、隠微なかたちで、だが濃密に立ちこめていたのである。

もちろん、義清が、そういう「御寵童」のひとりになったというようなことはまずあるまい。まずあるまいが、だからといって、こういうこととはまったく無関係とも言い切れないようなところがある。西行の同行であって、しばしば行動と生活を共にした西住とのかかわりを見てもそういうことが感じられる。西住は俗名を鎌倉次郎源氏兵衛季正という。西行の在俗時代からの知り合いであって、彼の跡を追うように出家したのだが、この西住に送った歌を眺めていると、友情という枠をはみ出したものさえ見えてくる。たとえばこんな歌である。

年久しく相頼みたりける同行にはなれて、遠く修行してかへらずもやと思ひける、なにとなくあはれにて

定めなしいくとせ君になれなれし別れをけふは思ふなるらむ

夏熊野にまゐりけるに、いはたと申す所にすずみて下向しける人につけて、京へ西住上人のもとへつかはしける

まつがねのいはたの岸の夕すずみ君があれなとおもほゆるかな

次は、西住との贈答である。

高野のおくの院の橋のうへにて、月あかかりければ、もろともに、ながめあかして、そのころ西住上人京へいでにけり。その夜の月忘れがたくて、又おなじ橋の月の頃、西住上人のもとへ言ひ遣はしける

ことゝなく君こひわたる橋の上にあらそふものは月のかげのみ

かへし　　西住

思ひやる心は見えで橋の上にあらそひけりな月の影のみ

贈答というよりもほとんど相聞といった方がいいようにさえ思われるが、これは、必ずしも若き義清が、そういう世界に身を浸していたということではない。だが、実際に身を浸していないことでかえって、外祖父清経ゆずりの複雑で鋭敏な感覚が、彼に、自分のなかに浸みこみ自分を衝き動かしたこの情念を、具体的な関係のなかで解消することなく、ひとつ間ちがえば命とりになりかねぬほどの危うい場所にまで追いつめたのかも知れぬ。そのようなことを思っていると、保元元年（一一五六）鳥羽院の崩御に際して詠んだ次の歌も微妙な表情を帯び始めるようだ。

一院かくれさせおはしまして、やがて御所へわたりまゐらせける夜、高野より出であひてまゐりあひたりける、いとかなしかりけり。このゝちおはしますべき所御覧じはじめけるそのかみの御ともに、右大臣さねよし、大納

言と申しける候はれけり。しのばせおはしますことにて、又人候はざりけり。その御供に候ひけることの思ひ出られて、をりしも今宵にまゐりあひたる、むかし今の事おもひつづけられてよみける

今宵こそ思ひ知らるれ浅からぬ君にちぎりのある身なりけり

この行幸が行われたのは、保延五年（一一三九）二月二十二日、義清二十二歳のときのことだ。その日、鳥羽院は、やがて自分が葬られるはずの安楽寿院の工事の下見に出かけたのである。「さねよし」は、かつて義清がその家人であった徳大寺実能。義清がただひとり供に選ばれたのにはその縁があったのだろうが、当然、院の信頼もあったはずだ。だが、詞書にも歌にも、そういうことだけでは片付かぬ、行幸の日からの十七年の時間が一挙に消え去ったような無量の思いが感じられるのである。

鳥羽院ばかりではない。鳥羽院の中宮待賢門院璋子の存在も、義清の生活にふしぎな影を落している。彼女は、権大納言藤原公実の第八子、義清が家人として仕えた徳大寺実能の妹として、康和三年（一一〇一）に生まれているが、名門の末娘として安穏な生活を送ることにはならなかった。生後間もなく、当時白河法皇の寵愛をほしいままにしていた世に言う祇園の女御の養女になったのである。これは、ひとつには、女御が不妊であったためだ（『平家物語』は、平清盛を、法皇と女御のあいだの子供としているが、これは事実ではない）。一方、璋子の父の公実にしても、叔父の保実や顕季にしても、法皇近臣で女御とも親しかったが、このことでその結びつきが深まるのは願

ってもないことだった。

双方の思惑が一致したわけだが、事は思惑通りには運ばなかった。法皇は、やがて璋子に傍目もはばからぬ溺愛を注ぎ始めたのである。『今鏡』には次のような記事が見える。

「幼くては、白河の院の御懐に御足さし入れて、昼も御殿籠《とのごも》りたれば、殿忠実など参らせ給ひたるも、『ここに筋なきことの侍りて、え自ら申さず』などいらへてぞおはしましける。おとなになり給ひても、類《たぐひ》なく聞え侍りき」（角田文衛氏の引用による。以下も同じ）。

まっぴるまから部屋に閉じこもって璋子に添い寝し、その足を自分のふところに入れさせ、右大臣忠実が役儀で伺候しても今は手が離せないから話は出来ぬと言って追い返すというのだから、これはなかなかのことだ。法皇は天喜元年（一〇五三）の生まれだから璋子より四十八歳年上である。こういう年の男が孫のような少女を猫かわいがりにかわいがるというような例はもちろんなくはないだろう。なくはないだろうが、まずたいていの場合、時とともに距離が生まれてくるものだ。だが法皇は遠ざかるどころか、彼女を女として愛し始めるのであって、これは、まったく常軌を逸していると言うほかはない。生来愛憎の念の激しかった法皇がおのれの意志と欲望を押し通したのだろうが、専制君主の単なる気まぐれというわけでもなかったようだ。璋子に対する法皇の溺愛は終生変ることはなかった。それどころか、時とともにその度合いを増しているようにさえ見える。

もちろん、そうは言っても、いつまでも璋子を手もとに置いておくわけにはゆかぬ。手がふさがっていると言って追い返したあの忠実の息子の忠通に結婚させようとしたのだが、事情を察していた忠実が承知するはずはない。結局諦めたが、元永元年（一一一八）、十八歳の璋子を、鳥羽天皇の中宮とすることに成功した。しかもその間、璋子との関係を絶っていたわけではない。それどころか、元永二年には、中宮璋子に、のちに崇徳天皇となる皇子顕仁を産ませているのだから、何とも身勝手な話である。

一方、璋子は、ごくおさない頃から、法皇とふたりだけの濃密な関係のなかに閉じ込められていて他をかえりみるいとまがなかったから、法皇との新しい関係も、当然のこととしてごく自然に受け入れたのだろう。だが、時とともにこのことに関する意識が芽生えたはずだ。研究家によれば、当時は、男女間の関係についてはずいぶん寛容だったが義父母や養父母とのそういう関係はタブー視されていたというからなおさらのことである。彼女は、法皇のほかに、権大納言藤原宗通の第四子季通や、宮律師増賢の童子とも関係を結んでいたということだが、これは、彼女が、性に関して奔放な女性であったと言うだけでは片付かないだろう。ごくおさない頃からの法皇とのかかわりと芽生えてきた女性としての意識とがさまざまにからみ合って、性に関するあるバランス感覚を奥深いところから突き崩したとも考えられる。このことが彼女を、まだはっきりとした形をとらぬある罪の意識の方へ推し動かすと同時に、さまざまな情事にかり立てたと考えられなくもないのである。彼女が鳥羽院とのあいだにもうけた皇子たちの何人かは重い障害を持って生まれた。これは、鳥羽院が、堀河天皇とその女御となった璋子の叔母苡子とのあいだの子供であることがその一例であるような度重なる血族結婚の結果なのだろうが、彼女としてはそれを、ある呪いのごときものとしてあの罪の意識と結びつけざるをえなかった。晩年の彼女が、熊野信仰に身を委ね、造寺や写経に熱中したことには、もちろん法皇の影響もあるだろうが、それ以上に、彼女自身の内的動機が働いていると考えていい。

こういったことに着目すると、単に美しいばかりでなく、内部に深い闇をはらんだ魅惑的な女性の姿が浮かびあがってくるようだ。彼女の周囲の女房たちも、単に中宮としての彼女に仕えているだけではなく、ある深い敬慕の念をもって彼女を取り巻いていたと思われる。待賢門院が出家落飾をしたとき、義清は、西行法師として一品経供養の勧進をしているが、それとほぼ同じ頃、女房のひとり中納言局が、法華経二十八品歌の勧進をした（西行も俊成とともにそれに加わっている）。これもそういう敬慕のあらわれだろう。待賢門院は、久安五年（一一四五）四十五歳で亡くなるのだが、そのあと、女房たちは、あるいは髪を切り、あるいは待賢門院の娘上西門院に仕えるのであって、この敬慕の念の変ることはないのである。もっとも、敬慕の念につらぬかれているとは言っても、璋子の性格や行動から言って、彼女とこれらの女房たちが形作る世界が、作法やしきたりを第一とする固苦しいものであったはずがない。先に触れた中納言局のほか、歌人としても有名な堀川局、また帥局といった、才色兼ね備えた女性たちが集まっていたから、璋子の後宮は、さまざまな才媛が激しく競い合い、さまざまな情念が二重三重にからみ合う、混沌とした情念の場となっていたのである。出家後も、これらの元女房たちと、あるいは歌のやりとりをし、あるいはかくれ住む家を訪ねるといった親しいまじわりを続けていることから推して、義清はこの場に自由に出入りすることを許されていたと思われるが、もちろんこれは、一介の下北面の武士としてではあるまい。彼の不敵な面魂が女房たちの興味をそそったということもまったくないとは言えないが、たぶん彼が歌をよくしたことが助けになったのだろう。切っかけが何であれ、彼は、こうして、否応なく濃密な情念の渦に巻き込まれることとなった。

当然、歌のうえの付き合いに留まらず、さまざまな色恋沙汰もあったろうし、失恋による傷心もあっただろう。『源平盛衰記』には、その傷心を義清の出家の原因とする有名なくだりがある。

「さても西行発心のおこりを尋ぬれば、源は恋ゆゑとぞ承る。申すも恐れある上女房を思ひ懸けまゐらせたりけるを、『阿漕の浦ぞ』と云ふ仰せを蒙りて思ひ切り、官位《つかさくらゐ》は春の夜見はてぬ夢と思ひ成し、楽栄は秋の夜の月西へと准《なぞら》へて、有為の世の契りを遁れつつ、無為の道にぞ入りにける。阿漕は歌の心なり。

伊勢の海あこぎが浦に引く網も度重なれば人もこそしれ
と云ふ心は彼阿漕が浦には、神の誓にて、年に一度の外は、網を引かずとかや。この仰を承りて、西行が読みける。

思ひきや富士の高根に一《ひと》夜寝て雲の上なる月を見んとは
此歌の心を思ふには、一夜の御契は有りけるにや、重ねて聞食す事の有りければこそ、阿漕とは仰せけめ、情けなかりける事共なり」

その女房との一夜の契りには成功したが、もう一度というわけにはゆかなかった。彼女は、神の怒りに触れたために年に一度しか網を引けなくなった阿漕が浦の故事を詠んだ古歌を踏まえて、何度もあえば人眼につきますとやんわり断ったのである。西行の歌は、その「雲の上なる月」のような女性との契りを想ったものだが、この歌は彼の家集のどこにも見られないから、あるいは『源平盛衰記』の作者の創作かも知れぬ。だが、彼には「知らざりき雲ゐのよそに見し月のかげを袂に宿すべしとは」という歌もあるから、この種の事実があったことはたしかだろう。そしてこの女房が、実は璋子であったと考えられなくもないのである。

璋子は、房（部屋）を与えられた高位の女官を指す「女房」ではなく中宮だが、『盛衰記』が書かれた鎌倉期には「女房」はもっと広く女を指すようにもなっていた。それに、単に高位の女官としての女房なら、わざわざ、「申すも恐れある」と言うこともあるまい。もちろん「あこぎの浦ぞ」と言ったというようなことは当事者にしかわからぬはずだから『盛衰記』作者の創作だろうが、この一夜の契りが事実だとすればさまざまなものが見えて来る。璋子が入内したのは永久五年（一一一七）のことだが、研究家によれば、そのとき、藤原忠実は、その日記『殿暦』に、その出来事や璋子の行状人格を手きびしく批判している。彼は、その入内を「日本第一の奇恠事《きかい》」であると言い、璋子については「奇恠不可思議の女御」「実に奇恠不可思議の人」「奇恠の人」「乱行の人」とくり返し批判している。さすがに法皇に伏せられているが、どうにも腹にすえかねた気配があらわである。おさない頃からの法皇との結びつきのせいで、男との関係に特別な抵抗感を持たなくなっていたと思われる彼女が、たまたま眼にした義清の人並すぐれた面魂に心魅かれて一夜の契りを結ぶというのは、充分に考えうることだ。だが、そのような彼女が、その契りをそれ以上続けようとしないのも、これまた当然のことだろう。

だが、義清にとっては、そういうことにはならなかったようだ。彼女が、単なる乱倫の女なら事は簡単だが、そうではなかった。最晩年の肖像画を見ても（と言ってもせいぜい四十過ぎだが）、乱倫の女などというイメージとはおよそかけ離れた印象を受ける。生来の類まれな美貌はいささかも衰えてはいないが、それが、静かでしっとりとした、おだやかとさえ言える気配に包まれて、ふしぎな魅力を生み出している。それが、十七歳年下の義清を惹きつける所以はよくわかるのである。それだけに、義清の傷心は深かっただろう。それが一夜限りの契りであったとすればなおさらのことだ。

だが、そうだとしても、これは彼が、ただ璋子だけに一途に心を傾けたということにはなるまい。女房たちとの、単に歌のうえでの交際に留まらぬさまざまなかかわりがあっただろう。璋子とのことが事実だとすれば、その傷心が、いっそう彼をそういうかかわりへかき立てただろう。そしてそのことが、彼の情念を、どうにも収拾のつかぬ、危うい乱脈と混沌へ追いつめたと想像されるのである。

4

義清の父康清が、その父季清の跡を継いで左兵衛少尉に任ぜられたのは、天仁二年（一一〇九）のことだ。はじめて佐藤氏を名乗った祖父公清も、季清も、共に検非違使左衛門尉だったから、康清がまずこのような地位から官途を歩み始めたのはごく自然なことだろう。やがて彼も、検非違使左衛門尉となるのだが、彼は、こういう家柄家格に保証された道に、ただのんびりと身を委ねているだけの人物ではなかったようだ。天永三年（一一一二）二月、藤原忠通の春日詣に際して十人の乗尻のひとりに選ばれたことについてはすでに触れたが、『中右記』には、元永元年（一一一八）（これは義清が生まれた年だ）正月十九日検非違使着任、同年四月十八日、「斎院御禊」参列、同四月二十一日「賀茂祭」参列、翌二年四月二十一日「賀茂詣」参列といったふうに彼に関する記事が散見され、彼が、下級武官のなかでは目立つ存在だったと推測される。そればかりではない。これもすでに触れたことだが、『愚管抄』には、鳥羽院警護のために「光信・為義・保清三人ノケビイシ（検非違使）ヲ朝夕ニ内裏ノ宿直《とのゐ》ヲバツトメサセラレケルニナン」とあった。ここにあげられている「保清」が「康清」であると思われるが、院の信頼なくてはかなわぬこの役に選ばれたのは、やはり格別なことである。

こういうわずかな記録を見るだけでも、康清が、武官としてなかなかの存在であったことがわかる。だが一方で彼は、解任と復職をくりかえしていて、その道は平坦なものではなかったようだ。そればかりではない。『中右記』の保安元年（一一二〇）六月二十七日の項の復任除目に（この年義清は三歳になっている）その名があげられたあとは、いっさいの史料記録から完全に姿を消しているのであって、これは考えてみれば奇妙な話だ。康清が左兵衛少尉に任官したのは十七、八歳の頃だろうから、この保安元年にはまだ三十歳にもなっていなかっただろう。その先には際立った官歴も予想されるのである。少くとも、まったく記録が失われるなどということは考えにくい。そのために研究家は、ここには解任、出家、病気、死亡といったことがあったのではないかと想像しているが、これはごく当然の反応である。もっとも、単なる解任ならそれまでにもあっていずれも間もなく復職しているのだから、解任がそれほど決定的なものとなったとすれば、よほど重大な失態をおかしたか、よほど重要な事件に巻き込まれたとしか考えようがない。『愚管抄』は先の引用に続けて「ソノアイダニイミジキ物ガタリドモアレドモ大事ナラネバ書《カ》キツケズ」と書いていたが、さまざまな「イミジキ」つまり大変な物語りがあったけれども重大な事件ではなかったからここには書かないというのも、奥歯にものがはさまったような奇妙な言い方だ。要するに、重大な事件があったけれどもここには書けないというほどの意味だろう。光信、為義、保清（康清）という「宿直」をつとめた三人の検非違使の名前をあげたあとで書かれているから、保清ひとりを指したものではないが、光信にも為義にもさし当っては特段の境遇の変化は見られないから、保清がその「イミジキ物ガタリ」に深く巻き込まれ、決定的な解任に追いつめられたと考えられなくもない。そして「出家」も、その結果として当然考えられるのである。もちろん、やがて西行となる義清の父なのだから、世を厭うて出家遁世したという可能性がまったくないとは言えないが、やはりあまりありそうもない話だ。それに第一、それではなぜ彼についての記録がまったくないのかよくわからない。出家したとしても、何か重大な事件にかかわったためと考えた方がいいだろう。たとえば為義は、その後保元の乱で崇徳院側について戦って敗れたとき、比叡山で出家して義法と号し、後白河天皇側で戦功のあったその子義朝に身を委ねた。義朝は父の助命を願ったが許されず、斬られた。当時は、こういう理由での出家がしばしば見られたのである。だが、そういうことだったとすれば、義清が、まるで何事もなかったかのように左衛門尉に任ぜられることはあるまい。残るは病死だが、これも結局のところ、想像を出ないのである。

そういうわけで私はあいまいな堂々めぐりを強いられるわけだが、にもかかわらず私が改めてこういう堂々めぐりを行ったのは、義清が、康清については、まったくと言っていいほど口をとざしているからだ。公的な史料や記録としては残されていなくても、西行が、父とのかかわりや、父の境遇やその病いや死とかについての歌でも詠んでいれば、事は簡単に解決するのだが、彼が少くともその原形の編集にかかわったと見られる『山家集』においては、康清を詠んだ歌はただの一首も見られないのである。もっとも、康清に限られたことではない。研究家は、西行が、詠歌に当って、その数奇と遁世の道に反するものをきびしく除外したと指摘している。たしかにそこには、康清だけではなく、母も、妻子兄弟も、外祖父清経その他の親族も、いっさいとりあげられることはないのである。だが、康清が詠まれないことには、そういう姿勢のあらわれのひとつと言うだけでは片付かぬものが感じられる。

義清は、一介の下北面の武士に留まったわけではない。やがて高名な歌人西行となったのだから、周囲の人びとも、康清について、伝聞にしてもなにがしか知るところがあったはずだ。だが、義清が徳大寺家の家人であった頃から彼と親しかった俊成も、「西行上人の和歌の弟子」と自認し、『西行上人談抄』を残した荒木田満良入道蓮阿も、『西行物語』その他の物語も、まるでそれを口にすることをはばかってでもいるように、康清についてはいっさい言及することはないのである。

何やら謎と闇が深まるばかりだが、そういう西行が、『聞書集』のなかの「地獄絵を見て」という連作のなかで、母を詠んだ「あはれみし乳房のことも忘れけりわがかなしみの苦のみ覚えて」という歌に続けて、父をとりあげて「たらちをの行方をわれも知らぬかな同じ炎にむせぶらめども」という歌を詠んでいる。人びとは西行が珍らしく父や母を詠んでいることに心を動かされ、そこに現実の両親に対する彼の思いを見てとっているようだが、ただ単純にそういうふうに考えるのは短絡的に過ぎる。これらの歌が「地獄絵を見て」と題した連作のなかのものであることを想い起すべきだろう。西行がどういう地獄絵を見たかはわからないが、「かなしみの苦」で心がいっぱいになって、自分をいつくしんでくれた母の乳房を忘れるのも、父の行方はわからないが、自分と同じ炎にむせんでいるだろうと思うのも、地獄の責苦を受けている画中の亡者たちなのである。だがこれは、西行が、そういう画面をそのまま歌にしているということでもない。地獄絵に、母親の乳房や父親の面影が描かれているようなことはまずあるまい。それらは、亡者それぞれの責苦やそれに悶える姿を凝視するうちにおのずから浮かびあがってきた、西行自身の地獄のヴィジョンである。眼前の地獄絵が、西行の内なる地獄を照らし出したと言っていい。そしてその場合、父と母に対する西行の姿勢の違いはやはり注意していいことだろう。

彼の母については、「監物源清経女《むすめ》」ということ以外何ひとつわかっていない。彼女は、清経の実の娘ではなく、彼が美濃の青墓から京都に連れ帰って妾にした今様の名手目井の養女で、その後後白河院の今様の師となった乙前であるとする説もあるようだ。もしそうだとすると、西行のなかに遊女の血が流れていることになってまことに興味深いのだが、決定的な証拠はない。それに、検非違使左衛門尉であった康清が、今様に特別の興味を抱いていたとも思われないのに、こういう素性の女性を正式の妻として迎えるとは考えにくい。やはり、正妻の娘と見るべきだろう。そして、母がどういう女性であれ、母親のイメージは西行のなかに深く刻み込まれているようだ。

先に引いた「あはれみし乳房のことも忘れけりわがかなしみの苦のみ覚えて」という歌を読んでもそれはわかる。「かなしみの苦」のこれ以上は考えられないほどの激しさを強調するために「あはれみし乳房のことも忘れけり」と言っているわけだが、もちろん、簡単に忘れ去られるはずはなかろう。それどころか、それほどの「かなしみの苦」と比較されることでかえって「あわれみの乳房」は、ふしぎなみずみずしさで、生き生きと現前するのである。西行は、「乳房」というイメージに執しているようなところがあって、やはり『聞書集』に、「若人求仏恵文」と題したこんな歌がある。

たらちねの乳房をぞけふおもひ知るかかるみ法をきくにつけても

あるいはまた、「譬喩品　今此三界　皆我是有　其中衆生　悉是吾子」という法華経譬喩品の経文を踏まえたこんな歌もある（歌中の「乳」を「知」とする読みもあるようだ）。

乳もなくていはけなき身のあはれみはこの法見てぞ思ひしらるる

彼女についてはほとんど何ひとつわかっていないにもかかわらず、母性の象徴である「乳房」や「乳」といったイメージを通して、母親の存在ははっきりと感じられる。だが、父康清に関してはそうではない。西行が、地獄絵のなかの亡者に与えている父親のイメージは、その不在と、行方はわからないが、いずれ地獄のどこかで同じ炎にむせんでいるだろうという身もふたもない感慨だけである。義清が、まだ物心もつかぬ三歳の頃に父と死別あるいは離別していたとすれば、父親のイメージを肉付けしようにも何の記憶もないわけで、これは当然の反応だろう。それればかりではない。先に引いた「たらちねの乳房をぞ」の歌は、『菩提心論』のなかの「若し人仏慧を求めて、菩提心に通達すれば父母所生の身に、速に大覚の位を証す」という讃のことばを詠んだものだということだが、研究家は、「父母所生の身」とあるにもかかわらず、ここで西行が、母親だけをとりあげている点を指摘している。単に行方がわからなくなっただけではなく、進んで父親を切り捨てているわけで、この指摘はまことに興味深い。死別したにせよ、離別したにせよ、ごく幼い頃に何らかの理由で父を失った義清が、受身でそれに耐えるのではなく、むしろ進んで父を切り捨てようとしたことをうかがわせるからである。

父がいなくなったあと、たぶん彼は、母とともに外祖父清経のもとで暮したと思われるが、私には、母親も早く亡くなったのではないかという気がしている。彼の用いる「乳房」のイメージが、母親についてのさまざまな記憶によって薄められることのない、濃密な幼年の気配を示しているからである。

5

『山家集』には、父母ばかりではなく、兄弟、妻子、親類などを詠んだ歌もまったく見えない。これを、西行が、それらの主題を、出家遁世者というみずからの生き方にそぐわぬものとして意図的に切り捨てたためとする研究家の指摘についてはすでに触れた。たぶんそういうことがあったのだろうが、在俗の頃から、作歌に際してこの種の主題をすべて切り捨てていたとは考えにくい。出家遁世の志が強まるにつれてその数をへらしてはいてもいくらかはそういう歌も詠まれてはいたが、『山家集』が編まれたときに省かれたと考える方が自然だろう。

もっともこれは、義清がこの種の歌を数多く詠んだということではない。彼が、少くとも意識的に作歌を試み始めたのは、彼が徳大寺家の家人となったあと、十六、七歳からのことだろう。もちろん、すでに都暮しが長い武士の家の子弟のごく日常的なたしなみとして、それ以前から歌と接していただろうが、徳大寺家に仕えたのは、義清にはまことに幸いなことだった。当主の実能も息子の公能も歌をよくしたことからもうかがえるように、徳大寺家には歌の気配とでも言うべきものがみなぎっていたのであって、これが、義清のなかの歌人を鋭く刺激したはずである。

だがこれは、義清が、そういう気配に自然に身を委ねたということではない。徳大寺家の気配をつらぬいていたのは、題詠を重んじ、由緒ある歌語を磨きあげることを目指し、優雅な情緒の表現を求める、『古今集』を根幹とする勅撰集的志向である。もちろん、義清も、少年歌人として、それを身につけようとしただろうが、身につけようとすればするほど、自分の家族を主題とした歌など詠みようがなくなる。詠んだとしても、身近のごくわずかな人に見せるだけで、あとは底に秘すということにならざるをえないだろう。彼が、まだ年若い家人であったとすればなおさらのことだ。やがて、下北面の武士となり、鳥羽院や待賢門院や、彼らに仕える女房たちと親しく接することが出来るようになったからそういう拘束もずいぶん弱まったはずだが、消え去ることはなかった。出家に際して詠んだ、「鳥羽院に出家のいとま申し侍るとて詠める」という詞書のある「惜しむとて惜しまれぬべきこの世かは身を捨ててこそ身をも助けめ」という歌が残されているが、彼にとって痛切な経験であったはずの妻子との別れを詠んだ歌を見ることは出来ないのである。

そういうわけだから、当然、義清の幼少年時代を詠んだ歌もないはずなのだが、幸いなことに、『聞書集』に、「嵯峨にありけるにたはぶれ歌とて人々よみけるを」という詞書のある十三首の連作があって、これが彼の幼少年期を実に生き生きと現前させてくれるのである。

うなゐ児がすさみに鳴らす麦笛の声におどろく夏の昼臥《ひるぶし》
むかしかな炒粉《いりこ》かけとかせしことよあこめの袖に玉だすきして

竹馬を杖にも今日はたのむかなわらは遊びを思ひ出でつつ
昔せし隠れ遊びになりなばや片隅もとに寄り伏せりつつ
篠ためて雀弓はる男のわらはひたひ烏帽子のほしげなるかな
我もさぞ庭のいさごの土遊びさて生ひたてる身にこそありけれ
高尾寺あはれなりつるつとめかなやすらひ花とつづみ打つなり
いたきかな菖蒲かぶりの茅巻馬うなゐわらはのしわざと覚えて
入相の音のみならず山寺は文読む声もあはれなりけり
恋しきをたはぶれられしそのかみのいはけなかりし人の心は
石なごのたまの落ちくるほどなさに過ぐる月日はかはりやはする
いまゆらも小網にかかれるいささめのいさ又しらず恋ざめの世や
ぬなははふ池にしづめるたて石のたてたることもなきみぎはかな

このとき西行が暮していたのが嵯峨のどこかはわからないし、集まっていっしょに歌を詠んだ人びとが誰であったかもわからない。「たはぶれ歌」とは見なれぬことばだが、たぶん、約束事にとらわれることなく、それぞれ自由に詠むというほどの意味だろう。他の人びとの歌が残っていないから、全体としてどういうものになったかはわからないのだが、西行は、身近で見聞きする子供の「たはぶれ」を出発点としながら、それと、それが喚起する幼少年期のさまざまな記憶との響き合いに「たはぶれ」ているようだ。連作中の「竹馬を杖にも今日はたのむかな」という歌句から推して、これらの歌が詠まれたのは、西行が、二度目の陸奥への旅から戻ったあと、彼の最晩年のことと思われるが、そこに見られる正確と自在とみずみずしさはちょっと無頼のものだ。それらは、静止し安定した過去を見返すだけの、単なる回顧歌ではない。現在のある印象に応じて過去が身を起して来るのだが、この過去が新たに現在を照らし出すのである。五十年にも及ぶ時をへだてた過去と現在とのこのような響き合いはまことにおどろくに足りる。

この十三首全体について立ち入って論ずることはここでは措くが、冒頭の「うなゐ児がすさみに鳴らす麦笛の声におどろく夏の昼臥」という歌を見てもそれはわかる。西行は、夏のある日、嵯峨の閑居で昼寝をしていた。そのときたまたま、「うなゐ」つまり左右に分けた髪を頭のうしろでまとめた髪型の男の子が気晴らしに吹いた麦笛の音を聴いてびっくりしたというのだが、何とも絶妙の導入部というほかはない。「うなゐ児」も「麦笛」も、現在見聞きしたものであって、過去の記憶として示されているわけではないのだが、そのことでかえって、やはり「うなゐ」にゆって気晴らしに麦笛を吹いていたおさない義清の姿が、ふしぎな透明感をもって軽やかに浮かびあがるのである。

そういう意味でこの麦笛の音は過去を甦らせる合図のようなものだ。それを切っかけとして作者は、過去そのものの具体的な姿のなかに入り込んでゆくのだが、二首目の「むかしかな」という初五は、そのことを端的に示した見事な受けであると言っていい。二首目は「むかしかな炒粉かけとかせしことよあこめの袖に玉だすきして」と詠まれているのだが、最初の歌で喚起された過去が、くっきりとした現実感を帯びてゆく動きは、直ちに見てとることが出来るだろう。「炒粉」というのは麦こがしのようなものらしいが、たすきをかけた少年が、それに熱湯をかけているというわけだ。

だが、この現実感は、四首目の「昔せし隠れ遊びになりなばや片隅もとに寄り伏せりつつ」という歌になると、もっと微妙な表情を示し始める。「隠れ遊び」とは、かくれんぼう。「かくれんぼうをしていた昔に戻りたいなあ」というわけだが、「片隅もとに寄り伏せりつつ」という七七になると、片隅に身を寄せ合ってかくれ伏している少年少女の、かくれているためにいっそう際立って感じられるお互いのなまあたたかい皮膚感覚や、未成熟であるためにある危うさをはらんだ官能や、片隅を包む薄暗の感触などが、妙になまなましく浮かびあがるのである。未分明なものは未分明のままに、秘められたものは秘められたもののままに正確につかみとられていて、西行の手腕は何とも心にくい。

もう一首引いておこうか。十首目の「恋しきをたはぶれられしそのかみのいはけなかりし人の心は」という歌である。麦笛を鳴らしたり、粉かけをしたり、かくれ遊びをしたりしていたときよりも何年かあとの記憶だろう。年上の女性に（たぶんそうだろう）、おさないが一途な恋心を抱いていたのに、「たはぶれられし」、つまり冗談事にされてしまったが、あの時は本当に辛かったというほどの意味だろう。「たはぶれ」たのは愛した女性とは別の人物と考えられなくもないが、やはり当の女性に軽くいなされたととる方が自然だろう。第三者の意地の悪い「たはぶれ」には耐えることは出来ても、愛する女性によるこのような「たはぶれ」は、少年の心にはひどく応えるのである。

今引いた四首の歌を読むだけでも、おさない自分の心の動きや、自分を取り巻く周囲の情景に関する西行の正確で柔軟な記憶には驚くほかはないのだが、事は、単なる記憶力の問題には留まらぬようだ。おさないだけにいっそう激しく荒狂い渦を巻く思考や情念に正確な姿を与えるには、五十年という時間が必要であったとも言える。その際彼は、一定の視点から、それらを一様に染め上げることによってそれを成就しようとはしなかった。そのそれぞれに、独特の姿と表情とを与えることで、複雑に入り組んだ、だがみずみずしい生命感につらぬかれた、少年期の全体が現前するのである。

私がこの十三首の連作を読んでいて気付いたのはそういうことばかりではない。「地獄絵をみて」という連作で、彼は、地獄の責苦を受けている亡者たちの姿を介して父や母のイメージを喚起していたが、ここでも、過去を直接に回想しようとはせず、現在の印象をバネとして過去を喚起しようとしていることにも気が付いた。いまひとつは、そのようにして喚起された少年時は、一見、平和で幸福な少年を思わせるにもかかわらず、そういう少年の生活を支えている両親の存在がまったく詠まれていないことだ。父康清は、義清がまだごくおさない頃に世を去っているとも思われるから、その具体的な印象がないのは仕方がないとしても、少年時の記憶のなかには、父の不在そのものが、何らかの影を落としていてもおかしくはない。まして母は、いつまでかはわからないにしても、しばらくはいっしょに暮しているはずである。「地獄絵をみて」の連作においては「あはれみし乳房のことも忘れけり」ということばがあって、母の存在へのある強い執着を感じさせるのだが、この「たはぶれ歌」においては、父も母も、それと名指しされていないばかりか、その気配さえ感じられないのである。この少年の感受性には、父母を共に失った孤児を思わせるところがある。

このことも、母親が、義清が少年になるまえに亡くなったと思わせる。

6

西行の「たはぶれ歌」十三首を眺めていると、少年義清の姿がおのずから浮かびあがって来る。それらは、少年期を過ぎてまだ間もない頃に詠まれたものではない。五十年あまりのちに詠まれたものだ。そのために、その姿からは、表面的なもの、一時的なもの、あいまいなものが拭い去られ、そのもっとも奥深い特質が、くっきりと立ち現われているようだ。この少年は、みずからの内面の動きに敏感だが、そのなかに閉じこもることはない。自分を取り巻く人や物や出来事のすべてに、まことに生き生きと反応し、時には危うさを覚えるほど、虚心に迎え入れる。義清はそういう鋭敏でしなやかな感性として人生を歩み始めるのである。

長ずるにつれて、彼は、自分が、東国で英雄視されていた俵藤太藤原秀郷の八代目の子孫に当ること、秀郷を通じて、傍系ながら藤原北家の祖房前にまではるかに連なっていることなどを、次々と知っただろう。だがまた、このような家格であるにもかかわらず、その身分が、左衛門尉検非違使どまりの下級武官に留まっていることも、苦い思いをもって意識したはずだ。だが、これは佐藤氏が、単に都住まいの一下級武官に過ぎなかったということでもない。この一族は、地方の豪族として、東国のみならず、近畿、紀伊の各地に散らばっており、並々ならぬ勢力を形作っていたようだ。佐藤氏自体、代々、紀の川沿いの田仲荘という豊かな荘園の預所として、「本所」と呼ばれる領主徳大寺家に代って、この荘園の管理運営を司っていたのである。義清が、十五、六歳で徳大寺家の家人となったのは、こういう縁によるものだろう。それはそうだろうが、こんな年頃の義清をなぜわざわざ、家人にする必要があったのかということが、いささか気にかかる。もちろん、有力な貴族とこのようなかたちでかかわりを持つことが、義清の将来に役立つということもあっただろうが、それだけなら、本所と預所というもっと濃密なかかわりがある。それに第一、代々、左衛門尉検非違使をつとめてきた佐藤氏にとって、義清をその職に継がせることに特別な手立てを必要とはしないはずなのである。元服したばかりの子供を、主家の、あるいは他家の家人とするなどということが当時一般に行われていたのなら話は別だが、少くとも佐藤氏ほどの家柄の場合は、主家から特にその資質を見込んで強く求められたというような特別の事情でもない限り、まず見られないことだ。そして義清の場合、そういう特別の事情があったとはちょっと考えにくい。たぶんそれは、佐藤氏の方から願ったことなのだろう。そして、そう考えてみると、父康清が、義清がまだ物心つく前に世を去り、その後は母とともに外祖父清経のもとで暮していたが、母もまた義清が成人する前に亡くなったのではないかという想像が、ふしぎな現実味を帯び始めるようだ。そういうことがあったとすれば、それは、おさない義清の奥深い部分を、おさないだけに逃げ場のない無常感で染めあげたことだろう。事はそれだけには留まらない。実際の話、父康清が義清がまだ物心つく前に世を去っていたとすれば、彼が父と同じく衛門府につとめ、父と同じく左衛門尉という官位を得ることを確実にするためには、何らかの手を打っておく必要があったのかも知れぬ。義清を家人として徳大寺家に結びつけることは、そのための効果的な一手となりえただろう。それに第一、父親がいなければ、義清に、武官の子としての文武にわたる教育をほどこすこともままなるまい。母親もいないとなればなおさらのことだ。その点、徳大寺家は、義清にとって、まことに好ましい場であったと言っていい。

徳大寺家においては、義清は、ごく自由に、武技や馬技に励むことが出来ただろう。一方、文の面では、徳大寺家は、佐藤家とは異るすぐれた環境だったようだ。当主実能も、その子公能も歌をたしなみ、徳大寺家にみなぎるそういう歌の気配が、義清の歌心を強く刺激しただろうという推測についてはすでに触れたが、実はそればかりではない。実能は鳥羽院の笛の弟子であり、声も美しく、管弦の遊びでは拍子をとったということだ。その子公能も美声の持主であって、彼が歌う朗詠や今様は人びとを感動させたということだ。もちろん、年少の家人にすぎぬ義清がそういう座に加わることはまずあるまいが、そのさんざめきはさまざまな機会に耳にしたことだろう。また、公能とは、年が近いせいもあって、親しくまじわっていたようだから、今様について語り合うというようなことがあったのかも知れぬ。してみると、義清は、外祖父清経を通じてすでに親しんでいた今様と改めて出会うことになったわけだ。それぱかりではない。清経は蹴鞠の名手でもあったのだが、義清は、彼から学んだ蹴鞠の技も、徳大寺家で磨きあげた。徳大寺家は、武技、馬技、歌、今様、さらには蹴鞠に到るまで義清の心をとらえたさまざまなものを、すべてのびやかに展開する場となったようだ。

もっとも、徳大寺家家人という職務が、彼の唯一の選択肢ではなかったらしい。研究家は、長承元年（一一三二）正月、十五歳の義清が、その年の除目に際して、「臨時内給」に応募して、内舎人を申請していると指摘している。「臨時内給」とは、地方の金持の下級貴族を対象とした一種の売官制度らしいが、内舎人の相場は絹二千匹だったということだから、これはなかなかの負担である。頼長に「家富ミ」と書かせた佐藤氏の財力がなければかなわぬことだっただろう。義清はすでに加冠し、正六位上に叙せられていたから、周囲はまず彼を官途につかせようとしたのである。どういうわけかこの申請は受理されなかったが、これは義清にとって幸いなことであったと言うべきかも知れぬ。そのまま内舎人に任官していれば、彼が徳大寺家で味わったような豊かな経験はえられなかったからである。ひょっとすると、いったん申請はしたものの、徳大寺家家人の方が義清にとって結局有利と判断して取り下げたとか、内舎人になってしまえば、父や祖父がつとめた衛門府に移ることがむずかしくなるとかいうような事情があったのかも知れないが、これはどうともよくわからぬことだ。いずれにせよ、彼は三年後の保延元年（一一三五）、兵衛府に任官するのである。

だがこのときも、ただすんなりと父や祖父の官職を継いだということではなかったようだ。「臨時内給」に応募したという記録はないようだが、鳥羽法皇が鳥羽北殿に建立した勝光明院の工事のおくれを取り戻すために私財をさし出した功によって兵衛尉という官位をたまわったという記録はある。いわゆる「成功《じょうごう》」によるものだが、それですんなり兵衛尉に任官出来るわけではない。任官に際しては、別途、高額の任料を払わねばならぬ。人気のある官位である兵衛尉の場合はとりわけ高額であって、内舎人の五倍、絹一万匹であったということだ。「成功」のときにどれほどの私財をさし出したかはわからないが、生半可な額ではあるまい。佐藤氏の豊かな財力は、改めて驚くに足りるのである。

そういうわけで彼は、無事、父や祖父と同じ左衛門尉という官位につくことが出来たのだが、それればかりではない。当時の慣習では、結婚は加冠と同時かそれからあまり時をへだてぬ時期に行われるのが通例だったようだが、義清が加冠したのは、三年前、彼が十五歳のときのことだから、この頃には、まだ子供は生まれていないにしても、少くとも、すでに妻帯はしていただろう。妻となった女性については、長明の『発心集』に見られる記事などから、藤原北家勧修寺流につらなる葉室家ゆかりの人だったのではないかとも推測されているが、精しいことはわからない。だが、氏素性がどうであれ、たとえば『西行物語』が語っている挿話からは、気丈で考え深い女性の姿が浮かびあがって来るようだ。

すでに出家を決意したあとの義清がある日帰宅したとき、日頃かわいがっていた四歳の女の子が、父の帰宅をよろこんで袖に取りつくのだが、義清は「これこそ煩悩の絆ぞ」と思って、縁から蹴り落す。女の子は泣き悲しみ、義清も部屋に戻って涙にむせぶのである。そして、そのときの妻の反応については「女房は男にはなほまさりける人にて、かねてより男の出家せんずることを悟りて、この娘の泣き悲しむを見ても驚く気色のなかりけるこそあはれに見えけれ」と語られている。もちろん、これは物語であって事実そのものではないのだが、義清に女の子があったのは確かなようだから、これに類したことは充分に起こりえただろう。この気丈な妻は、やがてみずからも髪をおろして、天野の別所にこもり、『発心集』によれば、長じた娘も、尼となって、天野におもむくのである。だがまだ、それは先の話だ。

彼は、しっかり者の妻に支えられながら佐衛門尉として官途を歩み始めたのだが、彼が父や祖父のように、検非違使という方向に向かわず、程なく鳥羽院の下北面の武士に転じたのは注意していいことだ。検非違使を目指すのと、下北面の武士になるのと、どちらが武官として有利なことなのか、私にはよくわからない。またそれが、義清が望んだことなのか、鳥羽院の中宮待賢院璋子の実兄であった徳大寺実能が、義清の人物才能を見込んで推し進めたことなのか、それとも、勝光明院建立に際しての佐藤氏の「成功」がこういう結果を生んだのか、ということもわからない。たぶん、どれかひとつの原因だけではなく、さまざまな原因がさまざまにからみ合ってこういう結果を生んだのだろう。だが、私には、これは、武官としての官途にとって有利であるかどうかは別として、義清の個性の成熟や展開にとっては、あの内舎人の申請に失敗するかそれを取り下げるかして、徳大寺家家人になった場合と同様、好ましい結果だったように見られる。

研究家は、この時期においては、かつて生き生きと機能していた律令的国家体制が崩れ、いわゆる王朝的国家体制のなかで、中級や下級の文官武官たちが、ある強い閉塞感に閉じこめられていたと指摘している。兵衛府にいれば、義清も、そういう閉塞感に否応なく巻き込まれていっただろうが、下北面は、たぶん、比較的自由に呼吸出来る場であったようだ。そしてそのことが、彼に、それと気付かずに閉塞感のなかでもがき続けるのではなく、自由と閉塞とを共に見定めることが出来るようなまなざしへ導いて行ったのではないかとも思われる。

7

「北面の武士」とは、白河法皇が作った制度であって、院の御所の北面にある警護所に詰めている武士を言う。四位か五位の者は「上北面」、六位の者は「下北面」と呼ばれた。義清は、十五歳で加冠したときに正六位の上に叙せられているから、当然、下北面ということになる。鎌倉中期の後嵯峨院のときには上北面十二人、下北面二十人と定められていたということだが、院政が強い力をふるっていた白河院以降何代かのあいだは、たぶん、その数はもっと多かっただろう。北面の武士という名称からうかがわれるように、彼らの主たる役目は、院の身辺警護、御幸の際の警備などだが、そういう役目なら、すでに、院御随身とか、院侍所という部署があった。にもかかわらず白河院が、新たにこのような部署を設けたのは、もちろん、ひとつには、強力な専制君主であった院が、みずからの勢威を誇示するためだったろうが、それればかりではない。それには、この激しい個性にしつっこく付きまとうある不安の念もかかわっていたようだ。

白河院の父後三条天皇は、延久四年（一〇七二）十二月八日、皇位を貞仁親王（白河天皇）に譲ったが、その日のうちに、第二子実仁親王を東宮に立てるよう定めたということだ。そればかりではない。間もなく第三子輔仁親王が生まれると、実仁親王の次の東宮には、この親王を立てるよう白河天皇に申し入れたと『源平盛衰記』は伝えている。この点だけ見ると、少々やり過ぎという気がしなくもないが、そこには、もっと入り組んだ思惑がかかわっているようだ。貞仁を生んだのは、道長の四男能信の養女（公成の娘）茂子であったのに対して、実仁や輔仁を生んだのは、三条天皇の曽孫で、貞仁の同腹の姉聡子内親王に女房として仕えていた源基子である。後三条上皇が、白河天皇の跡を継ぐ東宮に実仁や輔仁を立てるよう求めたことには、それによって、白河天皇と外戚関係にある藤原氏の力をそごうという思惑が働いていたようだ。白河天皇は、東宮となった延久元年、十七歳のときに権大納言藤原能長の養女道子を妻として迎えていたが、彼女は十一歳年上で、おまけにごく内気な性格だったらしい。そのせいで夫婦仲があまりよくなかったためかどうか、まだ次の東宮となるべき皇子は生まれていなかった。後三条天皇が、譲位したその日に、当時まだ二歳に過ぎなかった実仁を次の東宮に定め、その後さらに念を押すように、実仁の次の東宮には輔仁を立てるようにという意志を伝えたのは、いち早く機先を制したと言うべきだろう。

白河天皇は、しばらくはおとなしく父帝の遺志に従っていたが、応徳二年（一〇八五）、東宮実仁親王が疱瘡で病没すると、その態度は一変した。次は輔仁をという父の遺志に逆らって、中宮賢子とのあいだに生まれたわずか八歳の第二皇子善仁親王を東宮に立て、しかもその日のうちに皇位を譲った（堀河天皇）。これには実仁の死が、上皇の一方的な決定に対する意趣返しの切っかけになったということもあっただろうが、それればかりではない。白河天皇は、関家の嫡流である左大臣藤原師実の養女であった中宮賢子に、はた目もはばからぬ愛を注いでいたが、彼女は、応徳元年（一〇八四）、善仁が六歳のときに、二十八歳の若さで病死した（第一皇子敦文親王は一〇七七年、四歳で亡くなっている）。賢子の病死は、白河天皇にとって決定的な衝撃であって、彼の悲嘆は世上の評判となったようだ。翌年になっても、寝所にこもり切りで、彼女の死を歎き続けたということだ。実仁の死は、このような彼の思いを、賢子が残した善仁を東宮に立てることに注がせたのである。

しかもその日のうちに譲位したのだが、彼の思いはそれでもおさまらなかった。天皇十三歳のとき、すでに三十二歳になっていた自分の同母妹篤子内親王を皇后に立てた。叔母と甥とを結婚させたわけであって、何とも常軌を逸した振舞いと言うほかはない。少しでも早く、自分にとってもっとも身近な存在を通して次の東宮をえようとしたのだろうが、その年齢差から言っても、極度の近親婚であることから言っても、そう彼の思い通りに事は運ばない。それに第一、いくら性的に自由な時代であり環境ではあっても、篤子が、十九歳年下の甥と、まともに関わったかどうか疑わしい。結局、皇子の誕生はなかったのだが、諦め切れぬ白河法皇は、今度は、藤原実秀の娘茨子を、堀河天皇の女御としたのであって、よほど焦っていたのだろう。さいわい、今度は成功して、宗仁親王（鳥羽天皇）が生まれ、白河院は涙を流してよろこんだということだ。後年、左大臣藤原頼長は、このことに関して鳥羽院が語ったことばを、その日記『台記』に記録している。「仰せに云ふ、朕未だ生まれざる以前、故堀河院疾病に被らる也。天下の心三宮に帰す、故白河院深く歎き仰せて云、朕出家すと雖も未だ受戒せず、又法名もを名づけず、若、陛下（堀河天皇）不譲の事あらば、重祚何事か有らんや」

「三宮」とは、後三条天皇の第三皇子であった輔仁を指す。堀河天皇に皇太子がいない以上、もし天皇に万一のことがあれば、本来、東宮になったはずだった輔仁が皇位を継ぐだろうというのが世上もっぱらの評判だというわけだ。だが自分はそうはさせぬ。自分は出家こそしたが、受戒もしていないし、法名もさずかっていないから、その場合はもう一度皇位に戻ると語っているのであって、彼の焦りのほどはよくわかる。それだけに、宗仁の誕生が彼に与えたよろこびは大きかっただろうが、それで一件落着ということにはならなかった。輔仁はなかなかの人物だったようで、その人柄を慕って多くの廷臣たちが近付いていたし、村上源氏も、彼を支持する側にまわっていたようだ。村上源氏は、村上天皇の皇子具平親王を祖とする源氏の一族だが、後三条天皇が、藤原氏を抑えるために、寵遇して以来、廟堂において、藤原氏をしのぐ力を振るうに到っていた。そういう彼らにとって、白河天皇が、父帝の遺志に逆らって、源を姓とした基子が生んだ弟輔仁にではなく、藤原能信の養女茂子が生んだ善仁を東宮に立て、しかも即日譲位したことは〔堀河天皇〕、あまり気持のいいことではなかっただろう。善仁は白河天皇の皇子だから仕方がないとしても、そのあとは先帝の遺志に従って輔仁に継がせるべきだと考えるのも、ごく自然なことなのである。輔仁が、康和四年（一一〇二）正月、村上源氏の源師忠の娘を三宮に納れているからなおさらのことだ。それに、当の輔仁自身が、東宮となることに並々ならぬ未練を残していたのである。『今鏡』には、輔仁の人柄や行動についてのこのような記事が見える。

「この御子は、ざえおはして、詩などを作り給ふこと、昔の中務の宮のやうにおはしき。歌よみ給

ふこともすぐれ給へりき。円宗寺（後三条院の御願寺）の花を見給ひて、
　植ゑおきし君もなき世に年へたる花や我が身のたぐひなるらむ
と詠み給へるこそ、いとあはれに聞え侍りしか。かやうの御歌ども、木工頭（俊頼）の撰び奉れる金葉集に、輔仁のみこと書きたりければ、白河院は『いかにここに見むほど、かくは書きたるぞ』と仰せられければ三宮とぞかき奉れる。御中らひは能くもおはしまさざりしかども、御おとうとなればなるべし。詩などは、数知らずめでたく侍るなり。『よろこびもなく、憂へもなき、世上の心』とかや作り給へりけるを、中御堂（覚行法親王）と申しておはせしが、宣ひけるは、『うれへこそあれ』と宣はせければど、位には必ずしも、帝の御子なれど、つぎ給ふ事なれねば、寸の知の給へる人は、歎きとおぼすべからず。かの仁和寺の宮の利口にこそあれ、何事かは望みもあらむな」
　文中の「植ゑおきし」の歌は、後三条天皇が愛した法宗寺の桜も今はすっかりさびれて見る人もなくなってしまったという感慨と今の自分の身の上とを、けっして激しくはなく微妙に重ね合わせたものだが、激しくはないだけに、輔仁の抑えた怨念が、静かに、だが否応なく読む者のなかに入り込んで来て、これはまさしく、「利口」、つまりたくみな言いまわしと言うほかはないものだ。白河院が、この歌を読んでどう思ったかはわからないが、そこにこめられた静かな怨念は感じとっただろう。そして、気性の激しい専制君主であった白河院にとって、表立った敵などは、むしろ御しやすいものだっただろう。だが、一見おだやかで繊細だが妙に芯の強いところのある腹ちがいの弟輔仁と、藤原氏と対立しているように見えながら、さまざまな婚姻関係その他によって複雑にからみ合った村上源氏との結びつきは、彼にある奥深い不安を感じさせるものだったようだ。彼が愛し

た中宮賢子は、左大臣藤原師房の養女となってはいるが、村上源氏の源顕房の娘だったのである。彼が、すでにある警備体制では満足出来ず、新たに、みずからの私兵とも親衛隊とも言うべき、北面の武士という部署を設けることには、この不安がひとつの重要な動機として働いているようだ。北面の武士は、彼のおそろしく激しい肉身愛と権力欲と、この不安の念とが、生み出したものなのである。

だが、白河院の不安は、この北面の武士の存在だけではおさまらなかった。『愚管抄』にはこんな記事が見える。

「ホリカハノ院ウセ給テケル時ハ、重祚ノ御心ザシモアリヌベカリケルヲ、御出家ノ後ニテ有リケレバ、鳥羽院ヲツケマイラセテ、陣ノ内ニ仙洞ヲシメテ世ヲバオコナハセ給ニケリ。光信・為義・保清（これはおそらく義清の父康清だろう）三人ノケビイシヲ朝夕ニ内裏ノ宿直《とのゐ》ヲバツトメサセラレケルニナン。ソノアイダニイミジキ物語ドモアレドモ、大事ナラネバカキツケズ。

クライノ御時三宮輔仁親王ヲオソレ給ケルナドイヘリ。行幸ニハ義家・義綱ナドミソ（カ）ニ御コシノアタリ、御後ニツカウマツラセラレケレバ、義家ハウルハシクヨロイキテサブライケリナドコソ申スメレ」

朝夕は三人の検非違使が宿直に立ち、行幸の際は、義家や義綱が、「ミソカニ」（ひそかに）周囲や後を警護するというのだから、これは何とも物々しい警戒ぶりである（もちろん、それ以外に数多くの常備の警備者がいるわけだ）。専制君主白河院を取り巻いている気配がよくわかる。そして、宿直の記述と行幸警護の記述とのあいだに、前後とは関係なく、「クライノ御時三宮輔仁親王ヲオソレ給ケリナドイヘリ」という記述がはさまっていることは注意していい。「クライノ御時」とは、白河院がまだ皇位にあったとき、さらには、譲位はしてもまだ出家していないときを指すのだろうが、このことは、輔仁親王の存在が、白河院やその周辺にふるい続けている微妙だが執拗な呪縛力やそれがもたらす不安を、おのずから示しているからである。

白河院に執拗に付きまとうこういう不安を思えば、初期の北面の武士に、武技にすぐれた宮仕えの武官だけではなく、清和源氏の源重時や、文徳源氏の源康季といった名だたる武士の名が見えることもよくわかる。だが、警護を固めれば固めるほど不安も強まるといったことがあったかも知れぬ。こういう状態のなかで、鳥羽天皇の即位後六年目となる永久元年（一一一三）の冬（もっとも天皇はまだ十歳の少年である）、奇怪な事件が起った。皇后令子内親王の御所に、「主上を奉レ犯《おかしたてまつる》と有二構人一《かまうるひとあり》、件事《くだんのこと》に、或人の醍醐座主勝覚の許に千手丸と云童《いうわらべ》アリ、件童を爪《す》カシテ構《かまえたる》事也云々」と記した落書が投げ込まれたのである。

直ちにその千手丸なる童を捕えて取調べた結果、醍醐寺の座主勝覚の弟で、三宮輔仁親王の護持僧であった仁寛の陰謀であることがわかった。彼は、三宮のために鳥羽天皇を呪い殺そうとしたが効果がなかったため、兄のもとにいた千手丸をそそのかして宮中に参内させ、天皇を害させようとした。落書のおかげで事なきを得、仁寛は伊豆に、千手丸は佐渡に流されて一件落着した。

こんなふうに伝えられているが、これがそのまま事実であるとは思われぬ。幼帝を害するなどという大仕事を一介の「童」に託するとは考えにくい。それに、仁寛が輔仁の護持僧であったこと、仁寛も、その兄勝覚も宮廷における村上源氏の総帥、左大臣源俊房の子であったことを思い合わせると、何やらキナくさいものが臭ってくるようだ。この騒ぎの中心には、白河院の意志を感ぜざるをえないのである。落書の内容がまったくの噂に過ぎないものか、多少とも事実を伝えているか、それはどうともわからないが、いずれにせよ、これが白河院側の謀略とすれば（きっとそうだった）、それは見事に成功した。輔仁は何のかかわりもなかったにもかかわらず、蟄居閉門を余儀なくされた。宮廷における村上源氏の一族は罪をまぬかれたが（これは大蔵卿藤原為房の口ぞえのおかげだということだが、ここにも謀略の臭いがする）、宮廷内での彼らの力は決定的に失われた。輔仁や村上源氏がもたらす不安は、武力では拭い去ることが出来なかったが、この事件によって、一挙に、決定的に消え去ったのである。

北面の武士についていまひとつ着目すべき点は、その初期において、源重時や源康季といった武士たちのほかに、平為俊や藤原盛重といった人びとの名が見えることだ。すでに触れたように、彼らは、『尊卑分脈』に「白河院寵童、童形之時北面ニ候《さぶらふ》」と記されているような人物である。これは、北面の武士のなかにこの種の人びとも混っていたというだけのことではなく、元来、北面の武士とは、院の特別な思召しによって院のそば近くに仕えていたこの種の人物を、便宜上北面に出仕させたことに発すると見る研究家もいるほどだ。その後、政治情勢の変化に応じてそれ以外の者も加わったというわけだが、これは充分にありうることだ。だが、その者たちにしても、武技さえすぐれていれば誰でもいいわけではない。和歌や芸能に親しんでいるばかりでなく、容姿がすぐれていることも条件のひとつとなっていたようだ。ここには白河院の好みが強く働いているのだろう。

輔仁や村上源氏の無力化によって不安が除かれたために、白河院は心おきなくその欲望に身を委ねることが出来たわけだが、これは白河院ひとりの特殊な性向ではなかった。史家が指摘しているように、男色趣味の濃密な流行は院政期の貴族社会にごく一般的に見られる現象であって、白河院の場合も、そのひとつのあらわれに過ぎなかったのである。だが、そうは言っても、白河院の男色趣味と一介の貴族のそれとでは、おのずからその規模も趣きも異なる。白河院にとって北面の武士は、私兵とか親衛隊とか言って片付くものではなかった。それは、彼の権力欲や欲情をきわめて凝縮したかたちで反映する存在だったのである。

三宮輔仁親王は、一一一九年、義清が生まれた翌年に亡くなった。白河院も、一一二九年、義清十一歳のときに亡くなった。白河院の直接の影響力は失われ、それによって、宮廷内でのさまざまな政治的策謀が群り起ったが、男色の流行といったことに変りはなかった。白河院の寵童であった藤原盛重の子成景が、鳥羽院の寵童となり、北面に仕えたことからもそれはわかる。義清の身近では、彼が家人として仕えた徳大寺実能の子公能は、藤原頼長と激しい男色関係にあった。頼長はその経緯を日記『台記』に事こまかに記しているということだが、義清は、同年輩ということもあってごく親しくしていたから、事情には精しかっただろう。義清が、実際に男色を経験したか、それとも話を聞いただけかはわからないが、彼がまだ徳大寺家にいた頃から、男色の気配は彼のまわりに立ちこめていたのである。

義清が下北面の武士となったのは、十八、九歳、一一三六年の頃だろうが、これは彼にとって、徳大寺家よりもはるかに規模も大きく、さまざまに屈折した姿を示す男色の世界に近付くことでもあった。現代とくらべてもきわめて開放的であった男女間の愛の世界とちがって、男色の世界は人眼を避けた密室的なものであって、そのことから、それを「文化的に不毛の営み」であると主張する研究家がいる。私には「不毛」とまで断ずることは出来ないが、女という本質的な他者の存在を混えず、男女の結合による出産という可能性も持たぬこの営みが、他の男を相手にしながらも結局は自分自身を蝕むだけの、不毛の自縄自縛に陥りかねぬ危うさをはらんでいることは確かだろう。だが、それが不毛であるにせよ、そうではないにせよ、激しい情念の持主であった若い義清が、個人の特殊な一性向ではなく、時代の流行でもあったこの営みを、まったく拒み切ったとは考えにくいのである。

義清が下北面の武士となったのは、白河院が亡くなった七、八年あとのことだから、この院とのかかわりはありえない。だが、鳥羽院の場合はそれは充分に可能だろう。その点私にまことに刺激的だったのは、「鳥羽院に出家のいとま申し侍るとて詠める」という詞書のある「惜しむとて惜しまれぬべきこの世かは身を捨ててこそ身をも助けめ」という歌についての研究家の指摘である。もちろん、表面の意味は、出家に際してのいとま乞いの歌だが、この研究家は、その奥に、「自分がいかに惜しんでも、この自分を惜しんでいただけるはずもない。私も諦めて出家致します」という鳥羽院に対するうらみ言を読みとるのである。はじめてこの説に接したときは、おやおやと思ったが、改めてこの歌を眺めていると、彼の言う通りであるような気がして来た。「惜しむとて惜しまれぬべきこの世かは」という、妙に自分に執した、しつっこく、うらみがましい言いまわしからは、出家を決意した、さばさばした心境のようなものは感じられないのである。

彼が指摘するように、そのときの義清の二十三歳という年齢は、寵童としてはいささかとうの立った年頃で、いずれ寵を失うのは目に見えている。寵を失って北面を辞したのち、彼を待っているのは、地方の下級官人としての生活に過ぎないのである。その点、義清と同い年で、同じ頃上北面の武士であった平清盛の場合とは事情が異る。清盛が上北面の武士となったのは、正六位上であった義清と違って、保延元年（一一三五）、従四位下になっていたからだが（上北面は四位、五位の者がなる）、それだけではない。保延二年（三六）中務大輔、同三年、肥後守、久安二年（四六）正四位下、安芸守というふうに、急速にその地位を高めた。これには、父忠盛が度重なる戦功によって、白河、鳥羽、両院の殊遇をえていたこと、その母が白河の寵姫祇園女御の妹らしいこと、などがかかわっているだろう。だが、北面武士は兼務兼職を許されていたにもかかわらず、義清にはその種のことはまったく見られないのである。義清が出家した四年のち、はじめて彼の歌が勅撰集に採られた。『詞花和歌集』に撰ばれた「世を捨つる人はまことに捨つるかは捨てぬ人こそ捨つるなりけれ」という歌だが、この場合も作者名は「読人しらず」とされているのであって、このような身分観は、案外深く彼のなかに喰い入っていたのかも知れぬ。『山家集』には「世をいとふ名をだにもさはとどめおきて数ならぬ身の思い出にせむ」とか、「数ならぬ身をも心のもりがほにうかれてはまた帰り来にけり」とかいったふうに、「数ならぬ身」ということばがしばしば見られるが、これを一般的な措辞と見るべきではあるまい。そのことばの使い方には、その身分観と結びついた、どこか屈折した、自嘲的な響きが付きまとっていて、それが、鳥羽院へのいとま乞いの歌に通じるのである。

だがしかし、だからといってあの歌をそういう面だけから解釈するのは、別種の誇張に陥ることになりかねぬ。鳥羽院と義清との関係がどの程度のものだったかはわからないし、その関係があったかどうかということさえ確認出来るわけではない。結局のところ、私としては、「惜しむとて惜しまれぬべきこの世かは」といううらみがましい言いまわしから推測するほかはないのだが、実はこの歌にもそう言うだけでは片付かぬようなところがある。注意して読んでみると、それに続く「身を捨ててこそ身をも助けめ」という下七七には、単に出家への願望を述べただけとは言い切れぬものが見えてくる。上句のしつっこさ、うらみがましさを、激しく内側から突き破ろうとする決然とした心の動きのようなものが見えてくる。そうなると、上句が、しつっこくうらみがましいものであればあるほど、この決意のいさぎよさが、いっそう際立つのである。そして、考えてみるとこのことは、単にこの歌だけに留まるものではなく、西行の歌全体に通じる特質でもあるようだ。彼は、対象を性急にみずからの美意識のなかに解消することはない。まず対象に、時には過剰なほど、ある危うさを覚えるほど心を開く。次いでそれを、一気におのれの内面と結びつけるのである。

鳥羽院は、保元元年（一一五六）七月に亡くなった。義清が出家した十六年のちのことである。西行は「一院（鳥羽院）かくれさせおはしまして、やがての御所へわたりまゐらせける夜、高野より出であひてまゐりあひたりける、いとかなしかりけり云々」という詞書を付して、「今宵こそ思ひ知らるれ浅からぬ君にちぎりのある身なりけり」という歌を詠んでいる。詞書は続けて、鳥羽院の生前、院が自分の墓所としようと予定していた安楽寿院の土地の異聞のために、徳大寺実能とともに院の供をしたことを語っているが、北面の武士としては彼がただひとり供としたというのは、やはり並々ならぬことだ。そう思うと、この「浅からぬ君にちぎりのある身」ということばは、微妙で奥深い表情を示すのである。

8

院政末期の貴族社会に男色の異常な流行が見られたとしても、もちろん、男たちは、ただひたすら、男色にのみ、のめり込むようになったわけではない。男色がいかに強く彼らをとらえようが、根幹をなすものは、あくまで男女の性愛だろう。だがこれは、こういう状態になったあとでも、男女の性愛が以前のままであったということではない。男色のこのような流行は、あれこれ異常なあらわれはあってもそれなりに安定していた男女の性愛を内側から突き崩すように働いた。男色の流行が強まれば強まるほど、男女の性愛もその乱脈と混乱を増したのである。

こういうことが起ったのは、もちろん、貴族社会の爛熟の結果だろうが、それだけでは片付かない。その奥には、貴族社会そのものの存立にかかわる不安が、意識的に、あるいは無意識的に働いているように見える。『愚管抄』には「保元以後ノコトハミナ乱世ニテ侍レバ、ワロキ事ニテノミアランズルヲ」とか、「サテ大治ノヽチ久寿マデハ、又鳥羽院、白河院ノ御アトニ世ヲシロシメシテ、保元元年七月二日、鳥羽院ウセサセ給《たまひ》テ後、日本国ノ乱逆《らんげき》ト云《いふ》コトハヲコリテ後ムサノ世ニナリニケルナリ」とか語られているが、「ムサ（武者）の世」は、この時において突然始まったわけではない。その予兆は、それ以前から、さまざまな形で現われていた。「前九年の役」は、永承六年（一〇五一）から康平五年（一〇六二）にかけて、陸奥の豪族安倍頼時とその子貞任、宗任らが起した反乱であり、「後三年の役」は、前九年の役のあと奥羽に力を伸ばした清原氏の内紛がもとで、永保三年（一〇八三）から寛治元年（一〇八七）にかけて起った争乱だが、朝廷に任ぜられた国司たちはそれらに対してまったく無力であって、源頼義や義家の力を借りるほかはなかった。それによって、源氏は、東国におけるその地歩を固めたのである。一方、平氏の方も、清盛の祖父正盛は、隠岐守のとき、義家の第二子義親の反乱事件に際しては追討使として義親を討って名をあげたばかりでなく、南都北嶺の衆徒の強訴入京を阻み、また西海の海賊や京中の強盗の追捕に力をふるった。その子忠盛も、父と同様、衆徒や海賊の鎮圧、追捕に尽したのである。

こういうことがありはしても、貴族と武士との身分の違いは、まだ確然としていた。だが彼らは、自分たちを守るその権威が刻々に形骸化し、白蟻にでも蝕まれたように少しずつ内側から崩れてゆく気配を、不吉な予兆のように感じていただろう。前九年の役も後三年の役も、けっして特殊な出来事ではなかった。中央から派遣された国司たちは、まずたいてい、収奪をほしいままにしているだけの無能で無力な連中であって、到るところで、国司と、郡司やその土地の豪族たちとの争いが起った。それに一族のあいだのさまざまな確執がからまって複雑な様相を示すことがある。それに対する中央政府の対応は、時としては手おくれであり、時として的外れであって、事態を収拾することが出来なかった。最高の政務にたずさわる二十人ほどの貴族たちは公卿と呼ばれているが、彼らは、直接の当事者であるだけに、みずからの足もとがゆらぎ始めるのを人一倍感じていたはずだ。下位の貴族たちも、もちろんその度合は異なるにしても、何がしかの不安を、潮騒のように感じていたことだろう。そういうふうに考えると、彼らが、男色その他の性的乱脈に誘われるのは、ごく自然な成行きのように思われる。

このような事態は、時としてはほとんど日常化し、時としてはさらに入組んだ姿を垣間見せながら、刻々にその危うさを深めていったわけだが、まさしくそういうときに、義清は、下北面の武士として、鳥羽院に仕えるようになったのである。当然彼は、院の御所に立ちこめたあの気配を、直ちに鋭敏に感じとったことだろう。単に感じとったばかりではない。相手が誰であるか、またそれがどの程度のものであるか、何ひとつ確証はないのだが、この二十歳にもならぬ若者にとって、このような気配が生み出した性への誘いは、どうにも避けえぬものだっただろう。院の御所という、宮廷よりも狭い世界に詰めているのだからなおさらのことだ。だが彼は、貴族たちのように、みずからの存在を支える土台がゆらぎ始めるのを感じていたわけではないだろう。だが、もちろん、おのれを取り巻く流行に、ただ何となく身を委ねていたわけでもあるまい。義清の立場も生い立ちも、それに伴う意識や感覚の動きも、もっと微妙なのである。

清和源氏、村上源氏、宇多源氏とか、桓武平氏、仁明平氏、文徳平氏、光徳平氏とかいった名称が示すように、天皇の血を引いた源氏や平氏とはくらぶべくもないが、義清の佐藤氏もなかなかの家柄であった。その先祖は、はるかに、藤原北家の祖藤原房前に連なっており、八代前には、東国で勇武の名をはせた、俵藤太藤原秀郷の名が見える。その一族は、その後、東国のほか各地に散らばって、並々ならぬ力をそなえていたのである。誰かが一族の力を結集すれば、源平とともに時代を動かす勢力となったのではないかと推測する研究家もいるほどだが、やはりそうではあるまい。一族をそういう方向に導くことが出来るような強力な指導者を持たなかったというようなことがあったのだろうが、結局のところ彼らは、それぞれはそれなりの力をそなえてはいても、ひとつに結集されることなく終ったのである。もっとも、このような停滞が停滞のまま終るわけはない。停滞とは、まずたいていの場合衰勢の始まりである。秀郷の子千晴も五男の千常も、父と同様鎮守府将軍となっており、千常の子文脩も同じ役目についていて、任地での彼らの権力がなかなかのものであったことをうかがわせるのである。文脩よりあとは、鎮守府将軍という名は見られないが、おそらくこれは、彼らが、土地の豪族としての力は出来るだけ残しながらも、中央に出て武官としてつとめることにしたからだろう。これは、中央の官僚体制に組み込まれることでもある。義清の曾祖父公清のとき、姓を藤原から佐藤に改めているが、以後、彼らの地位は、検非違使、左衛門尉という下級武官として定まったと言っていい。一族の衰退がそのまま形になったようなもので、若い義清は、そのことにどうにもならぬ閉塞感を感じたに違いないのである。頼義、義家以降の源氏のめざましい発展ぶりや、正盛や忠盛の赫々たる武功が示す平氏の興隆はすでにおさない頃から何となく聞き知っていたであろうが、やや長じてこのような閉塞感を覚えるに及んで、それとは対照的なこの生き生きとした上昇と発展の運動に、鋭く反応したことだろう。閉塞感が強まれば強まるほど、この反応も鋭さを増したはずである。

藤原頼長は、その日記『台記』のなかで出家僧の義清が、西行法師として待賢門院璋子のために勧進に来たときの印象について語っているが、そこで彼は西行のことを「重代の勇士」と評していた。おそらく秀郷以来家に伝わる勇武の伝説は、周囲の人びとの知るところとなっていたのだろう。だがおさない義清にとっては、それはほとんど日常感覚の一部になっている。日々、武技の習練は欠かさなかったとしても、そのことを、事々しく意識はしなかっただろう。だが下北面の武士となってあの閉塞感を覚えるに及んで、みずからの存在のはらむ意味合いを示すものとして、この伝統を改めてつかみ直すことを強いられたのではないかに思われる。

もっとも、ただそれだけなら、下北面の武士として、武技や馬技にただひたすら磨きをかけていればいいだろう。もちろんそういう習練にも励んだだろうが、事はそれだけでは片付かなかった。それというのも、彼の閉塞感や鬱屈感には、そういうふうに外側に向かって開放するだけでは解消し切れぬところがあったからだ。それらが彼に突きつけたのは、彼自身であり、彼自身の心であって、それは、武技で世に知られたことくらいでは、彼を解き放ってはくれなかった。それどころか、のがれようとすればするほど、いっそう強く彼をとらえただろう。これには、義清が、ごくおさない頃に、父親と死別ないしは生別し、母親ともまだ少年の頃に死別したと思われることが、かかわっているのかも知れぬ。この少年の孤独は、両親の、とりわけ母親の存在によって和らげられることはなかった。ひどく孤立したかたちで彼の思考を内側に向け、彼の内部を危ういほどもむき出しにするほかはなかった。あの閉塞感も、それと相応ずるような形で、彼の内部をむき出しにしたのである。

そういう少年を考えると、彼の母方の祖父であった監物清経の存在が、改めて重要な意味を帯びてくるようだ。すでに触れたように、この人物は、すぐれた役人であると同時に、稀代の数奇者であって、今様を好み、みずからも巧みに今様を歌った。それぱかりか、旅先で知った今様の名手目井を、その養女乙前とともに都に連れ帰って妾とした。この清経の娘が義清の母なのだが、彼女が清経の正式の娘なのかどうかよくわからない。義清の母は目井の養女で、これまた今様の名手であった乙前であると主張する研究家もいるが、たぶんそうではあるまい。だが少くとも、清経を通して、今様を好む数奇者の血が、義清のなかに流れ込んでいるのは確かであって、むき出しの内面と、こういう血の結びつきは、まことに興味深い。

9

前章では、若い下北面の武士佐藤義清を彼自身に導くいくつかの事情について触れたのだが、もちろん、それらを単純に足し合わせたところで、それで直ちに、義清という人物がとらえられるわけではない。それらには、またそれらのあいだには、時には矛盾をはらんだ、さまざまに屈折した動きを見てとることが出来る。義清は「重代の勇士」と評されていたが、彼をただそれだけで片付けることは出来ないのである。ある研究家は、義清の三、四代前から急速に解体に向かった秀郷流の一族を、奥州の藤原秀衡一族、足利、大屋、小山、結城などと名乗る東国の土着豪族、佐藤、首藤、尾藤などと名乗って在京の下級武官となった一族、それに、近藤、武藤などという九州の土着豪族に分類している。義清は、都住まいの下級武官となった一族に属している。義清は、佐藤氏として、都住まいの下級武官となったのだが、佐藤氏は何代か前から、紀州の田仲荘という豊かな荘園を所有する豪族でもあって、完全に律令体制に組み込まれたわけではないようだ。だが、そういうことがあるにしても、彼らのありようは、新興の源氏や平氏とは、ずいぶんそのおもむきを異にする。

たとえば源氏の場合、前九年の役で頼義が大敗したとき、その部下藤原茂頼は、誤って、頼義が戦死したと思い込み、その遺骸を求めるために出家したということだ。また、佐伯経頼は、いったん敵の包囲を脱出したにもかかわらず、これまた頼義戦死という誤報を信じて再び戦場に戻った。その際次のように語ったと伝えられている。

「吾将軍に事ふることすでに三十年を経たり。老僕すでに耳順におよび、将軍をまた、懸車にせまる。いま覆滅の時に当り、なんぞ命を同じくせざらんや、地下に相従ふことはこれ吾が志なり」

経頼の部下もまた「公既に将軍と命を同じくして節に死す。吾等豈に独り生くるを得んや。陪臣と言ふといへども、節を慕ふはこれ一なり」と言い、共に戦死するのである。

主人に対するこの絶対的な忠誠は、「ムサ（武者）の世」に到って、頼義主従だけの特殊な例ではなく、肉親に対する愛をこえた一般的な規範となった。だが、義清のことばにも行動にもそういったことは見られないのである。もちろん、彼にも、家人として仕えた徳大寺実能に対するそれなりの忠誠心はあっただろう。だがそれは頼義主従の場合のような絶対的な意味を帯びてはいないのであって、その後、徳大寺家の人びとに対して批判的なことを述べていることからもそれはわかる。鳥羽院に対する忠誠心は、おそらくそれを上まわっていただろうが、これも、彼の行動を支配するものではなかっただろう。

だがこれは、義清が、「ムサの世」に向かってゆく時代の流れに乗り切れなかったということでもないようだ。それどころか彼は、そういう時代の流れにさからっているように見える。在俗時代の作か西行になってからの作かわからないが、彼はこんな歌を詠んでいるのである。

なさけありし昔のみなほしのばれてながらへまうき世にもあるかな
何事も昔を聞くはなさけありてゆゑあるさまに思ほゆるかな

これらの歌に見える「昔」がいつを指すのかは必ずしも定かではない。ごく普通に読めば、王朝期の頂点である延喜、天暦の時代であるように思われるが、眺めていると、そうでもないような気もしてくる。前者の場合、「ながらへまうき」つまり生きながらえることが辛い世の中にあって「なさけありし昔」がしのばれるという言い方には、時をへだてて黄金期をなつかしむ懐古的な姿勢は感じられない。「なさけありし昔」は、「ながらへまうき世」での現在の生活感ともっと直截に結びついている。そう考えると、この「なさけありし昔」は、もっと近い昔、つまり、義清が下北面の武士として仕えていた鳥羽院政や、それに先立つ白河院政の時代と考えた方がふさわしいように思われる。おそらく西行は、保元、平治の乱以後の「ムサの世」にあって、また彼のなかに生き続けているその「昔」の感触を想い起したのである。北面に仕えていた頃からすでにこの通りの印象を抱いていたとは考えにくいが、「ムサの世」にあって、当初それがはらんでいた混乱したものあいまいなものが拭い去られ、「なさけありし昔」というかたちに結晶したということは充分に考えられるのである。

一方、後者の歌の場合、「昔を聞くは」とあることから、ここで示されているのは、前者のように直接の経験ではなくて、話に聞いただけのことと思われなくもない。人に話を聞くうちに、前者の「昔」よりももっと昔、延喜、天暦の時代や、それに連なる昔へのあこがれの念を呼び起されたということかも知れぬ。だが、そんなふうに別の「昔」と考えるには「なさけありし」と「なさけありて」、「昔」、「しのばれて」と「思ほゆる」というふうに言いまわしが似過ぎている。これらの歌は保元、平治の乱以後の作と思うべきだろうが(たぶん、大して時はたっていないだろう)、すでに歌人として腕を上げていた西行が、別々の「昔」と対して、こんなに酷似した言いまわしをすることはないのである。

そんなふうに考えると、義清が、もちろんさまざまな抵抗や屈折はあっても、下北面の武士としての生活に、思いのほか深くのめり込んでいたことがわかる。いや、そう言うよりも、彼は、そのときどきの生活に、それぞれがはらむ矛盾を踏まえながら彼独特のかたちでのめり込んだと言うべきかも知れぬ。たとえば白河法皇に対する態度からもそれはわかる。義清が下北面の武士となるよりも五、六年前、一一二九年に法皇は亡くなっていたが、法皇の存在は、なおも院のなかで生き続けていただろう。法皇が発していた輝きは、若い義清にとって過去の事実ではなかった。のちに西行は、法皇を、桜とかかわらせながら、こんな歌を詠むのである。

勅とかやくだす帝のいませかしさらばおそれて花や散らぬと
浪《なみ》もなく風ををさめし白川の君のをりもや花は散りけむ

前者は、すべてがその勅命に従った法皇が居られればいいのに、そうすれば花も、散るなどという勅命によって散らないだろうというほどの意味だろう。後者は逆に、その威光によって天下が泰平となった白河法皇の時代であっても花は散っただろうというのであって、いずれもおのずから西行のなかの白河法皇のイメージを照らし出している。それはあの「なさけありし世」の核心をなすのである。

義清は、鳥羽法皇には、下北面の武士として直接仕えたのだが、当然ここには、もっと具体的なかかわりが見てとれる。出家に際して鳥羽院にさし出した「惜しむとて惜しまれぬべきこの世かは身を捨ててこそ身をも助けめ」という歌については、その表面的な意味合いの奥にあるもうひとつの意味合いとともにすでに触れた。また、鳥羽院の崩御に際して詠んだ「今宵こそ思ひ知らるれ浅からぬ君にちぎりのある身なりけり」という歌についても触れた。その歌には長い詞書が付されていて、そこで西行は、かつて下北面の武士であったとき、徳大寺実能とともに鳥羽院の供をしたときのことを、その浅からぬ契りのひとつとして語っている。このとき詠まれた歌は実はこの歌だけではない。次いで、「をさめまゐらせける所へわたしまゐらせけるに」という詞書を付して、「道かはる御幸《みゆき》かなしき今宵かな限りの旅と見るにつけても」という歌が詠まれている。さらにまた「納めまゐらせて後、御供にさぶらはれける人々、たとへん方なく悲しながらかぎりある事なれば帰られにけり。はじめたる事ありて、あくるまでさぶらひてよめる」と詞書して、「とはばやと思ひよらでぞなげかまし昔ながらの我が身なりせば」と詠んでいる。もし自分がまだ在俗の身であったなら、御供養のためにお訪ねしようなどとは思わずにただ歎いていたことだろうというわけである。

この三首を眺めていると、何とも切々たる思いがおのずから伝わって来て、とてもこれを、かつて仕えた人に対する通りいっぺんの挨拶と言うことは出来ない。ここには、武士における、主人に対する部下の忠誠とは、また異なる、西行の情の深さとでも言うべきものを見てとることが出来るだろう。

鳥羽法皇が亡くなったのは保元元年（一一五六）六月のことだが、まるでそれを待ってでもいたように、崇徳上皇が兵を白河殿に集め、保元の乱が始まった。戦いは上皇側の敗北に終り、上皇は剃髪して仁和寺に入った。このことについて西行は、こんな歌を詠んでいる。

世の中に大事いできて、新院（崇徳院）あらぬさまにならせおはしまして、御ぐしおろして仁和寺の北院におはしましけるにまゐりて、兼賢阿闍梨出で会ひたり。月明かくて詠みける

かかるよにかげも変らずすむ月を見るわが身さへうらめしきかな

たまたま鳥羽法皇の葬儀のために都に出ていた西行は、仁和寺に崇徳上皇を訪ねたわけだが、これは実は簡単に出来ることではない。崇徳上皇は鳥羽法皇の跡を継ぎはしたものの、鳥羽法皇の実子ではなく、白河法皇と鳥羽法皇の中宮待賢門院璋子とのあいだの子だったから、彼らのあいだは、表面的にはともかく、内的には犬猿の仲と言うべきものだった（鳥羽法皇は、重い病いの床にありながら、崇徳上皇の見舞いを拒んだほどだ）。西行が、一歳年下の崇徳上皇に並々ならぬ好意を抱いていたとしても、法皇の葬儀からまだ間もないのに、今度は失意の上皇を見舞うというのは、や

はりただごとではない。僧という身分に助けられたということもあるだろうが、とにかく上皇は、後白河天皇に対する反乱の中心なのである。ここには、政治上の思惑を超える情の深さと、それを実行する強い意志を見てとるべきだろう。

西行は、讃岐に流された崇徳院にその後会うことはなかったが、和歌を愛し、『詞花集』の撰を命じたこの上皇の面影は消えることはなかったようだ。彼は「讃岐におはしましてのち、歌と云ふ事の世にいと聞えざりければ、寂然がもとへ言ひつかはしける」と詞書きして、「言の葉のなさけ絶えたる折節にありあふ身こそかなしかりけれ」と詠んでいるが、この「言の葉のなさけ」は、あの「なさけありし昔」の欠くべからざる要素であったと言っていい。

10

西行が、白河、堀川、鳥羽、崇徳と続く院政末期の世を、「なさけありし昔」とか、「なさけありてゆゑあるさま」と詠んだとしても、また、白河院の威光や、鳥羽院との「浅からぬ」「契り」を詠んだとしても、このような心の動きが、そのまま、下北面の武士義清の心の動きというわけではないだろう。貴族の世に取って代って、急速に否応なくそのリアリティを増した「ムサ（武者）の世」に対する西行の反応が、おのずから「昔」のこのような姿を強く照らし出したと言うべきだろう。もちろんこれは、西行が「昔」を懐古的に飾りあげたということではない。それらはそれぞれ、義清の正直な感想だっただろうが、他のさまざまな想念や印象と未分化であいまいなかたちで融け合っていたはずだ。また、他のさまざまな事象や情念が、若い義清を引きずりまわしていたことだろう。とてもこれを「なさけありし昔」などと言って片付けることは出来ないのである。

もちろんこれは、宮廷にみなぎるこういう雰囲気に受身なかたちで身を委ねていたということではない。人びとにとって気になるのは、地方から上京する受領たちの貢物くらいであって、刻々に騒がしさを増す地方の情勢などまったく念頭になかった。何がしかの不安はあったかも知れないが、それだけいっそう眼前の快楽にしがみつくことにもなっただろう。だが義清は、そういう連中の尻馬に乗って浮き浮きと日を過ごすことはなかった。これは、彼らとのあいだにあいまいな距離を置いていたということでもない。何しろ、強固な肉体と激しい情念をそなえたはたち前後の若者のことだ。あるいは、ひ弱な貴族たち以上にそういう世界にのめり込んでいたかも知れぬ。実際はどういう状態であったかはわからないが、彼の恋歌を見れば、その心の動きはよくわかる。

研究家によれば、西行の歌のなかで、恋歌は、三百三十三首の春歌、三百十二首の雅歌に次いで、二百九十七首を数えるということだ。恋歌とされてはいなくても恋がらみの歌もあるから、この数はさらに増すはずである。他の歌人たちといちいち比較したわけではないが、この割合はなかなかのものであると言っていいだろう。西行が、出家後、寺や庵や旅先で、さまざまな恋を経験したとは考えにくい。その経験は、北面に仕えた五年ほどの時期に限られているとすればなおさらのことだ。これは、それらがすべて在俗時に詠まれたということではない。在俗時に詠まれた歌もあるだろうが、出家後、歌会などで題詠として詠まれたこともあっただろうし、歌会ではなくても、かつての自分の経験を、恋歌として仕立てるということもあっただろう。だが、彼は、その経験を、単なる素材、単なる書割として扱ってはいない。「九月ふたつありける年、閏月を忌む恋と云事を人々詠みけるに」とか、「みあれの頃、賀茂にまゐりたりけるに、精進に憚る恋といふことを人々よみけるに」といった詞書は、明らかに題詠であることを示しているが、「聞名尋恋」とか「自門帰恋」とかいった短い詞書の場合もたぶん多くは題詠だろう。だが、それらにおいても、もちろん度合いの多少はあるにしても、在俗時の恋の経験がおのずから浮かびあがって来る。そしてそのことが、それらの歌に、作歌に際しての形式的な小手先技に留まることのない、生き生きとした現実感としっかりと内側から支えられた手触わりを与えている。詞書のない、他の歌においては、このことがさらにはっきりと見てとれる。北面の武士としての五年ほどの経験は、彼がその恋のヴィジョンを育くむための尽きることのない源泉となっていると言っていいだろう。

その点、『山家集』下の「雑」の部に「恋百十首」としてまとめられた歌群はなかなか興味深い。この歌群の末尾に「この歌、題もまた人にかはりたることどもも、ありげなれども、書かず、この歌ども、山里なる人の語るにしたがひて、書きたるなり。されば僻事どもや、むかしいまの事とり集めたれば、時折節違ひたることどもも」という文章が付されているが、この文章は西行が書いたものではない。「山里なる人」（西行）が語るに従ってこれらの歌を記録した人の手になるものだ。この記録がいつ行われたかはわからないが、『山家集』中にはすでに「恋」部があるのだから、たぶん「恋」部の編集以後に行われ、「雑」部のなかに加え入れたものと考えていいのではなかろうか。「恋」部の編集を終えはしたものの、西行は題詠的なものが多く占めるその内容に満ち足りぬ思いがあった。そのために、「恋」部からは省いたさまざまな時期の歌百十首を改めて拾い集め、それを「恋百十首」として「雑」部に収めたのではなかろうか。そんなふうに考えるとよく納得出来るのだが、そればかりではない。このことは、若年期の恋の経験に対する西行の執着の深さを否応なく感じさせてくれるのである。

たとえばこんな歌がある。

あふことの無くて止みぬる物ならば今みよ世にもありやはつると

あなたに逢えずに終るのなら、今見に来てください、私が生きているか焦れ死にしてしまっているかを確かめにというほどの意味だろうが、これは単なる詠嘆の歌ではない。のびやかに詠みおろされた上三句と、「今みよ世にもありやはつると」という下二句の、鋭く屈折した、ほとんどけわしいと言いたいほどの表情との対照がまことに独特である。西行の詠嘆には、気楽にそれに身を委ねていることを許さぬようなところがある。身を委ねているうちに、どこから来るのかわからぬ激情にぶつかるようなところがある。この歌からも、それはよくわかる。

また、こんな歌がある。

さるほどの契りは君にありながらゆかぬ心の苦しきやなぞ

あなたとは、然るべき前世からの契りで結ばれていながら、こんなふうに、思いがとげられず心の苦しみが増すばかりだ。これはいったいどういうわけだろうというのが一般的な解だろうが、この解は私にはどうもしっくりしない。前世の契りがあるのに現世で思いがとげられぬのが辛いというだけのことなら、「ゆかぬ心の苦しきやなぞ」とわざわざ問いかける必要はないだろう。まして、「なぞ」という問いで歌を結ぶこともあるまい。この「ゆかぬ心」は、前世の契りを感じながらも、相手との結びつきに満ち足りることとの出来ぬ心をさすのではなかろうか。これは深読みに過ぎるであろうか。そうかも知れぬ。だが、このように解した方がこの歌の姿にふさわしい。そしてまた、その方が、西行という人物を生き生きと感じさせるのである。

そういう西行は、次の歌にも通じるものだろう。

我のみぞわが心をばいとほしむあはれむ人のなきにつけても

「あはれむ人のなきにつけても」というのは、もちろん恋の相手に対することばである。あなたが私をあわれんでくれないから私は自分で自分をいとおしむしかないのですよと、一ひねりして相手のあわれみを求めているわけだ。だが、眺めていると、そういう策略の影が薄れ、相手の無情の影も薄れ、その無情を介して「我のみぞわが心をばいとほしむ」西行のふしぎな孤独感が見えてくる。「恋百十首」ではこの歌の次に「恨みじと思ふ我さへつらきかなとはで過ぎぬる心強さを」という歌が置かれているが、この歌も面白い。何の音沙汰もない女の情のこわさを恨むまいと思うが、そういう自分の反応も、女のつれなさとはまた異る一種のつれなさのように思われて辛いというのであって、ここには、一筋縄では片付かぬしたたかな人間理解が見てとれる。「恨みじと思ふ我さへつらきかな」と一気に詠みおろし、恨むまいとする対象を下二句にまわす大胆な構文は、この人間理解の質に相応するものだ。通常の構文には、とてもこういう内容を乗せることは出来ないのである。

もちろん、この種の歌ばかりではない。こんな歌もある。

いとほしやさらに心の幼びて魂きれらるる恋をするかな

人を想うことで、おさな子のように無垢で一途になり、薄よごれた大人の世間智を忘れて、魂が引きちぎられるような恋をする、そういう自分がいとおしいというのだが、ここでの「幼びて」というイメージはまことに美しい。西行のなかには、およそうわついたところ抽象的なところのない、冷静で沈着な人間理解と、少年の無垢と直情とが共存しているが、ここには、その少年性が、べとついた感傷性をぬぐい去って、まことにのびやかに、自然に立ち現われているようだ。恋にのめり込んでいる自分に向かって、まず「いとほしや」と述べていることで、さらにその効果が増していると言っていいだろう。それによって、この歌全体が「いとほしや」という光によって照らし出されているからである。そのあとすぐに「君慕ふ心のうちは乳児《ちご》めきて涙もろくもなるわが身かな」という歌が置かれているが、この歌についても同様のことが言いうるだろう。ここで、下句を「涙もろくもなりにけるかな」ではなく、「なるわが身かな」としていることは、「わが身」への西行の執着を示していて、注意していいことだろう。

「恋百十首」は、「あふと見しその夜の夢の覚めであれな長き眠《ねぶ》りは憂かるべけれど」という歌で結ばれている。たまたまそういうことになったのか、それとも西行が意識してそこに置いたのかはわからないが、私は、意識して置いたのではないかという気がしている。恋人と会っている楽しい夢から覚めたくない、それがいつまでも続けばいいと思うのは恋歌の常套だろう。そういう楽しさや願望を詠んだ恋歌はいくらもあるだろうが、ここで西行は、それを、煩悩の「長き眠《ねぶ》り」と重ね合わせている。そういう眠りは辛く苦しいものであるはずなのだが、にもかかわらず人びとは、その眠りのなかで見る夢が覚めないで欲しいと願っている。その眠りが辛く苦しいものであっても、まるでその辛さや苦しさが一種の快楽ででもあるように、そこで見る夢に執着するのである。これは、若年期の西行がいやほど体験したことだろう。そして、「恋百十首」をまとめた頃の西行が、その体験のこのような本質を見定め、その「長き眠《ねぶ》り」から、多少とも脱しえていたとすれば、彼の「恋」のヴィジョンの尽きることのない源泉となった若年期の経験を次々と呼び起しながら、この歌群をこういう歌で結ぶことはよくわかるのである。

11

西行がこの「あふと見しその夜の夢の覚めであれな長き眠《ねぶ》りは憂かるべけれど」という歌をいつ詠んだのか。正確なところはわからない。わからないが、ことばやイメージの、簡潔だがふしぎにのびやかな、よく練れた姿は、この歌が、少くとも出家後かなり時経てからの作であることを示しているようだ。西行は、文治三年（一一八七）、七十歳のときに編んだ自歌合わせ『宮河歌合』の三十六番でこの歌をとりあげている。この歌を左歌とし、『山家集』中巻の、「恋」の部に見える「あはれあはれこの世はよしやさもあらばあれ来む世もかくや苦しかるべき」という右歌と組み合わせているのだが、この組み合わせはなかなか面白い。自歌合わせとは、他人ではなく自分自身の歌を左右に分けて組み合わせ、原則としては他人が、時としてはみずからが判者となって、判詞を付する歌合わせの一形式を言う。自歌合わせに取りあげられていることは、それらの歌が共に彼の自信作であることを示しているが、それだけではない。この二首を選び、それをこんなふうに結びつけていることに、彼の自己批評の鋭敏と的確を見てとることが出来る。左歌は、あのひとと会っている夢を見たが、その夜のこの夢が覚めないで欲しい、こんなふうに恋の煩悩に引きずられ、無明長夜の「長き眠《ねぶ》り」をむさぼっているのは何とも辛いことなのだが、というほどの意味だろう。上句で、夢よ覚めるなという願望を一気に詠みおろし（それだけに、第三句の「覚めであれな」という字余りがよく利いている）、下句は、この煩悩から抜け出せぬ自分自身に対する呻きのような自問自答を示している。そのことが、この歌に、鋭く屈折した、生き生きとした表情を与えている。一方、左歌は、ああ、この世のことはまあどうにでもなるようになれ、だが、それにしても、来世もこんなふうに苦しいんだろうかというほどの意味だが、右歌とはずいぶんその趣きを異にする。右歌とは対照的に、上句には「あはれあはれ」「さもあらばあれ」と二つも字余りが置かれていることで、ある諦念のしみとおったほとんどのびやかな動きが生まれているが、下句ではその諦念をゆるがすような不安が示されるのである。いずれも西行らしいいい歌だが、微妙に表情を異にするこれらの歌をこのように結びつけることで、一首だけ読むのとは違ったひろがりが感じられるようだ。

ところで西行は、この自歌合わせの判者を定家に依頼しているのだが（同じ年に編んだもうひとつの自歌合わせ『御裳濯河歌合』の判者は俊成に依頼している）、定家は、この三十六番に、こんな判詞を書きしるしている。「両者歌心ともに深く詞及びがたき様には見え侍るを、この世とおき、来む世といへる、ひとへに風情を先として、詞をいたはらず見え侍れど、かやうの難は、この歌合にとりて、すべてあるまじきことに侍れば、なずらへてまた持とや申すべからむ」

「持」とは引分けということだが、この定家の判詞はなかなか面白い。定家にとっては、右歌で西行が、「この世」と「来む世」とを共存させていることは、「詞をいたはら」ぬこととして承服しがたかったのだろうが、西行の歌の「風情」の魅力に押し切られてしまったようだ。「かやうの難は、この歌合にとりて、すべてあるまじきことに侍れば」という言いまわしには、定家という稀代のレトリシアンが覚えた口惜しさがにじみ出しているように感じられなくもないのである。

もっとも、歌において「風情」がこのような力をうるためには、必ずしもそれが、恋の煩悩のさなかにあって詠まれる必要はない。もちろん、そのことで、歌にあるなまなましい生命感を与えることはあっただろうが、そのことでかえって、イメージや措辞にあいまいな混乱が生ずることにもなる。それを避けようとすると、歌に抽象的な形式感を押しつけることになる。『山家集』下巻の「雑」の部には、西行の唯一の百首歌が収められている。その出来ばえから推して、おそらく在俗時代の作と思われるが、そのなかの「恋十首」にはこんな歌がある。

古き妹が園に植ゑたる唐なづなたれなづさへとおふし立つらむ
紅のよそなる色は知られねば筆にこそまづ染めはじめつれ
思ひ出でよ三津の浜松よそだつと志賀の浦波立たむ袂を
われはただ返さでを着む小夜ごろも着て寝しことを思ひ出でつつ
川風に千鳥鳴きけむ冬の夜はわが思ひにてありけるものを

あるいは季語や縁語を駆使し、あるいは小町や貫之の歌を踏まえるなどして、あれこれ工夫をこらしているが、工夫をこらすことに精いっぱいであって、どの歌も、いかにも空疎凡庸である。西行には、歌集の形式的完璧を目指すといった志向はなかったが、それにしてもなぜこんな歌など収めたのか気になってくるほどだ。一見いかに痛切な経験であっても、それを自分自身の経験とするには、それなりの時間が必要であることを、改めて思い知らざるをえないのである。

「恋百十首」のなかの、「心から心に物を思はせて身を苦しむる我が身なりけり」という歌を見てもそれはわかる。この歌も、いつ詠まれたかはわからないが、「恋十首」に見られるような上っつらの飾りめいたものはいささかもない。西行という人物の奥深い本質が凝縮されたかたちで立ち現われている。恋の煩悩は、彼の感覚や感情をさわがせるだけのものではない。それは、それらを貫いて、まっすぐ彼の「心」に向かうのであり、「心から心に物を思はせ」て、「身を苦し」めるのである。そして、それこそ「我が身なりけり」と言い切っているのはいかにも西行らしい。歌は、ここでは、およそいっさいの余計ものをそぎ落して、そういう「心」の動きそのものにぴったりと寄りそっている。恋の煩悩の悪無限と、「心」へのこのような集中性との結びつきが、この歌の無類の姿を形作っているようだ。

もっとも、これは、「心」が、安定したかたちで存在しているということでもない。「われながらうたがはれぬる心かな故なく袖をしぼるべきかは」という歌もある。これといった理由もなく涙を流している自分の心の動きが、「われながら」合点がゆかないのである。あるいはまた、「さることのあるべきかはとしのばれて心いつまでみさをなるらむ」という歌もある。あのひとに恋いこがれることなどあっていいものだろうかとは思うのだけれども、そういう「心」が、いつまで、「みさを」つまり変らずにいるだろうかというほどの意味だろうが、ここでもわが「心」の動きが疑われるのである。

だが、西行の場合、このような「心」の動きは、疑われることで、ただ混乱し解体するわけではない。疑われれば疑われるほど、「心」は、その存在を強めているように見える。それどころか、そういう混乱や解体が、「心」の統一のための不可欠の要素のようにさえ見えてくる。「わりなしや何時《いつ》を思ひの果にして月日を送るわが身なるらむ」という歌は、そういう状態におかれた彼がおのずから発した呻きのようなものだ。「心」に向かって問い続ける彼の「思ひ」には「果」がおとずれることはないのである。「ものおもへどかからぬ人もあるものをあはれなりける身の契りかな」とも彼は詠む。恋のもの思いをしても、これほど悩まない人もいるのに、こんなに悩むのは、これが自分のあわれな宿命だからだろうというわけであって、こういう彼の感慨はよくわかるのである。

この歌は、彼の自歌合わせ『御裳濯河歌合』に、第二十七番の右歌としてとられている（この歌合わせでは第四句が「くやしかりける」となっている）。左歌は『新古今』の「恋歌三」に採られた「人は来で風のけしきも更けぬるにあはれに雁のおとづれてゆく」という歌だが、この組合わせはなかなか面白い。左右は「あはれ」で結ばれているが、右歌の重苦しい宿命感を、「あはれに雁のおとづれてゆく」情景で受けている。だが、それは、単に右歌の重苦しさとの対照的効果を担っているということではない。来ぬ人、夜ふけの風、雁のおとずれと、くどいほどあわれの道具立てが並べ立てられている。ほとんど重苦しさと紙一重と言いたいほどだが、両者の微妙な表情の変化が、対照的効果とはまた異る絶妙な効果を生んでいる。判者俊成の判詞は「左も心ありてをかしくは聞ゆ。右歌よろし、勝ちと申すべし」というものだ。
ところで西行は、こんな歌も詠んでいる。

有明は思ひ出あれや横雲のただよはれつるしののめの空

『新古今』「恋歌三」に「題しらず」として採られているもので、たぶん西行晩年の作だろう。これまで触れてきた彼の恋歌とはずいぶんその趣きを異にする。有明の月を見ると思い出すことがある、明け方の空には横雲がただよっているが、自分もこの横雲のように、ためらいただよいながら、あの人と別れてきたものだというほどの意味だろう。だがここには、西行の他の恋歌の多くに見られるような、「心」のあらわな干渉はない。そのことと、後朝の別れのあと、まだあの人に思いを残した、ためらいがちな気分と、有明の月のそばでただよう横雲の動きとのあいだに、新古今調のくっきりとした照応が生まれている。西行はこの種の恋歌を数多く書いているわけではないが、それだけに、この歌は、若年期の恋の呪縛や、それをめぐる「心」への問いからふと歩み出た表現のように思われ、まことに印象的なのである。

もちろん、このような歌はまず例外的と言っていいもので、彼の恋歌の核をなすのは、これまであげてきた歌が示すように、わが「心」や「我が身」に対する執拗な問いだが、それ以前の、在俗時の彼にそういったものがなかったわけではない。在俗時の彼は、ただ無意識に恋に溺れ、それが出家後の彼のために、その作歌の題材を提供したとして片付けることは出来ない。在俗中の彼が、すでに引いた「恋十首」中の諸作のような凡庸な恋歌しか作っていないとしても、これはまた別の話だ。体験と表現とは必ずしも、自然に結びつくものではないのである。「恋十首」のような凡庸な歌を詠めば詠むほど、彼は、体験と表現とのあいだのずれを鋭く意識することになったのかも知れぬ。かくして、恋が（失恋という特殊な出来事だけではなく恋そのものが）、時とともに、彼の歌を、彼独特の歌へ導いたのかも知れぬ。そして、それは、彼を、彼自身に導くことであったと言っていいだろう。

12

「恋百十首」には、「何事につけてか世をば厭はましうかりし人ぞ今日はうれしき」という歌がある。世を厭い、出家を志すには、何らかの理由や切っかけが必要だ、あの人につれなくされたことがそういう切っかけになったのだから、出家を決意した今日となっては、そのつれなかった人がうれしく思われるというほどの意味だろう。出家の動機をみずから明かしているような歌だが、これは『源平盛衰記』の「さても西行発心のおこりを尋ぬれば、源は恋ゆゑとぞ承る」という記述にまっすぐつらなるものだ。記述は「申すも恐れある上﨟女房を思ひ懸け進ぜたりけるを、阿漕《あこぎ》の浦ぞといふ仰せを蒙りて思ひは春の夜見はてぬ夢と思ひなし。楽栄は秋の夜の月西へとなずらへて、有為世の契りを遁れつつ、無為の道にぞ入りにける」と続くのである。この話はすでに一度とりあげたがこんなふうに恋歌のなかに改めて置いてみると、なかなか面白い。「阿漕の浦ぞ」とは、阿漕の浦では神の誓いのために年に一度しか網を引かぬという故事を踏まえたもので、あなたとの逢う瀬は一夜だけですよというわけだが、考えてみれば、少々奇妙な気がしなくもないのである。人眼をしのぶということはあるにしても、一夜だけと切り捨てるのはひどい話であって、ここには昇殿も許されぬ下級武官という義清の身分がかかわっているように見える。彼は、自分が「数ならぬ身」であることを思い知らざるをえなかったのである。

この「申すも恐れある上臈女房」が誰であるかはわからない。鳥羽院の中宮待賢門院璋子、皇后美福門院得子、待賢門院に仕えた女房堀川局など、さまざまな名前があげられているが、証拠があるわけではない。それどころか、この挿話そのものが、『源平盛衰記』作者の想像の産物であるとも言われている。もっとも、すべてがそうであったというわけでもないだろう。事実ではないにしても、作者にこのような話を作りあげさせるような伝聞や記録がなかったとは言えないのである。いずれにせよ、義清の周辺にさまざまな「うかりし人」がいて、その人と義清とのあいだに、彼に世を厭わさせるような出来事があったことは充分考えられるのである。この「何事に」の歌は、そういう事情にぴったりと相応しているから、まだ在俗中の、出家を決意した頃の作とするのが通説になっている。たぶんそうなのだろうが、義清はこの決意のなかに安んじているわけではない。「恋百十首」には、この歌のすぐ前に、「とにかくに厭はまほしき世なれども君が住むにもひかれぬるかな」という歌が見える。厭わしく遁れたいと思うこの世ではあるが、あなたが住んでいると思うと心惹かれて捨て切れぬというわけだが、この二首を読みくらべてみると、なかなか面白い。並んでいるからといって、同時期に詠まれたとは限らないし、西行が意識的に組み合わせたとも思われぬ。だが、この二首を並べてみると、西行の心のかたちが、おのずから浮かびあがって来るようだ。世を厭いながらも、心を寄せた人が住んでいるために執着が断ち切れぬと言う一方で、自分につれなくした人も、出家を決意する切っかけになってくれたわけだから今日はうれしく思うとも言う。もちろん、こういうふたつの心の動きがあいまいに共存することもありうるだろうが、両者が共に激しく自己を主張し、西行を衝き動かすとなると、これはなかなか厄介なことなのである。「恋百十首」には「言ひ立ててうらみばいかにつらからむ思へば憂しや人の心は」という歌もある。黙って耐えしのんでいるのも辛いが、恨みごとを声高に言い立てるのも、これまたどんなに辛いことだろうというわけだが、これを「思へば憂しや人の心は」という呻きのようなことばで結んでいることは、いかにも西行らしい。何をどうしようが、それによって辛さは増すばかりであって、そのことが彼を、刻一刻と、「思へば憂しや人の心は」という、「人の心」についての苦い認識に追いつめる。「知らざりき身にあまりたる歎きしてひまなく袖をしぼるべしとは」とも詠んでいるが、彼にとって「歎き」は、あれこれと小手先で細工したり利用したりすることが出来るような代物ではない。それは本質的に、「身にあまりたる」ものなのである。

それればかりではない。これは「恋百十首」ではなく、『山家集』中巻の「雑」の部に見えるものだが、彼は「ながらへむと思ふ心ぞつゆもなき厭ふにだにも堪へぬうき身は」という歌を詠んでいる。これは恋歌ではないが、これまで引いてきたさまざまな恋歌のなかにこの歌を置いてみると、それらの恋歌がふしぎな表情を示し始めるようだ。生き永らえようと思う心などまったくない、このいやなわが身は厭うにさえ値いしないのだというのであって、とてもこれは、厭世どころのさわぎではない。わが身を、厭うにさえ値いしないと思っている人間に、自分を中心として、厭世という観念で世のなかを染めあげることなど出来るはずがないのである。何とも危うい場所にまで自分の心を追いつめているわけだが、もちろん、どの恋歌にもこのような心の動きがあらわに見てとれるということではない。だが、それらの奥深いところには、この心の動きが、見えかくれしながら続いている。そしてそのことが、その恋歌のひとつひとつに、約束事にとらわれることのない、自然で奥深い息づかいを与えているようだ。そういう点に着目すると、「西行発心のおこりを尋ぬれば、源は恋ゆゑとぞ承る」と単純に片付けられないものであることがわかる。『源平盛衰記』の記述が、事実であるにせよ、作者の想像の産物に過ぎないにせよ、義清は何度も辛い恋を経験しただろうが、このような心の持主である義清にとって、出家は、傷心を慰めるための都合のいい手段にとどまるはずがない。心に安らぎをうるための楽天的な結末であるはずがない。それらの経験は、彼に、自分の心の姿を刻々に新たに突きつけ、経験を重ねるにつれて、その姿はいっそう複雑な、謎をはらんだものになってゆく。そういう姿を見定めるためには、下級武官という身分が強いる拘束その他のしがらみから脱して、出家という自由な場に歩み出る必要があったのである。もちろん、傷心を慰めるとか安らぎを求めるといった動機も働いていただろうが、それらの根底には、このような自由への欲求があったと見るべきだろう。もっとも、この自由は、単に彼をさまざまな拘束やしがらみから解き放ち、彼を安定した状態のなかに支え続けるといったものではない。それは、みずからの心の姿を自由に見定めるためのものなのだから、自由になればなるほどみずからの心の姿に執することになる。一方、それに執すれば執するほど、自由への欲求がいっそう増すことになる。かくしてここには、自己からの離脱と自己への集中との、時とともにその度合を増す、鋭く緊迫した、激しい精神の劇が見られるのである。

もちろん、義清をこういう状態に導いたのは、恋（男色も含めて）だけではあるまい。父親とはごくおさない頃に死別あるいは生別していること（『聞書集』に収められた「地獄絵を見る」連作のなかで、「たらちを」（父親）について「たらちをの行方をわれも知らぬかな同じ炎にむせぶらめども」という歌を読んでいることから見て、そこには何かいまわしい事情があったような気がしなくもない）。母親も早く世を去っているような気配が感じられること、こういったことが、若い義清のうえにさまざまな影を落していたはずである。一方、彼は都住まいの下級武官であったものの、佐藤氏は紀州の田仲荘の預所となっている地方の豪族だった。当然、圧政と動乱と天災に苦しむ地方の情勢は、この鋭敏な若者の耳に潮騒のように響いていたことだろう。若い義清が南都北嶺の学僧たちの言説に親しんでいたとは思われないが、こういう情勢と結びついた無常感やそれが生み出す浄土信仰は、知識というよりも一種の肉体感覚として、彼のなかにしみとおっていったことだろう。かくして出家の決意が定まるのだが、『山家集』下巻の「述懐百首」に見られるこんな歌は、そういう義清を、生き生きと浮かびあがらせる。

いざさらば盛り思ふも程もあらじ藐姑射《はこや》が峯の花に睦《むつ》れし

「藐姑射が峯」とは上皇の住む仙洞御所。仙洞御所の花に馴れ親しみ、その盛りをすばらしいと思うことにも、もうお別れのときだというのであって、別れを決意することによっていっそうその美しさを増す花の姿やそれと親しんでいた彼の生活が、しみ入るように読む者の心にしみとおってくる。

その次に見えるのはこんな歌である。

山深く心はかねて送りてき身こそうきよを出でやらねども

自分はまだ出家せず、身体は「うきよ」に残っているけれども、心はすでに山の奥深くに送り込んでいるというわけだが、「心」と「身」との、このような離反はいかにも西行らしい。この離反は、出家後もしつっこく彼に付きまとうのである。もちろん、この歌では、出家の意志はすでにはっきりしているのに、まだ実際に出家していないというだけのことだが、その後は、しばしば、出家していながら世間とのかかわりを絶たぬ自分への、あるうしろめたさをともなった自戒というかたちをとる。だがこれは実は彼の態度が中途半端だということではない。みずからの心の姿からの離反がそれに対するいっそうの集中を生んだように、西行には、この世から離れることが、この世へのなまなましい執着を生み出しているようなところがある。

さらにまた、『山家集』中巻の「雑」の部にはこんな歌もある。

世にあらじと思ひたちけるころ東山にて人々寄霞述懐と云事をよめる

そらになる心は春の霞にて世にあらじとも思ひ立つかな

西行は、在俗の頃から東山の寺とかかわりが深かったから、これは東山のどこかの寺で催おされた歌会で詠まれたものだろうか。そういう場所での詠であるだけに、出家を決意したことへのよろこびが余計な力を加えることなく詠まれていて、歌そのものが、まるで春のかすみのように軽やかで美しい。続いて「同心を」と詞書した「世をいとふ名をだにもさはとどめおきて数ならぬ身の思ひ出にせむ」という歌が見えるが、これはずいぶん表情を異にする。「同心を」とは、「寄霞述懐」をさしているのではなく、「世にあらじとも思ひ立つ」ことをさしていて、これは別の時、別の場所で詠まれたものだろう。歌の表情は一変して、孤独な独白のような印象を受ける。そうしているうちにも時は過ぎ、義清は鳥羽院にこんないとまの歌を贈るのである。

惜しむとて惜しまれぬべきこの世かは身を捨ててこそ身をも助けめ

13

義清が出家したのは、保延六年（一一四〇）十月十五日、彼が二十三歳のときのことだ。その二年のちの康治元年（一一四二）三月十五日、彼は、鳥羽院の中宮待賢門院璋子の出家落飾に際しての一品経供養の勧進のために内大臣藤原頼長を訪れているのだが、頼長の日記『台記』に見えるこの訪問ついての記述はなかなか面白い。そこで彼がまず、直接の用件である勧進について書いているのは言うまでもないが、それだけでは終らない。次いで義清の出家のことに触れ、「俗時より心を仏道に入れ、家富み年若く、心に憂ひなけれども遂に以て遁世す。人、之を歎美するなり」と書きしるしている。今は僧形となってはいるもののもとは鳥羽院に仕える一介の下北面の武士にすぎなかった西行の二年前の出家についてわざわざこんなことを書いているのは、やはり格別のことだ。これは、俵藤太藤原秀郷に連なる「重代の勇士」であった義清の並々ならぬ面魂と出家という行為との結びつきが、頼長にとってまことに印象的だったためだろうが、義清の出家に心動かされたのは頼長ばかりではない。「人、之を歎美するなり」ということばからもうかがわれるように、こういう反応は、宮廷やその周辺の人びとにも共通するものだった。

もっとも、これは、出家という行為がめったに見られないものだったということではない。特に数多くあったわけではないだろうが、いくらもその例を見ることが出来る。だが、その原因は、まずたいていの場合、老齢であり、病気であり、あるいは政治的社会的な不遇に対する不満だったようだ。もちろんそこには宗教的動機がまったくないわけではないだろう。人それぞれにおいてその度合の違いはあっても、それなりの宗教的なものへの心の傾きはあったと考えられる。それが老齢、病気、不遇といった原因によって出家という行為に導かれたのだろう。だが、義清の場合は、家は富み、年は若い。下北面の武士という地位は、特別の未来を約束するものではないにしても、通常の三等官の武官にくらべれば、はるかに可能性をはらんでいるように見える。それらにくらべて、「心に憂ひ」がないかどうかは外見からはわからない。義清が恋その他で苦しんでいたとしても、そんなものは誰にでもあることとしか思われないのである。彼には、彼を出家に導きそうな理由は何ひとつ見当らず、一方、彼を出家とは無縁の人間とする理由はいくらも見つかるというわけだ。にもかかわらず彼は出家したのであって、人びとの「歎美」はここから発している。人びとにはそう思われたのだが、このことは義清の出家の動機がきわめて内的なものであることをおのずから示している。彼の出家の原因として、研究家たちは、失恋、政治情勢、無常感その他さまざまなことをあげてきた。それらのなかのどれかひとつというわけではなく、それら全体がかかわっているとも言われているが、たぶんそうだろう。だが、それらが直接的に彼を出家に導いたと見るべきではあるまい。そういう言わば外面的なものではなく、それらすべてがひとつに融け合い、彼を「我が心」に追いつめた。そのことが彼に出家させたように思われる。

『西行物語』は、ある夜、出家を実行に移した義清の姿をこんなふうに語っている。

「さりとてもとどまるべきことならねば心強く思ひて、髻《もとどり》を切りて持仏堂に投げおきて、門をさし出でて、年来知りたりける聖《ひじり》のもとに、そのあかつき走りつきて出家をしけるこそあはれに覚えけれ」

これは物語であって、実際にこの通りのことがあったかどうかはわからない。だが、出家のために聖《ひじり》のもとにおもむいたというのは、義清の出家心の質を思えばいかにもありそうなことに思われる。

『尊卑分脈』によれば、出家した義清は西行という名前のほかに、円位という法名と大宝坊という房号を持っていたということだ。研究家は、この「円位」という法名は、天台宗で言う「円教」つまり完全な教えということばに通じているとし、義清が出家後天台宗の寺に入ったのではないかと推測している。また、大宝坊という房号を持っていることから、その寺はかなり大きな寺であったのではないかとも推測している。そういうことであったとしても、それは彼がその寺で出家得度したということにはなるまい。出家後にそういう寺と何らかのかかわりを持ったとする方が彼には似つかわしいのである。西行自身が、この円位という法名を用いている例は、晩年の半ば公的な書簡で一度見られるだけだし（どういうわけか俊成はつねに西行を円位と呼んでいる）、大宝坊という房名に到ってはまったく見られないということから見ても、彼がそれらとよそよそしいかかわりしか持っていなかったことがわかる。一方、西行という名前は、西方極楽浄土を思わせるもので、明らかに浄土教的なものと結びついている。彼がそれを浄土教系の寺からもらったのか自分で作ったものかはわからないが、この名前はごく早い時期から一般化していたようだ（先に引いた頼長の『台記』の記述も、「西行法師来りて云ふ」ということばで始まっている）。そして西行の場合、この浄土教的なものは「聖《ひじり》」への親近と融け合っているのであって、これは着目すべき点だろう。

史家によれば、現世を穢土とし、極楽浄土への往生を願う浄土思想は、大化改新前からすでにわが国に伝えられていたようだが、平安中期以後、それは世間一般にひろまり、人びとの心を鋭く衝き動かすに到った。そういう思潮を体現する存在のひとりは空也である。彼は、絶えず念仏をとなえながら諸国をめぐり、道を直し、井戸を掘った。彼のこのような信仰と行動は、上下を問わず多くの人びとの心をとらえ、念仏聖《ひじり》とも市聖《いちのひじり》とも呼ばれたのである。もっとも空也は、ただひたすら念仏をとなえるだけであって、浄土への往生について立ち入って語るというようなことはなかったのだが、彼よりも三十歳ほど年下の慶滋保胤は、その著『日本往生極楽記』のなかで、往生の諸相について執拗に語っているが、その叙で次のように言う。

「叙して曰く、予《われ》少き日より弥陀仏を念じ、行年四十より以後《このかた》、その志いよいよ劇《いそがは》し。口に名号を唱へ、心に相好を観ぜり。行往坐臥《ぎょうぢうざが》暫くも忘れず、造次顚沛《さうしてんはい》必ずこれにおいてせり。それ堂舎塔廟《だうしゃたうべう》に、弥陀の像あり、浄土の図あるをば、敬礼《きやうらい》せざることなし」

そしてさまざまな往来の相を描いているのだが、その「九」は次のようなものだ。

「僧都済源は、心意潔白にして世事《せじ》に染まず、一生の間念仏を事となせり。命終るの時、室に香気あり、空に音楽あり。常に騎《の》るところの白馬、跪きてもて涕泣す。米《よね》五石を捨てて薬師寺に就《つ》けて、諷誦《ふじゅ》を修ぜしめ、陳べて曰く、我苦、寺の別当となりしに、借用せしところこれのみ。命終に臨みてもて、これを報ゆるなりといへり」

もうひとつ引いておこうか。「四二」である。

「加賀国に一の婦女あり。その夫《をふと》は富人なり。良人亡《し》にて後は、志柏舟《はくしう》にあり。数の年寡居せり。宅《いへ》の中に小さき池あり。池の中に蓮花あり。常に願ひて曰く、この花盛に開くの時、我正に西方に往生せむ。便ちこの花をもて贄《にへ》として、弥陀仏に供養せむといへり。花の時に遇ふごとに、家の池の花をもて、郡中の諸の寺に分ち供へたり、寡婦長老の後、花の時に当りて恙《つつが》ありき。自ら喜びて曰く、我花の時に及びて病を得たり。極楽に往生せむこと必せりといふ。即ち家族隣人招き集めて、別《べち》に盃盤を具して、相勧めて曰く、今日はこれ我が閻浮《えんふ》を去るの日なりといへり。言訖りて即世せり。今夜池の中の蓮花、西に向ひて靡《なび》けり」

この著に慶滋保胤は、四十二の往生談を集めているのだが、ただ漫然と同じような話を連ねているわけではない。道具立ては特に異っていないにもかかわらず、それぞれ微妙に表情がちがっていて、保胤の浄土観往生観の繊細と多彩を見てとるに足りるのである。

だが、浄土観や往生観をこのような面だけで片付けることは出来ない。そこでは往生に際しては、「室に香気あり、空に音楽あり」というような現象が見られ、人びとはそういったものに包まれて往生するのだが、西行が編者に仮託されている『撰集抄』には、それとは異るさまざまな出家談、往生談が集められている。たとえば「一」「僧賀聖人事」においては、はるかに徹底的な心の動きが見られるのである。僧賀上人は、比叡山の根本中堂に千夜籠るのだが、なお「まことの心」をうることが出来なかった、それであるとき、ただひとり、伊勢大神宮に詣でるのだが、その夜夢で「道心を発せんと思はば、此身を身となおもひそ」というお告げをきく。彼はこれは名利を捨てよという意味であると悟り、「き給へりける小袖、衣、みな乞食どもにぬきくれて、ひとへなる物をだに身にかけ給はず。あかはだかにて下向」するのである。その四日後、山にのぼって慈恵大師の部屋を訪ねるのだが、彼の姿を見た大師は「名利をすて給ことしり侍らぬ。但、かくまでの振舞は侍らじ。はや威儀を正しくして、心に名利をはなれかし」といさめる。名利を捨てるのはいいが、それは心のなかだけにして下さいというわけだが、それに対して僧賀は、長いあいだ名利を捨てたあとならそうするかも知れませぬと応じ、「あらたのみの身にや。おうおう」と叫びながら走り去るのである。

その「一二」「親処分被押収事」も面白い。親の遺産を理不尽に奪われた男が、どうしようもなくなって祇園に籠っていたとき、「ながき世のくるしきことを思へかし　かりのやどりをなになげくらむ」というお告げをきく。彼は「げにもあだにはかなきはこの世なり。よひに見し人朝に死し、朝にありしたぐひ夕べには白骨となる。悦もさむる時あり。歎もはるる末あり。無常転変憂喜手のうらをかへす世中に思とゞめて、おろかにも、来世のながきくるしみをなげかざりけん事のはかなさよ」と思い悟り、直ちにもとどりを切って出家遁世する。そして、白河の辺りにみずから建てたまずしい庵で、ただ念仏に明け暮れる生活を送るのである。

男のこのような行動や暮しぶりは人びとの評判となる。先に男の遺産を奪いとった人物は、この評判を聞いてみずからの行動を深く悔み、奪いとった財産を男の妻に返したのち、もとどりを切って、男の庵を訪ねて詫びる。ふたりは親しい友となって男の庵で共に暮し、日々、声を合わせて念仏を唱えるような生活が続くのである。次いでこんなことが起る。

「かくて二とせと申ける三月十四日のあか月に、先に世を遁給し人は、西に向き座し、後に家を出給し聖は、かの座せる上人のひざを枕にて、眠れるごとくして終をとり給へり。明にしかば、人雲霞のごとく走集て、往生人とて結縁をぞし侍りける。その形をうつしとどめて、今に侍るとかや」

『撰集抄』に収められているのは、この種の挿話ばかりではない。もっと直接的に西行を語り手として登場させているさまざまな挿話を見てとることが出来る。西行は讃岐に配流されそこで亡くなった崇徳上皇（新院）の白峯御陵に詣で、墓の姿を眺めながら、院の悲運に想いをはせる（「新院御墓白峯事」）。義清が仕えた鳥羽院の中宮待賢門院璋子の女房中納言局は、子が出家落飾したとき、そのあとを追うようにみずからも落飾し、小倉山のふもとに隠棲するのだが、彼女と親しかった西行は、ある日、この住まいを訪ねる。

「……草ふかくしげりあひて、行かふ道も跡たえ、小花くず花露しげくて、軒もまがきも秋の月すみわたり、前はのべ、つまは山路なれば、虫の音物あはれに、あい猿のこゑ殊心すごし。荻の上風枕にかよひ、松のあらしね屋におとづれて、心すごきすみかに侍り。

さて、彼の局に対面申たりしに、はじめの詞に、浮世を出侍し始つかたは、女院の御事つねには心にかゝりて、あはれ、いかなる所にかいまそかるらんとかなしくおぼえ、誰々の人も恋しくおぼえ侍しかども、いまはふつにおもひわすれて、露ばかり歎心の侍らぬ也。さすが、行かひ侍ればや、憂喜の心にわすられぬるなるべし。おろかなる女の心だにもしかなり。年久世を背、まことのみちに思たちて、月日かさね給その御心のうち、いかにすみてぞ侍らむとの給はせし。難有かりける心ばせかな」（「中納言局事」）

西行は、中納言局のことばに感服する。そしてみずからをかえり見て、「我はつたなしといへども、世をそむく事を、此局よりはるかのさき也。又すべて名利を思はず、偏に仏の道にとこそ思ひ侍れども、はや彼局の心ばせにもおとり侍ぬるはづかしさよと思て、帰みちすがら、又案ずる様は、はづかしさと思ふこそ、憂喜のわすられぬなれと思こそ、又返りて物たつれば、さては又いかゞせんと思かねて、小蔵山を出侍り」と述べるのだが、中納言局と西行とのこういうやりとりはなかなか面白い。中納言局は、私がここに参りました頃はいつも女院のことが気にかかっていましたのに、今ではそういうことはなくなりました。愚かな女である私でさえそうなのですから、ずいぶん前から世にそむき、「まことのみち」を目指しておられるあなたの御心はさぞ澄んでいらっしゃることでしょうと言う。西行はこのことばをありがたく思いながらも、わが身をふりかえってうしろめたさを禁じえない。自分は駄目な人間だけれども、それでも彼女より「はるかのさき」から「仏の道」を志してきた。にもかかわらず相変らず「憂喜」に引きずりまわされていて、彼女の「心ばせ」に及ばないのは何ともはずかしいことだと思う。だが、それだけには終らない。こんなふうにはずかしく思うこと自体、「憂喜」にとらわれ続けている証しではないかと気付いて思い悩むのである。この訪問の三年のち、中納言局は世を去るのだが、そのことはこんなふうに語られている。

「又其後、三とせへてのち、かの局おもく煩よし承侍しかば、訪も聞えんとて罷たりしかば、はや息おはりにけり。西に向き掌を合、威儀を乱ずしておはりにけり。憂喜の心はわすられたりと侍しは、実にて侍けりと思定て、なく〳〵帰りにき」

『撰集抄』の現存本は、建長年間（一二四九 - 五五）に成立したと推定されている。西行が亡くなったのは一一九〇年のことだから、以後六十年あまりの時が過ぎている。こういう年代の問題ばかりではなく、西行を撰者であるとしたら考えられないようなさまざまな事実の間ちがいがあるから（西行の出家は、中納言局の落飾より「はるかのさき」ではなく、二年前のことだ）、とても西行の撰とは考えられないが、にもかかわらず、長らく人びとがこれを西行の手になるものと信じてきたのは注意していいことだ。

これは、ひとつには、すでに引いた文章からも見てとることが出来るような、通常の説話文学とはおもむきを異にする、もっと個人的な手ざわりのせいだろう。これは「中納言局事」のように、西行自身がはっきりと語り手として登場している場合だけではなく、西行が背後にかくれた、一見もっと客観的な叙述の場合にも言いうることだ。これは、鴨長明が編した『発心集』と読みくらべてみればはっきりわかる。『発心集』が成立したのは建保二、三年（一二一四 - 五）のこととされているから、『撰集抄』より四十年ほど前のことだが、その文章には『撰集抄』に感じられるこの個人的な手ざわりが乏しいのである。長明は、『発心集』の序で、こんなことを書いている。

「此れにより、短き心を顧みて、殊更に深き法《みのり》を求めず、はかなく見る事、聞く事を詳《しる》し集めつゝ、しのびに座の右に置ける事あり。即ち、賢きを見ては、及び難くとも、こひねがふ縁とし、愚かなるを見ては、自ら改むる媒《なかだち》とせむとなり」

『撰集抄』の撰者も、おそらく『発心集』を読んでいるだろう（その影響らしきものを指摘している研究家もいる)。だが、この撰者の態度には、長明が序で語っているものよりも、はるかに鋭く緊張したところがあるようだ。それは、彼が、西行を撰者と仮託させるようなスタイルをとっていることからもわかる。『発心集』にも、「西行が子女、出家の事」という項があった(巻第六の七)。西行の死後三十年たって、彼の名声が一般化したことを示しているが、『撰集抄』の場合はそれどころではない。西行を撰者と思いあやまりかねないほど、その生涯の細目が、生き生きととりあげられている。この撰者がどういう記録からこういう事実を知ったかはわからないが、死後六十年を経るうちにさまざまなかたちで、それが一般にひろまったのだろう。もちろん、時を経たからと言って、つねにこういうことが起るとは限らない。時とともに一般にひろまるどころか、無残に散逸してしまうこともある。それがそうならなかったのは、西行の歌人としての名声の高まりということもかかわっているだろうが、そればかりではあるまい。西行という存在そのものに、時代の欲求に深く相応じるところがあったからだろう。そして、『撰集抄』の撰者には、西行を語り手として登場させるほども、登場させはしなくても、その根底に西行の眼を強く感じさせるほども、西行の存在に強く惹きつけるところがあったからだろう。

『撰集抄』には、『日本往生極楽記』や『発心集』と同様、出家譚や往生譚が数多く収められているが、それらには、以前のものとはそのおもむきを異にしているところがある。もちろん、以前と同じようなものもあるが、そうでないものもある。妙なる音楽が響き、かぐわしい薫りがあふれるなかで往生するのではなく、寺や庵で眠るように往生するのではなく、餓死というような自然死が、理想としてとらえられている点に着目すべきだろう。「中納言局事」では、何かをはずかしいと思うことも一種の煩悩であり我執であると語られていたが、進んで食を絶つことも一種の我執だろう。たまたま人に恵まれた食を進んで拒むことはないが、そういうことがないとき、食を求めに出かけることもない。なければ、ないままに過しゆくうちに餓死することが、そういう自然な死が理想なのである。往生という観念ないしヴィジョンは、こういうかたちで純化してきたのだが、こういう動きは、そのまま時代の動きに相応じている。ある批評家が指摘するように、西行は、その諦念と我執のいっさいを含めて、このような時代の動きを托するのに、もっともふさわしい存在だったのである。

もちろん、このような動きは、『撰集抄』の頃にはじめて現われたものではない。浄土観の出現とともに見えつかくれつ動いているものだ。慶滋保胤は、『日本往生極楽記』の「十七」の末尾で空也をとりあげているが、その文章はこんなふうに続けられている。

「上人遷化の日に、浄衣を着て、香炉を擎《ささ》げ、西方に向ひてもて端坐し、門弟子に語りて曰く、多くの仏菩薩、来迎引接《いんぜふ》したまふといへり。息《いき》絶ゆるの後、猶し香炉を擎げたり、この時音楽空に聞え、香気室に満つる。嗚呼《ああ》上人化縁已に尽きて、極楽に帰り去りぬ。天慶より以往《さきつかた》道場《だうじやう》集落に念仏三昧を修すこと希有《けう》なりき。何《いか》に況や小人愚女多くこれを忌めり。上人来りて後、自ら唱へ他をして唱へしめぬ。その後世を挙げて念仏を事とせり。誠にこれ上人の衆生を化度するの力なり」

この文章の前段は、この時期の往生譚の常套だが、後段は、空也を介して、時代が鋭い裂け目をあらわにしたことを示している。もちろんこれらはひとつには、空也の衆生を化度する力のせいだが、時代の動きは、ただひとりの力だけではどうなるものでもあるまい。空也の存在は、ひとつの強力な触媒のようなもので、この触媒が投ぜられることによって、時代のはらんでいたものが、激しく泡立ち始める。空也の説く念仏三昧は、『撰集抄』の餓死としての自然に通じるのである。度重なる天災、絶えることのない動乱、地方ばかりではなく都にも影を及ぼすこれらの出来事が生み出す無常感。これらに心をさらしていた若い佐藤義清のなかには、下北面の武士としての生活のほかに、これらさまざまなものが、絶えず答を迫る、ひとつ間ちがえば命とりになりかねぬ問いとして迫っていただろう。その問いは、何か答えを出せば解決するようなたぐいのものではない。答えれば答えるほど、それは、さらに厄介な新たな問いを生むのである。

こんなふうにさまざまな要素が、義清を出家へと導くのだが、すでに触れたもの以外に、「数奇」への強いあこがれをあげる説がある。母方の祖父監物源清経が、今様を好み、今様の名手を妾にするほどの稀代の数奇者であったこと、義清自身、ごく若年の頃から、歌や蹴鞠やさらには今様にも強い興味とそれに応じた技倆を示していたことから見ても、これは注目するに足りる説だろう。佐藤氏が、俵藤太藤原秀郷につらなる武名の高い家柄でありながら、現在、その一部は都住まいの下級武官であり、一部は地方の豪族に留まっていることを考えればなおさらのことだ。都で急速にのしあがって来た源氏や平氏とはくらぶべくもないのであって、我慢して下北面に仕えていたところでたかが知れている。それよりも数奇の道の方が、あらかじめ決まっているような生活から脱して、もっとおのれの意のままに生き、複雑に入り組んだ時代や社会の全体におのれをさらすことが出来ると考えてもおかしくないのである。もちろん、数奇の道に入りこめばそれで直ちに自由になるわけではない。数奇の道は数奇の道として、すでにそれなりの形やパターンが出来あがってしまっているものだ。たとえば歌の世界に入るにしても、それはすでにさまざまな約束事によって埋まっている。時代や人間の根源に迫るには、これらの約束事を踏まえながら、それを乗りこえなければならないのである。

長明は、『発心集』第六の「七」で、こんなことを書いている。

「和歌はよくことわりを極むる道なれば、これによりて心をすまし、世の常なきを観ぜんわざども、便りありぬべし。彼の恵心《ゑしん》の僧都は、和歌は綺語《きご》のあやまりとて、読み給はざりけるを、朝朗《あさぼらけ》に、はるばると湖を眺め給ひける時、かすみわたれる浪の上に、船の通ひけるを見て、『何にたとへん朝ぼらけ』と云ふ歌を思ひ出《い》だして、をりふし心にそみ、物あはれにおぼされけるより、『聖教《しやうげう》と和歌とは、はやく一つなりけり』とて、その後なむ、さるべき折り折り、必ず詠じ給ひける」

文中の「何にたとへん朝ぼらけ」は、『拾遺和歌集』「哀傷」に「題知らず」としてとられている沙弥満誓の「世中を何にたとへむ朝ぼらけ漕ぎ行く舟の跡の白波」という歌である。『発心集』ばかりでなく、『袋草紙』にも、源信がこの歌を読んで「和歌は観念の助縁と成りぬべかりけり」と悟ったという記述があって、この説話が当時よく知られたものであったことがわかる。『千載和歌集』「釈教歌」には、「法華経、薬草楡品の心をよみはべりける」という詞書のある「おほぞらの雨はわきてもそゝがねどうるふ草木はおのが品《しな》〴〵」という源信の歌がとられている。詞書が示すように教理歌として発想されているが、それにしても、理が先走っていて、魅力のある歌とは思われぬ。だが、『往生要集』で、たとえば地獄の凄惨な諸相を執拗に描き出した源信と歌との結びつきを語るこういう説話が、一般に弘まっていたことは注意していい点だろう。

『発心集』では、先の引用の少し先に「大弐資通《だいにのすけみち》は、琵琶《びは》の上手なり。信明《のぶあき》（「の弟子」と補うべきか）、大納言経信《つねのぶ》の師なり。彼の人、さらに尋常《よのつね》の後世の勤めをせず。只、日ごとに持仏堂《ぢぶつだう》に入りて、数をとらせつつ琵琶の曲をひきてぞ、極楽に廻向《ゑこう》しける」という記述が見える。源信は「聖教と和歌」とを結びつけたのに対して、資通は、持仏堂で琵琶をひいて、「極楽に廻向」したのである。直ぐ続けて長明はこんなふうに語っている。

「勤めは功と志とによる業《わざ》なれば、必ずしもこれをあだなりと思ふべきにあらず。中にも、数奇と云ふは、人の交はりを好まず、身のしづめるをも愁《うれ》へず、花の咲き散るをあはれみ、月の出入《いでいり》を思ふに付けて、常に心を澄まして、世の濁りにしまぬを事とすれば、おのづから生滅《しやうめつ》のことわりも顕れ、名利《みやうり》の余執《よしふ》つきぬべし。これ、出離解脱《しゆつりげだつ》の門出に侍るべし」

　長明のこのような「数奇」規定は、きわめて的確だが、こういう考えは彼だけのものではない。一二三三年、『発心集』より二十年ほどあとに出た狛近真の『教訓抄』は、雅楽論を中心としたわが国最古の楽書だが、その巻第八の末尾に、長明のものと相通ずるこんな記述が見える。

「又、管弦ハスキモノ、スベキ事ナリ。スキモノト云ハ、慈悲ノアリテ、ツネニハモノ、アハレヲシレテ、アケクレ心ヲスマシテ花ヲミ、月ヲナガメテモ、ナゲキアカシ、ヲモヒクラシテ、此世ヲイトヒ、仏ニナラント思ベキナリ。ナゲニ笛ヲ吹ナラシテモ、仏ニタテマツル。法ヲホムルトヲモフベシ」

こういう考えが一般化していることが見てとれるが、最初からこういう意味内容を持っていたわけではない。古くは、「すき」は「好き」であって（数奇や数寄はあて字である）、多くは色好み、さらには風流、風雅の道に心を寄せることを示した。それが、時とともに「出離解脱の門出」を示すものとなったのである。若い義清はこのような流れのなかにいたわけだ。単に時代の流れとしてそれを経験していただけではない。母方の祖父監物源清経は稀代の数奇者だったから、清経や清経をめぐる人びとを通して、数奇者としての生活をじかに経験していた。当然、そういう生活へのあこがれが生まれただろう。清経は歌を詠むことはなかったようだが、義清はおさない頃から歌に親しんでいたらしいから、歌を「出離解脱の門出」とするという考えは、彼がそれをどれほど意識していたかはわからないが、彼のなかでゆっくり育まれていったということは充分に考えられる。だが、そういうことの自然な結果というには二十三歳での出家は何とも早過ぎる。当時、出家という行為そのものは、特に珍らしいことではなかったが、俊成は六十三歳、定家は七十二歳、清盛は五十一歳での出家であって、老齢や病気や失意などがかかわっている。だが義清の場合はそうではなかった。頼長が語っているように（『台記』）、彼は「重代の勇士」を以て下北面の武士として鳥羽院に仕える一方、「俗時より心を仏道に入れ、家富み年若く、心に愁ひなけれども遂に以て遁世」するのであって、傍目から見れば、特に出家しなければならぬ理由など見つからない。「人、之を歎美」するのは当然の反応だったのである。

もちろん、義清に最初からそういう気持があったかどうかはよくわからぬことだ。人びとは、結果から逆算して、ついそんなふうに過去を塗りあげてしまうものだが、必ずしもそうとは限るまい。十七、八歳で鳥羽院に勤め始めた頃は、下北面の武士という名誉ある職にただ浮き浮きしていただけだったかも知れぬ。やがて院での生活に慣れるにつれて、院での貴族や女房たちとの交遊や交情を通じて、かつて清経のもとで垣間見た数奇者的生活を、もっと具体的な、もっとひろがりのあるかたちで味わっていたかも知れぬ。それどころか、彼は人並以上にそれにのめり込んでいるように見えるが、受身なかたちでそれにのんびり身を委ねているわけではない。この義清という若者には、どんな経験でも、それをある危うい場所にまで追いつめずにはおかぬようなところがある。そして、経験とのこのようなかかわりは、彼を、そういう経験をする「我が心」への問いに導くのである。

こういうことばかりではない。相継ぐ地方の動乱は、「重代の勇士」である彼の血をかき立てただろうし、都においてさえ捨てられた死体を見ることが珍らしくないような世相は、彼の無常感に、単なる観念に留まらぬざらついた手触わりを与えただろうが、義清の場合、そういったこともまた、「我が心」への問いと結びつくのである。

「俗時より心を仏道に入れ」と頼長は記していたが、それがいつのことであったかはわからない。いずれにせよ、北面に仕えるようになってからのことだろうが、着任後すぐということはあるまいから、入信から出家までの期間はごく短い。人びとが、失恋その他、あれこれと出家の具体的な理由を探ってきたのはそのためだろう。もちろん、さまざまな理由らしきものはあっただろうが、それらのさらに根底にあるのは、それらによって衝き動かされた「我が心」への問いの激しさだろう。

だが、このような問いの激しさは自分という存在への執着を惹き起すことにもなる。真に遁世を思い立ったのなら、『発心集』や『撰集抄』にいくらもその例が見られたように、ある日突如としてもとどりを切り、いずこともなく姿を消してしまえばいいのである。それほど極端ではなくても、つつましい庵でも建てて、ひっそりと暮すことは出来る。そして、そういう人は、義清のように、「世をいとふ名をだにもさはとどめおきて数ならぬ身の思ひ出にせむ」などという歌を詠むことはないのである。世をいとい世を捨てながら、そういうことを願った人間があったという名だけは、自分というつまらぬ存在の思い出として世に残しておきたいと言うのであって、これは何とも未練がましい思いである。「世をのがれけるをり、ゆかりありける人のもとへいひおくりける」という詞書のある「世の中を背きはてぬと言ひおかむ思ひ知るべき人はなくとも」という歌もある。この「ゆかりありける人」が誰であるかはわからないが、これも考えれば奇妙な歌である。「ゆかり」のあった人に向かって、「私は世に背いてきっぱり出家したと言い残しておきましょう、誰も私の思いを理解してくれなくても」などと書き送るのはほとんど捨ぜりふに近い。あなたにはわからないだろうけど私は出家するよというわけだが、それをこんなふうに持ってまわった言い方をする必要はないのである。これは歌のよしあしといったことではないが、出家をまえにした義清の心の動きが、おのずから浮かびあがって来るようだ。そういう思いを重ねるうちにも時は過ぎてゆく。『山家集』下、「雑」に収められた「百首」のなかの「述懐十首」の冒頭にこんな歌がある。

いざさらば盛り思ふも程もあらじ藐姑射《はこや》が峯の花に睦《むつ》れし

藐姑射が峯とは上皇の御所をさす。それではお別れだ、上皇の御所の花に馴れ親しんでその盛りをすばらしいと思う生活も程なく終ることだろう、というほどの意味だろう。もちろん、やがて下北面の武士を辞するという決心を踏まえてのことだが、眺めているとこの御所での花の盛りそのものも程なく終ってしまうだろうという無常感のようなものも感じられてくるようだ。ある研究家は、そういう意味で、当時この歌は、宮廷や仙洞御所では公開をはばかられる歌だったのではないかと推測しているが、あるいはそういうことがあったかも知れぬ。ここには個人的な感慨を超えた悲調のようなものが感じられるのである。

15

「述懐十首」には、この「いざさらば盛り思ふも程もあらじ藐姑射《はこや》が峯の花に睦《むつ》れし」という歌に続いて、まるで、この歌が生み出した余韻を激しく打ち返そうとでもしているかのように、「山深く心はかねて送りてき身こそうきよを出でやらねども」という歌が置かれている。別れは終った、心はすでに出家して山深い場所に送られている、身の方はまだ俗世に留まっているが、というほどの意味だろう。だが、これを、すでに出家遁世を心に決めてはいるが、まだ実行出来ないことに対する単純な慨嘆として読み過ごすべきではあるまい。「山深く心はかねて送りてき」という上句が、強く断言的な完了体であればあるほど、「身こそうきよを出でやらねども」という下句が、妙に執拗にそれに追いすがっているように感じられる。出家遁世を思い定めていればいるほど俗世のしがらみがいっそう強くまつわりついてくるとでも言いたげな微妙な表情が見えてくる。「心」と「身」との、出家遁世の志と実生活とのさまざまに屈折した劇が義清をとらえていたことを思わせるが、彼は、つねに、孤独な、孤立したかたちで、この劇を経験していたわけではない。その点、西行の家集『聞書残集』に見られる次のような記述はまことに興味深い。それはこんなふうに始まるのである。

いまだ世遁れざりけるそのかみ、西住具して法輪にまゐりたりけるに、空仁法師、経おぼゆとて庵室に籠りたりけるに、物語り申して帰りけるに、舟の渡りのところへ、空仁まで来て、名残惜しみけるに、筏の下りけるを見て　　空仁

はやく筏はここに来にけり

空仁は、俗名大中臣清長、父定長は、権大副従四下。その叔父公長は、伊勢神宮の最高位である「祭主」であって、定長はその養子だったのだが、公長は、伊勢で起った殺人事件の責任を問われて執務を停止された（京都側では、神人側の訴えを言いがかりとしか見ていなかったようだが、審議を先のばししているうちに、公長は病死した）。養子であった定長も、神事への奉仕を禁じられたのである。世に知られた名家が一挙に没落したのであって、六位であった清長が将来への希望を失ったのは当然の成行だろう。彼が出家して空仁と名のるに到ったのは、おそらくそのためだろう。

義清がこういったことをどれほど知っていたかはわからないが、たまたま出会ったのではなく、わざわざ会いに行ったのだから、多少の知識はあったのだろう。神祇官と武官とのちがいはあるが、神祇官の道を捨てて出家したということのうちに、やがて武官の道を捨てようとしているおのれの志向と相通ずるものを感じたのかも知れぬ。それればかりではない。公長は、『金葉和歌集』に五首、

『御裳濯和歌集』に七首入集しているなかなかの歌人であった。父定長の歌は、『金葉和歌集』に一首入集しているだけだが、この家系を流れる歌人の血は、清長（空仁）に到って、はっきりと花開いたと言っていいだろう。家集は伝わっていないが、『千載和歌集』に四首入集している。また『頼政卿集』や『林葉和歌集』では、頼政や俊恵と歌の贈答をしており、また『清輔家歌合』では、俊恵や公輔や頼輔と同席している。これらの大半は、この法輪寺での出会い以後の話だが、義清にも、空仁の歌業についての何がしかの知識はあったはずだ。そして、そのことからも、空仁に対する親愛の情が増したはずである。清長は、出家に際して、「世をそむかむと思ひ立ちける頃よめる」という詞書のある「かくばかり憂き身なれども捨てはてむと思ふになれば悲しかりけり」という歌を詠んでいる。これは『千載集』に入集した歌だが、余計な身ぶりのない心のありようが、のびやかに、だが正確に詠まれていて、これはいかにも俊成が好みそうな歌である。俊成ばかりではない。これは俊成以上に西行に通じているとも言えるだろう。

『聞書残集』は、このようにして出会った空仁と西行や西住とのかかわりを語っているのだが、これはこの訪問の直後に、西行自身によって書かれたものではない。この『聞書残集』にしても、それと一具をなす『聞書集』にしても、西行がたまたま詠んだ歌や語ったことばを、周囲の人が、「き丶つけむにしたがひて」記録したものである。『山家集』との重複が、『聞書集』にも『聞書残集』にもほとんど見られないことから推して、かなり晩年のものと考えられる。西行が、書き残しておいたものを読みあげて、それを改めて書き写させるなどということは考えにくい。出家前のこの印象的な出来事やその際詠まれた歌を、心に浮かぶがままに語ったのだろう。まことに驚くべき記憶力と言うほかはないが、そうは言っても、そこはさまざまな忘却や記憶ちがいが入って来るのは避けがたい。また、意識的に、あるいは無意識のうちに、過去を現在の自分に都合のいいように変形してしまうこともありうるだろうが、西行の場合は、まずそんなことは考えられぬ。何十年もの時間が、余計なものを拭い落して、人の心の生き生きとした動きをくっきりと現前させるのである。

空仁は、二人を送って舟の渡りまで来て名残を惜しむのだが、たまたま筏が下って来るのを見て、とっさに、「はやく筏はここに来にけり」と連歌仕立てで二人を誘う。これは『金葉集』巻第十雑部下に連歌十数首がおさめられていることからもうかがわれるように、当時連歌が世の流行を見ていたからだろう。だが、ここで通例のように「五七五」の句で始めず、「七七」の句で誘いをかけていることを見ると、彼はただ流行に乗ったというだけのことではないようだ。『金葉集』雑部下の「連歌」には「源頼光が但馬守にてありける時、館《たち》の前《まへ》にけた川といふ川《かは》のある、上《かみ》より舟《ふね》の下《くだ》りけるを、蔀《しとみ》開《あ》く侍《さぶらひ》して問《と》はせければ、蓼《たで》と申物《まうす》を刈《か》りてまかるなり、と言ふを聞《き》きて、口遊《くちずさ》みに言《い》ひける」と詞書して、「蓼《たで》かる舟のすぐるなりけり」という「七七」の句がとられ、それを「これを連歌にきゝなして」という詞書のある相模母の「朝まだきから櫓の音《をと》のきこゆるは」という「五七五」の句が受けている。空仁の句が、こういう連歌の運びを念頭に置いていると考えてみると、これはなかなかのことだ。彼もまた、西行たちが、これを「連歌にきゝなして」くれることを望んだのである。もっとも、空仁が『金葉集』のこの連歌を踏まえていたとしても、たぶん西行はそれには気付かなかっただろう。彼はこういう句を口にした空仁の立姿について「薄らかな柿の衣着て、かく申して立ちたりける、優に覚えけり」と語ったのち、「大井川かみに井堰やなかりつる」という妙に理に落ちた平凡な「五七五」を付けているだけだ。だが、その間にも、空仁の存在は、刻々にその魅力を増すようで、舟に乗った二人を見送る空仁の姿について、「かくてさし離れて渡りけるに、故ある声の枯れたるやうなるにて、大智徳勇健、化度無量衆よみいだしたりける、いと尊くあはれなり」と語るのである。空仁がよみいだした経文は、「法華経提婆品」のなかのものだが、それが、「故ある声の枯れたるやうなるにて」誦されるのを聞いたことが、義清の内面を鋭く刺激することになったようだ。彼が、再び大井川をとりあげて、今度は「大井川舟にのりえて渡るかな」と詠んでいるのは、そのためである。舟にのる「のり」と「法《のり》」とを重ねていることは直ちに見てとりうるところだが、これは、歌としてはごく単純な工夫であって、特にどうというほどのことでもない。そんなことよりも、空仁が誦した経文にこういう単純な宗教歌を書くほど刺激されたことが私には面白い。次いで、「西住つけたり」と書いたのち、「流にさををさすここちして」という西住の歌が記され、「心に思ふことありて、かくつけけるなるべし」と書き加えている。「流にさををさすここち」は、西行の歌句の「舟にのりえて」が、「法《のり》をえて」という意味をはらんでいることを踏まえて「順調に救いの舟に乗って流れにさをさすことが出来る」と言うほどの意味だろう。西住は、俗名源季正、早くから出家遁世の志は深かったが、義清と同行して空仁を訪れたときはまだ出家していなかった。そういう彼にとって、この空仁訪問は、出家への道を開く重要な契機となったようだ。義清の出家は、この空仁訪問の翌年、保延六年十月十五日のことだが、季正も、それと前後して出家したように思われる。

連歌仕立てのやりとりはここまでなのだが、もちろん、義清の空仁に対する思いはこれでは片付かない。いったん別れて舟に乗りはしたものの、名残り惜しさに、またもとに戻ったらしい。「名残りはなれがたくて、さし返して、松の木の下におりゐて思ひのべけるに」という詞書のある「大井川君の名残りのしたはれて井堰の波の袖にかかれる」という歌も見える。別れが辛く名残り惜しくて、井堰の波が袖にかかって濡れるように、私の袖は、別れの悲しみの涙で濡れましたというわけである。もう一首引いておこうか。「かく申しつつ、さしはなれてかへりけるに、いつまで籠りたるべきぞと申しければ、思ひさだめたることも侍らずほかへまかることもやと申しける、あはれに覚えて」と詞書した「いつかまためぐりあふべき法の輪の嵐の山を君し出でなば」という歌もある。「法の輪」と「めぐりあふ」とをかけただけのごく単純な趣向の歌だが、前の歌にしてもこの歌にしても、それらに共通して感じられるのは、この西行という人物の並々ならぬ情の深さである。そのことが、単純な趣向の歌にも、けっして表面的にも抽象的にもなることのない、ある心の厚みとでも言うべきものを与えているようだ。

だが、こんなふうに、西行の情の深さや心の厚さに着目すると、歌群の末尾に付された次のような文章が、奇妙な表情を帯び始めるようだ。

「申しつぐべくもなき事なれども、空仁が優なりしことを思ひ出でてとぞ。この頃は昔の心忘れたるらめども、歌はかはらずとぞ承る。あやまりて昔には思ひあがりてもや」

こう語っているのは、最晩年の西行である。「わざわざ言い伝えるほどのことでもないが、和歌連歌についての以上の文章は、空仁が「優」であったことを思い出して述べたものだ。今は、相変らず歌はうまいようだが初心は忘れてしまっているようだ。昔は、物のはずみで、つい心がたかぶっていたのだろうか」というわけで、何とも手きびしいと言うほかはない。あの並々ならぬ情の深さと、この一気に切り捨ててでもいるような冷徹な批評眼との共存は、まことに興味深いのである。

16

義清の出家遁世は、そうと決めれば直ちにすんなり実行出来るようなことではなかっただろう。鳥羽院に仕える下北面の武士という職務は、官位は高いものではなかったが名誉の職であって、衰運に向かっていた佐藤家にとって、これは貴重な肩書であったはずだ。それにまた、この着任には、かつて義清が家人として仕えた徳大寺実能や彼の妹で鳥羽院の中宮となった待賢門院璋子の口ききがあったと思われる。それやこれやを考えると、自分の願いだけをただ単純に押し通すわけにはゆかないのである。

もっとも職を辞して出家することが、家名をけがすことになるわけではない。それどころか、頼長の日記『台記』のなかの彼の出家についての「俗時より心を仏道に入れ、家富み年若く、心に愁ひなけれども、遂に以て遁世す。人之を歎美するなり」ということばからもうかがわれるように、人に「歎美」されるのである。だが、これは人に歎美されるのであって、彼がその歎美にのんびり身を委ねているわけではあるまい。人びととのかかわりに深くのめり込む資質や内部の葛藤が、出家遁世への強い全身的な願望と結びついて、彼を絶えず彼自身に突き戻していたのだろう。彼の出家は、一時的な逆上や昂奮や失意だけで生み出されたものではない。このような志向の長く執拗な持続のあらわれと見るべきだろう。

『西行物語』は、出家に際しての義清の行動について、「にしの山のはちかく月」がかたむいた頃、「髻《もとどり》を切りて持仏堂になげをきて、門をさし出でて、としごろしりたりける聖《ひじり》のもとにそのあかつきはしりつきて、出家をしけるこそあはれにおぼえけれ」と語っている。物語での話だから、これが事実とは限らない。突然もとどりを切って出家するというのは、『発心集』や『撰集抄』でくり返し語られていることだから、ただその常套に従ったというだけのことかも知れぬ。出家とは、正式には、しかるべき師を訪れて、五戒を受けて優婆塞となり、僧衆の同意をえたのち、阿梨を招いて受戒者とし、髪やひげをそり、師から受けた法衣を着用し、鉢器を受けて戒をさずかることで成立するのだが、どうも、こういう手続きは義清には似つかわしくない。「俗時より心を仏道に入れ」ていたとしても、彼には、僧として身を立てようという意志はまったくなかったようだ。そういう彼には、突然もとどりを切って「聖《ひじり》」のもとにかけつけ、何やら出家らしい姿となることがふさわしいのである。

だが、西行は、いずことも知れず姿を消すどころか、都から離れることもなかった。彼が京都から高野山に居を移すのは、出家の八年ほどのち、一回目の陸奥への旅から帰った久安四年（一一四八年）の末頃のことなのである。しかもその間、彼は、庵に籠って、人とのまじわりを避けた孤独な生活を送っていたわけではない。東山や嵯峨の寺をしげしげと訪ねている。もちろん、出家した彼が、寺を訪ねるのは、当然と言えば当然だろう。そして、事実、そこで仏道修行もしただろうが、彼にとって寺は、もっぱら修行にいそしむ場ではなかったようだ。それと同時に、あるいはそれ以上に、寺は歌のまじわりの場であったらしい。次のような歌を見ればそれがわかる。

帰雁を長楽寺にて
玉づさの端書《はし》かとも見ゆるかな飛びおくれつつ帰るかりがね

長楽寺にて、よるもみぢを思ふと云ふ事を人々よみけるに
夜もすがら惜しげなく吹く嵐かなわざと時雨の染むる梢を

野辺寒草と云事を雙林寺にてよみけるに
さまざまに花咲きけりと見し野辺の同じ色にも霜枯れにける

雙輪寺にて松汀に近しといふことを人々のよみけるに
衣川みぎはによりて立つ波の岸の松が根洗ふなりけり

雪のあした霊山と申す所にて眺望を人々よみけるに
たちのぼる朝日のかげのさすままに都の雪は消えみ消えずみ

詞書から見て、どの歌も偶詠ではなく歌会での作であることがわかる。冒頭の歌の「かりがね」を「玉づさの端書」とする比喩はいささか平凡だが、他の歌にしても歌としてすぐれたものとは言いかねる。だが、どの歌も、表面的な技法に走ることなく、対象の姿と動きを、のびやかに、自然に、

正確に、とらえていていかにも西行らしいのである。

これらはいずれも、東山の寺で詠まれた歌だが、嵯峨の寺ではこんな歌が詠まれている。

仁和寺の御室にて山家閑居見雪と云事をよませ給ひけるに

降りうづむ雪を友にて春までば日をおくるべきみ山べの里

仁和寺御室にて、道心逐年深と云ふ事をよまさせ給ひけるに

浅く出でし心の水やたたふらむすみゆくままに深くなるかな

寄紅葉懐旧と云事を宝金剛院にてよみける

いにしへをこふる涙の色に似て袂に散るはもみぢなりけり

東山での歌と嵯峨での歌との先後はわからない。たぶん画然と時期が定まってはいないのだろう。だが、いずれも歌会での詠と思われるにもかかわらず、嵯峨での歌の方が心が深いように感じられる。おそらくこれは、東山の寺が、彼がたまたま訪れたり滞在したりしただけの寺であるのに対して、嵯峨の寺が、それまでの彼の生活と多少ともかかわっていたせいだろう。仁和寺の第五世の法主覚性法親王は、鳥羽院の皇子で、母は待賢門院璋子、崇徳院の弟にあたる。西行がこの寺での歌会に加わったのは、おそらくその縁である。また宝金剛院は、晩年の待賢門院がしばしば籠っていた寺である。待賢門院が亡くなったのは久安元年（一一四五年）のことだが、西行は局に残っていた女房の堀川局に、「待賢門院かくれさせおはしましける御あとに、人々またの年の御はてまで候

はれけるに、南面《みなみおもて》の花散りけるころ、堀川の局のもとへ申しおくりける」と詞書して、「たづぬとも風のつてにもきかじかし花と散りにし君が行方を」という歌を書き送っている。彼が待賢門院に注いでいた思いが余計な身ぶりもなくおのずからことばになったと言うべきいい歌だ。宝金剛院での「いにしへをこふる」の歌も、まっすぐこの歌につらなるものだろう。宝金剛院にかかわる歌としては（これは宝金剛院で詠まれたものではないが）こんな歌もある。詞書に「十月なかのころ、宝金剛院の紅葉見けるに、上西門院おはします由きさて、待賢門院の御時思ひいでられて、兵衛殿の局にさしおかせける」とある。上西門院は、鳥羽天皇と待賢門院璋子との第二皇女、統子内親王だが、彼女が上西門院という院号を受けたのは、平治元年（一一五九年）のことだから、待賢門院の没後すでに十数年を経ている。西行は、高野山で暮していたのだが、たまたま都に出て、宝金剛院のもみじの話をきいたのだろう。詞書に続いて「紅葉みて君が袂や時雨るらむ昔の秋の色をしたひて」と詠まれているが、この歌もいい。この歌に見える「昔の秋の色」は、先に引いた宝金剛院での歌の「いにしへをこふる涙の色」につらなるものだろう。没後十数年を経ても、待賢門院の面影や、彼女をめぐる暮しの記憶は、西行のなかから消えることはないのである。そしてそれらと、現在の宝金剛院の紅葉のイメージとが融け合って、ふしぎなふくらみのある世界を現前させている。

　彼が足を運んだのは寺ばかりではない。「いはくらにまかりてやしほの紅葉見侍りけるに、あやなく河の色に染みうつしけるを見て」という詞書のある「いはくらややしほそめたるくれなゐをながたに川におしひたしつる」という歌もある。あるいは「大覚寺の滝殿の石ども、閑院にうつされて跡もなくなりたりときさて、見にまかりたりけるに、赤染が、いまだにかかりとよみけむ思出でられて、あはれに覚えければ」という詞書のある「今だにもかかりといひし滝《たぎ》つ瀬のその折までは昔なりけむ」という歌もある（赤染衛門の「あせにける今だにかかる滝つ瀬の早くぞ人の見るべかりける」という歌を踏まえている。赤染はそう詠んでいるが、してみると、その頃はまだ少しは昔の面影が残っていたのだろうというわけだ）。さらにはまた「としごろ申しなれたる人の伏見にすむとききて、たづね罷りたりけるに、庭の草、道見えぬほどに茂りて、虫の鳴きければ」と詞書して「分けている袖にあはれをかけよとて露けき庭に虫さへぞ鳴く」と詠まれている。これらの歌がいつ詠まれたかははっきりしない。だが、これらの歌を見ると、彼が、あるいは紅葉の名所を、あるいは歌枕的な場所を、あるいは「としごろ申しなれたる人」の住まいを、といったさまざまなところを小まめに訪ねていることがわかる。とてもこれが、世を避けた遁世者の生活ぶりとは思われないのである。そこから浮びあがって来るのは、出家遁世者の姿ではない。下北面の武士としてさまざまに拘束された宮廷での生活から離れ、彼をしばりつけていた息苦しい情念のしがらみからも離れ、生活や作歌にもっと自由に身を委ねる数寄者の姿なのである。

だが、彼は、この種の歌ばかり詠んでいたわけではない。「世をのがれて東山に侍りけるころ、白川の花ざかりに人さそひければ、まかりて帰りて、むかし思ひ出でて」と詞書して「散るを見で帰る心や桜花《さくらばな》むかしにかはるしるしなるらむ」と詠んでいる。昔は桜が散るまで充分に見て帰ったものだが、今では、人が帰ろうと言えば散るのを見ないで帰って来てしまう、これは去るとか留まるとかいったことにこだわらなくなった今の心のあらわれだろうというわけだ。ここに見られるのは、ものにとらわれることなく自由にふるまう数寄者の心として片付けることの出来ないものだ。

数寄者的な姿勢さえもあるこだわりと見なすような、ものに深くとらわれながらものを乗りこえる心への願望なのである。

西行は、出家をいいことに、寺その他で催される歌会にしげしげと顔を出し諸方を訪ね歩く数寄者的生活に、ただのんびりと身を委ねていたわけではない。たぶん出家した年の冬ではないかと思われるが、彼は、「世をのがれて鞍馬の奥に侍りけるに、かけひ氷りて水まうで来ざりけり。春になるまでかく侍るなりと申しけるをききて」と詞書して、「わりなしや氷る筧の水ゆゑに思ひすてし春の待たるる」という歌を詠んでいる。鞍馬は京都の北郊、寒さのきびしい土地である。西行は、ここで庵暮しでも始めたのだろうが、筧の水まで氷ってしまうという寒さは、元北面の武士の彼には、想像を絶するものだったのだろう。『山家集』には、この歌の直ぐ前に、「とふ人ははつ雪をこそ分けこしか道とぢてけりみ山べの里」とか「年のうちは訪ふ人さらにあらじかし雪も山路も深きすみかを」とかいった歌が収められている。詞書は、あるいは「山家冬深」、あるいは「山居雪」と述べているに過ぎないから、いつ詠まれたかもどこで詠まれたかもはっきりしないが、たぶん同じ頃、鞍馬で詠まれたものだろう、どの歌も、そのときどきの心境が思わず洩れたつぶやきのようにごく自然にことばになっていて、読んで気持がいいが、それらに共通して言えるのは、そこには山家独居を楽しむというおもむきが欠けていることだ。欠けているどころか、人里離れた山中での独り暮しが、彼の人恋しさをいっそうかき立てたようだ。初雪の頃こそ、珍らしがって人が訪ねて来てくれたが、冬が深まり、雪が降り積って道が閉ざされてしまうと、もう誰も来てくれないとか、今年はもう、雪深いこの山奥の住まいまで訪ねてくる人はいないだろう、年が改って春が近付き雪も浅くなればともかくなどと言うのは、出家遁世した人間のことばとしては、いささか未練がましいが、こんなことを、このようにごく自然に詠めるのは西行らしいと言えるかも知れぬ。もっとも彼は、こういう人恋しさに何となく身を委ねていたわけでもないようだ。筧の水が凍ったからと言って、思い絶ったはずの春を待つことを（もちろんこれは季節上の春だけを指しているのではない。世俗の生活そのものだろう）、「わりなしや」、どうにもならないことだと述べるのである。

だがしかし、これは西行の道心が、人恋しさでたちまちぐらつくような、あやふやなものであったということではない。『山家集』「中」の「雑」の部に「五首述懐」と詞書きして収められた歌を見ても、それはわかる。

身のうさを思ひ知らでややみなまし背くならひのなき世なりせば
いづくにか身を隠さまし厭《いと》ひてもうき世に深き山なかりせば
身のうさの隠れがにせむ山里は心ありてぞ住むべかりける
あはれ知る涙の露ぞこぼれける草の庵をむすぶちぎりは
うかれいづる心は身にもかなはねばいかなりとてもいかにかはせむ

この「五首述懐」という詞書だけでは、これらの歌がどこで詠まれたかもいつ詠まれたかもわからないが、『西行法師家集』では、「出家の後よみ侍りける」という詞書が付されているから、出家後まだ間もない頃の作と見ていいだろう。それにまた、これらの歌には、出家遁世という行為の意味を見定めようとする意志があらわに立ち現われている。そういう意志は、環境や生き方が大きく変ったときに強く示されるもので、とてもこれらが、出家後年経てからの作とは、思われないのである。

彼は「出家遁世という習わしがなかったなら、私は、わが身の憂さも知らずに過してしまうだろう」(「身のうさを」)と言う。一見ごく平凡な感慨のようだが、眺めていると、「背くならひ」が、彼にとって、まことにみずみずしい経験であったことがわかる。「いづくにか」の歌の場合も同様だろう。「この憂き世を厭っても、深い山がなかったらどこに身をかくそうか」というわけだが、この「深き山」ということばにはふしぎなリアリティがある。もちろんそれは出家遁世の比喩でもあるだろうが、それればかりではない。そこには現実の深い山の感触が、妙になまなましく感じられる。そして、京都で西行が暮した土地のなかで、「深き山」ということばにふさわしいのは、東山や嵯峨ではなく、鞍馬だろう。もちろん、これは私の推測に過ぎないが、鞍馬の奥での辛い独り暮しが彼に改めてこういうことを思わせたと考えるとよくわかるのである。そんなふうに考えると、次の「身のうさの」の歌の、微妙な表情が見えて来る。この「五首述懐」の最初の「身のうさを」の場合はいいが、この歌の場合は「隠れがにせむ」と続くのだから、「憂きわれの」とでも書いた方が自然だろう。それをわざわざ「身のうさの」と書いたのは、彼を超えて生き続けようとでもしているような「身のうさ」そのものを「山里」に閉じこめようとしたからだろう。山里はそういう場所だから、気軽に住むことは出来ない。仏道を求める心があってこそ住めるのだというほどの意味だろうが、そう言うだけでは片付かぬものも感じられる。こうして仏道を求めてはいるが、この自分の心は、「身のうさ」を山里に閉じこめ切ることが出来るだろうかと思い迷っているような心のゆらぎも見てとれる。このことがこの歌に、表面的な意味だけでは片付けられぬ微妙な表情を与えているようだ。こんなふうに西行の心は揺れ動くのだが、四首目の「あはれ知る」の歌においては、「あはれ知る涙の露」と「草の庵をむすぶちぎり」とのあいだに、あるのびやかな安定とも安らぎとも言うべきものが生れ出ている。

このような歌の連なりはごく自然なのだが、続く五首目に、この安定や安らぎを突き崩そうとでもするように、「うかれいづる心は身にもかなはねばいかなりとてもいかにかはせむ」という歌を置いていることはいかにも西行らしい。この身は出家していても、「心」は何かに向かって「うかれいづる」のである。このような「心」の動きは、これらの少しあとの詠と思われる「吉野山こずゑの花を見し日より心は身にもそはずなりにき」とか「あくがるる心はさても山ざくら散りなむ後《のち》や身にかへるべき」といった歌を見てもわかる。もっとも、こういう心の動きそのものは、西行だけの特殊なものではない。「もの思へば沢の蛍もわが身よりあくがれいづる魂《たま》かとぞ見る」という和泉式部の歌からもうかがわれるように、他にいくらもその例を見ることが出来る。西行においては人一倍それが激しかったと言いうるだろうが、そればかりではなかった。彼はそういう時代の志向に、自然に、楽天的に身を委ねていたわけではない。彼の強靭な「身」は、そういう「身」に支えられた生き生きとした現実感は、「心」が「うかれいづる」ことに執拗に抵抗しただろう。また、彼が心を注いだ仏道にしても、それが彼を導いた出家遁世という境遇にしても、けっして表面的なものではなく、彼の奥深いところまでまつわりついていて、「心」が浮かれ出るがままに忘れ去ることの出来ぬものだ。ここには、「心」と「身」とのあいだの激越な劇とでも言うべきものを見てとるべきだろう。「いかなりとてもいかにかはせむ」という彼のことばは、そういう劇のさなかにあっての彼の叫びのように思われる。

「五首述懐」としてまとめられているが、これらをたとえば鞍馬といった同じ場所で、同じ時期に詠まれたと断定することは出来ない。だがしかし、出家後時経てからの作とも思われぬ。出家遁世という習わしがなかったならわが身の憂さを思い知らずに終っただろうと詠み、憂き世に深い山がなければどこに身をかくそうかと詠み、山里を身の憂さの隠家にしようと詠み、草の庵を結んで世を遁れる契りとしたことで、世の無常を知って涙がこぼれると詠んでいるが、出家後時経てから、こんなふうに改めて出家の意味を問うような歌を詠むとは思われないからである。必ずしも鞍馬だけとは限るまいが、出家後まだ間もない頃、鞍馬その他、都での暮しのなかで詠まれたと見るべきだろう。そしてこの五首を「うかれいづる」の歌で結んでいることはいかにも西行らしいのである。

もちろん、出家としての新しい生活に生き生きとした好奇心を注いでいる歌もある。「世を遁れて東山に侍りける頃、白川の花ざかりに人さそひければ、まかりて、帰りて昔思い出でて」という詞書のある「散るを見で帰る心や桜花むかしにかはるしるしなるらむ」という歌を詠んでいるが、これもそのひとつだろう。昔は、桜が散るまで心ゆくまで花を見て帰ったものだが、今は人に誘われるがままに散るのも見ないで帰って来てしまった、自分の心の持ちようが変ってしまったしるしだなあというわけだ。西行が出家したのは、保延六年（一一四〇）の十月十五日のことだから、これは、翌七年の春のことだろうが、自分の心の持ちようの変化にみずみずしい驚きを覚えている彼の姿が見てとれる。また、「東山にて人々歳暮に懐を述べけるに」という詞書のある「年暮れてその営みは忘られてあらぬさまなるいそぎをぞする」という歌もある。これは、出家した年の暮れの詠だろうが、在俗の頃とはまた異る出家としての新年の準備が彼にとっては新しい発見だったのである。

こういう驚きや発見はあったものの、彼はそれらにのんびりと身を委ねることは出来ない。都でのこういう生活そのものが彼に苦い問いを投げかけるのであって、それはこんな歌を生むことになる。

捨てて後はまぎれし方はおぼえぬを心のみをば世にあらせける
何事にとまる心のありければ更にしもまた世のいとはしき
捨てていにしうきよに月のすまであれなさらば心のとまらざらまし
捨てたれど隠れて住まぬ人になればなほ世にあるに似たるなりけり
世の中を捨てて捨て得ぬここちして都はなれぬ我が身なりけり
花にそむ心のいかで残りけむ捨てはててきと思ふわが身に
捨てし折のこころを更に改めて見る世の人に別れはてなむ

西行は、「鳥羽院に出家のいとま申し侍るとて詠める」と詞書きして「惜しむとて惜しまれぬべきこの世かは身を捨ててこそ身をも助けめ」という歌を詠んでいる。いとまごいに際して院に捧げた歌と思っていたが、諸家は、院と一下北面の武士とでは身分が違いすぎるからそんなことは不可能だと指摘している。白河院のときほどではないにしても、院と北面の武士たちとのあいだには、単に、院に仕える親衛隊的武士団と言うだけでは片付かぬ親しい関係があったから、身分の違いだけでそんなふうに一方的にきめつけることは出来ないだろう。だが、改めてこの歌を眺めていると、身分の違い云々は別として、やはりこの歌は、いとまごいに際して院に捧げた挨拶歌とは考えにくいのである。

いくら惜しいと思っても、最後まで惜しみ通すことが出来るようなこの世だろうか、そんなこの世は諦め、身を捨てて出家することでこの身を助けようというほどの意味だろうが、どうもこれはそういう挨拶歌らしくない。上五七五には、現世厭離といううわべの臭に現世への執着のごときものがすけて見え、そのことが微妙に屈折した言いまわしを生んでいる。そういうあいまいさを打ち崩そうとでもするかのように、下七七においては「身を捨ててこそ身をも助けめ」と一気に詠み下されており、この対照が、この歌の生き生きとした表情を生んでいる。だが、この歌の場合、出家遁世の意志がただ素朴に示されているわけではない。「身を捨ててこそ」「身をも助けめ」と、「身」ということばが、くりかえし用いられているが、虚心に身を捨てる人は、こういう言い方はしない。身を捨てようとすればするほど、「身」は、かえって己を主張し、膨れあがって来るようだ。出家に際して西行は、そういう厄介な劇を強いられていたと言っていい。鳥羽院へのいとまごいが、単なるいとまごいではなく、出家のためのいとまごいであるとしても、こういう歌を挨拶歌として捧げるということはまずあるまい。それに第一、ここには、鳥羽院その人や院との親しいかかわりについては、暗示的にさえ触れられていないのである。これはやはり、院へのいとまごいを切っかけとして、改めて自分に向かって出家の意味を問うた歌と見るべきだろう。そのとき、「身」と「心」についての彼の本質が姿を現わすのである。

こんなふうに考えたとき、まことに興味深いのは、ある研究家が、この歌の「惜しまれぬべき」の「れ」は、従来の解のように可能の助動詞「る」の変化形ではなく、受身の助動詞「る」の変化形ではないかと指摘していることだ。その例証としてこの研究家は西行自身の、「惜しまれぬ身だにも世にはあるものをあなあやにくの花の心や」という歌を引いているが、この「れ」は明らかに受身だろう。「惜しむとて」の歌の場合、「惜しまれぬべき」は、「この世」ではなく、「私」ということになる。「たとえ惜しむと言っても、この私が、人に惜しまれることになるようなこの世だろうか、そんなことはない。だから私は、身を捨てることで身を助けよう」というほどの意味だろう。そして、このように解した方が西行にふさわしいのである。これは、出家に注いだ彼の志がいいかげんなものであったということではない。それは、激しい、全身的なものだった。ただ、彼の場合、それが、これまた激しく全身的に「我が心」への集中と、けっして抽象的になることのない生き生きとした現実感とが共存していた。このことが、彼独特の生き方を生み出していたのである。

すでに引いたが、彼は、出家後まだ間もない頃、「捨てたれど隠れて住まぬ人になればなほ世にあるに似たるなりけり」とか、「世の中を捨てて捨て得ぬここちして都はなれぬ我が身なりけり」とかいった歌を詠んでいる。出家はしたものの、彼は直ちに都を離れることはなかった。鞍馬の奥の庵で暮すこともあったが、今一方、諸方の寺その他で開かれる歌会などにしげしげと顔を出し、在俗時代の知人たちとも会っている。まさしく「なほ世にあるに似た」生活であって、これらの詠は、そういう生活ぶりを踏まえたものだ。ただ注意すべきは、たしかに中途半端と言えばいかにも中途半端な生活ぶりであるにもかかわらず、彼の歌には、それを責めているようなおもむきは一向に見られぬことだ。それどころか、この生活が示すさまざまな表情を楽しんでいるようにさえ見える。そしてまた、この表情に対する自分の反応を楽しんでいるようにも見える。

その反応は、けっして一本調子なものではない。たとえば「捨てて後はまぎれし方はおぼえぬを心のみをば世にあらせける」と詠んでいる。世を捨てたのちは俗事にかまけることはないのだけれども、心だけはまだ俗世間を抜け切れぬというわけだ。あるいはまた「何事にとまる心のありければ更にしもまた世のいとはしき」と詠んでいる。世のなかを捨てたはずなのに、まだまだ世がいとわしく思われるのは、いったい何に執着しているからだろうというほどの意味だが、俗世への嫌悪そのものを世俗への執着の原因としている点で、「捨てて後は」の歌とは微妙にその表情を異にする。また、たとえば「捨てていにしうきよに月のすまであれなさらば心のとまらざらまし」という歌では、自分が捨て去った「うきよ」に住んで、澄んだ光を投げかけないで欲しい、月よ、そうすれば憂き世に心惹かれずにすむのだが、というわけで、表情があざやかに一変する。そして、花に対する想いについては、「花にそむ心のいかで残りけむ捨てはててきと思ふわが身に」と詠むのである。

歌僧は西行以外にもいくらもいる。そのなかには、出家しながら都から離れることなく歌を詠み続ける人もいただろう。だが、西行のように、そういう生活がはらむ矛盾を、それが生み出す、俗と聖と美とがからみ合った劇を、執拗に詠み続けた歌人を、私はちょっと他に思いつかぬ。彼は、単にそれを詠み続けるばかりではない。絶えずその発端に立ち戻ろうとする。「捨てし折のこころを更に改めて見る世の人に別れはてなむ」という歌を彼は詠んでいる。世を捨てて出家したときの心をもう一度改めて取り戻して、目前にある俗世の人びととのかかわりをすっかり断ち切ってしまいたいというわけだが、これはたまたまあるとき彼の心に浮かんだ想いではあるまい。おそらく、出家後時ならずしてすでに彼の心に浮かび、以後、時に応じて彼をとらえた想いだろう。いかにももっともな反省だが、着目すべきは、ここでの彼のことばの動きには、あらかじめ自分の逃げ場を作っておこうとでもしているような、あいまいなところ、持ってまわったところ、自分の反省癖をひけらかしているようなところがいささかも見られぬという点である。その求道心や現実感が率直であったように、反省においても率直であったという点である。もちろん、すべてにおいて率直であれば事が片付くというわけのものではあるまい。それどころか、これらの率直さの共存は、彼を、およそ率直さとは遠い場所へ引きずり込むおそれがある。それは、ひとつ間違えば命とりになりかねないような、何とも厄介な意識の自家中毒を生み出すのである。そのような西行の想いに心を凝らしていると、彼のこんな歌がいかにも心に沁みる。

世をのがれて伊勢のかたへまかりけるに鈴鹿山にて

鈴鹿山うき世をよそに振りすてていかになりゆくわが身なるらむ

いつ詠まれた歌かはわからないが、わざわざ「うき世をよそに振りすてて」と、詠んでいることから推して、出家後それほど時が経っていない頃の詠だろう。出家としての生活がそれなりに身についたあとでは、ことさらにこういうことは持ち出さないのである。もっとも、ここでは、出家遁世という主題がただ素朴に示されているわけではない。「鈴鹿山」「振りすてて」「なりゆく」というふうに、「鈴」「振る」「なる」などといった縁語がちりばめられているが、技巧をひけらかしたようなところはない。これらの縁語そのものが、のびやかなことばの動きのなかにじっくりと融け込んでみずみずしい効果を生み出している。そしてそれが「いかになりゆくわが身なるらむ」と結ばれていることで、西行の歌独特の表情を生み出しているように思われる。西行が都を離れた長途の旅を行ったのはたぶんこのときがはじめてだったようだが、なぜその目的地として伊勢を選んだのかはわからない。後年、西行は、かなり長い時を伊勢で過しており、その時期の「伊勢にまかりたりけるに太神宮にまゐりてよみける」という詞書きのある「榊葉に心をかけむゆふしでて思へば神も仏なりけり」という歌や、「高野の山に住みうかれて、伊勢の国二見の山寺に侍りけるに大神宮の御山をば神路山と申す。大日如来の御垂跡をおもひてよみ侍りける」という詞書きのある「深く入りて神路のおくをたづぬればまた上もなき峯の松風」という歌や、あるいはまた「題しらず」とされた「ながれいでて御跡たれますみづ垣は宮川よりのわたらひのしめ」という歌などを見ると、彼が大神宮を大日如来の垂跡とする本地垂跡の説に深く浸透されていることがわかるが、若年期の彼がすでにそうだったかはわからない。その時期の彼にはその種の歌がまったく見られないことから推して、たぶんそういうことはなかっただろう。在俗時期に西住とともに法輪寺に訪れた空仁が、その後伊勢に在住したという記録がのこっているということだから、彼を訪ねて伊勢におもむいたというだけのことかも知れぬ。そしてこのときの見聞が後年の伊勢在住の切っかけのひとつとなったとも思われるが、これはまた別の話だ。

ただ、この歌を眺めていると、行先がどこであろうと、彼にとって旅がたまたま試みた一種の遊びではなく、都暮しが彼に強いたあの自家中毒から解き放たれるための不可避の道であったことがわかる。もっとも、解き放たれると言っても、それが与えるある自由に、楽天的に身を委ねることが出来るわけではない。たしかにこの自由は、彼を、都暮しの拘束から解き放ちはしたが、この拘束によってつなぎとめられていた彼のなかのさまざまな要素が、毒をはらみながら、あらがいようもなく身を起して来ることにもなる。そのことが彼に、「いかになりゆくわが身なるらむ」という、ある不安のしみとおった想いを与えるのである。もっとも、ここには不安などないとする研究家もいる。ここで響いているのが、無常感と深く結びついた鐘の音ではなく、晴れやかな鈴の音であることから推して、これを、未来に対する、未来がはらむ限りない可能性に対する、希望とよろこびにあふれた歌とするのだが、やはりそうではあるまい。希望やよろこびがないわけではないが、それらにはある深い不安がしみとおっている。それが「いかになりゆくわが身なるらむ」ということばの明るさとかげりとが融け合った複雑な表情を生むのである。

17

鈴鹿山を越えて伊勢におもむくこの旅は、西行にとって、たぶん、旅と呼びうる最初のものだったただろうが、もちろん、これは、彼が、このとき初めて、都の外に足を伸ばしたということではない。たとえば紀州には、佐藤家が預所として支配していた田仲荘という豊かな荘園があったから（持主である本所は、かつて西行が家人として仕えていた徳大寺家である）、ここを訪ねるのはごく自然なことだ。

『山家集』下の「雑」の部に収められた「百首」は、出家前の詠を含んだごく初期の歌群と推定されているが、そこには、紀州、近江、摂津その他さまざまな土地が詠み込まれている。もちろん、それらをすべて実際に訪れたわけではなく、歌会での題詠や想像での作も含まれているだろうが、そういうことを考えに入れても、西行が、それらの土地に足を運ぶことに並々ならぬ興味を覚えていたことはわかる。この「百首」のなかの「雪十首」には、たとえば、近江の信楽を詠んだ「信楽《しがらき》の杣のおほぢは止めてよ初雪降りぬむこの山人」という歌がある。信楽は、備前などとともに、わが国でもっとも古い窯のひとつであって、中世以来有名だったが、ここで焼かれたものが茶器や花器として賞用されるようになったのは、室町期以後のことだ。それ以前は、農村用の壺や鉢などが焼かれていただけなのである。だから西行は、焼物を鑑賞しようとしてこの土地を訪れたわけではあるまい。窯場として古くから知られたこの「信楽」という名前に何となく惹かれたとも思われるが、窯場を示すようなことばは何ひとつ見られないのである。だが、眺めていると、窯場のある土地独特の気配がおのずから浮かびあがって来るようだ。もっとも、この歌のことばの運びには、あいまいで、歌意を見定めがたいところがある。老人に向かって、「むこ（聟）の山人」が山に行くことを止めさせよと求めたとする解と、「むこの山人」に向かって、老人が山に行くことを止めさせよと求めたとする解という対立する解が生れる所以だが、実を言うとどちらもすんなりとは受け入れられぬ。それに第一、「むこの山人」というイメージそのものが、いかにも唐突なのである。その点、ある異本で、「むこの山人」が「むその山人」つまり六十歳の山人とされていることは注意していい。それなら、「杣のおほぢ」と「むその山人」が同一人物となる。この老人に向かって、初雪が降ったから今日は山に行かない方がいいよと呼びかけているわけであって、このような心の動きはまことに西行らしいのである。

摂津の湊川での見聞による「湊川苫に雪ふく友舟はむやひつつこそ夜をあかしけれ」という歌もある。「苫に雪ふく」とはふつう菅とか茅で葺く舟の苫屋根に雪が積ってまるで雪で葺いたようだということだが、こういう平凡と言えば平凡な言い方がふしぎにみずみずしい。そういう舟が二艘、もやわれて、友のように身を寄せ合いながら夜を明かしているという言い方にも、審美的叙景とは異る、人間的なあたたかさのようなものがしみとおっていて、これまた、いかにも西行らしい。あるいは「はれやらでふたむら山にたつ雲は比良の吹雪のなごりなりけり」という歌もある。「ふたむら山」という山は尾張にもあるということだが、比良は近江にある有名な山だから、これも近江の山だろう。「比良の吹雪のなごり」と言うのだから、これは雪の到来を示すいわゆる雪雲ではあるまい。西行は、「はれやらで」立つ雲の動きのなかに、「比良の吹雪」と響きあうものを感じたのだろう（あるいは彼は、比良で、その吹雪を実見していたのかも知れぬ）。ふたむら山と比良という二つの山の表情のちがいが、吹雪と晴れやらで立つ雲との表情のちがいと響き合っていて、この歌の味わいは、思いのほか深いのである。

一方、「花十首」は、十首中五首が吉野山の歌であって、すでにこの頃から、彼が吉野山にしげしげと通っていたことをうかがわせる。

吉野山花の散りにし木《こ》のもとに留めし心はわれを待つらむ
吉野山高嶺の桜咲きそめばかからむものか花のうす雲
人は皆吉野の山へ入りぬめり都の花にわれはとまらむ
吉野山麓の滝に流す花や峯につもりし雪の下水
根にかへる花をおくりて吉野山夏のさかひに入りて出でぬる

一見、ことさらに技巧を弄することなく、ごく自然に詠み流されているように見える。見えるだけではなく、事実そうなのだが、眺めていると、平凡と言えば平凡なその姿の奥に、単なる紋切型には留まらぬ微妙な表情が見えてくる。花の散った木の下に留めておいた心が自分を待っているだろうというような感じ方は、自分の心そのものを眺めているようなところがあって、これは西行独特のものだろう。高嶺の桜が咲き始めれば「花のうす雲」となって山にかかるだろうというのはいささか平凡だが、人は皆吉野の花を見るために山へ入るだろうから自分は都の花に留まろうという反応には、吉野の花への彼のどうしようもない愛着が、裏返しになることでいっそう強く立ち現われていてなかなか面白い。「麓の滝」に流れて来た落花を、峯に積っていた雪が流れて来たものとする歌には、桜と雪との使い古されてきた結びつけを滝の激しい動きのなかでみずみずしくつかみ直しているようなところがあって、これまたなかなか面白いのである。最後の「根にかへる」の歌では、夏に入ると吉野山に入るとがかけられ、「かへる」「おくる」「入りて」「出でぬる」といった縁語がしつっこいほど用いられていて、いささかわずらわしいのだが、眺めていると、このわずらわしさそのものが、季節のあわいの入り組んだ表情を反映しているように感じられなくもない。こうした吉野山の歌を眺めていると、彼が、まるで人間に接するように、吉野山という土地に向かいあっていることがはっきりと感じられる。桜は、この人間が浮かべるさまざまな表情だ。

「花十首」には、「山桜」を詠んだ歌も三首収められている。

尋ね入る人には見せじ山桜われとを花にあはむと思へば

山桜咲きぬと聞きて見に行かむ人を争ふ心とどめて

山ざくらほどなく見ゆるにほひかな盛りを人に待たれ待たれて

地名は明示されていないが、たぶん吉野山の詠だろう。ここで西行はのんびり山桜を賞でているわけではない。自分がまっ先に山桜を見たいから、それまでは人びとを山には入らせまいと言ったかと思うと、人びとと先を争そって見に行こうとするような心は抑えつけて、山桜が咲いたと聞いてからゆっくり見に行こうと言う。あるいはまた、その盛りを待ちに待たれていた山桜が、やっとのことでやがて咲き出しそうな気配を敏感に感じとる。もちろん、このような反応は、多くの人びとに共通して見られるものだろうが、それを、西行のように、あいまいな思い入れを混えることも、ことばを飾ることもなく、率直に詠み下している例は珍らしいのである。

また「月十首」には摂津の歌枕「明石」と月の光の「明かし」とをかけ、波の「寄る」と「夜」とをかけた「月を見てあかしの浦を出づる舟は波のよるとや思はざるらん」という歌がある。また、紀州の白良の浜では、「白良」の白と、月に照らされた「白波」の白とを響き合わせて、「離れたる白良の浜の沖の石を砕かで洗ふ沖つ白波」という歌を詠んでいる。あるいはまた、紀伊の千里ヶ浜と、千里も照らす月の光とをかけ合わせた（千里を数多くの里とする解もあるようだ）、「思ひ解けば千里の影も数ならず至らぬ隈も月にあらせじ」という歌もある。いずれも、特にすぐれた歌とは思われないが、それぞれの土地への見定めと、土地の名前への生き生きとした反応が、あいまいなことば遊びから救っている。そこには、西行の疑いようのない個性を見てとることが出来るだろう。

いまひとつ着目すべきは「神十首」のなかに、「み熊野の空しきことはあらじかしむしたれいたのはこぶ歩みは」とか「あらたなる熊詣でのしるしをば氷の垢離《こり》に得べきなりけり」とかいった熊野の歌や、「初春をくまなく照らすかげを見て月にまづ知るみもすその岸」とか、「みもすその岸の岩ねに代をこめて固め立てたる宮柱かな」とかいった伊勢の御裳濯川の歌二首が収められていることだ。熊野詣では、当時の流行であって、白河院も、鳥羽院も、また鳥羽院の中宮待賢門院も、くりかえし詣でている。在俗時代の西行が、下北院の武士として、鳥羽院や待賢門院の熊野詣でに供奉したことがまったくなかったと断言することは出来ないが、まずそんなことはなかっただろう。歌の内容から言っても、出家後しばらく時が経ってからの詠と思われる。「み熊野の」の歌の「むしたれいた」が何をさすかよくわからないが、研究家によれば、「むし(苧麻《からむし》)」で作った糸で織った垂れ衣で覆った板で、神体の動座を示すとも、「虫たれ笠」を指すとも言われている。どちらにしても、私にはその具体的なイメージが浮かばないが、西行はこの風変りな名前とともに、それに惹きつけられたのだろう。だが、そういう心の動きが、歌の、無駄なところのない、がっしりとした姿と結びついて、ふしぎなふくらみのある効果を生み出しているようだ。「あらたなる」の歌も、西行の心と対象が直截に結びつきながら一気に詠み下されていて、気持のいい歌である。こういう印象は、御裳濯川の歌について言いうるものだ。これらの歌がいつ詠まれたかはわからない。鈴鹿山をこえて伊勢におもむいたときの詠である可能性もなくはないがやはりそうではあるまい。歌意から見て、西行の神宮信仰がかなり深まっているように思われるからである。「初春を」の歌には、月の光のように世をくまなく照らし出す御代の初春への祈願がこめられているだろうし、「みもすその」の歌は、御裳濯川の岩のうえに何代もかけてしっかりと立てた宮柱と、御代の永続と安泰への祈願とを重ね合わせているようだ。

18

出家して宮仕えの拘束から解き放たれたせいもあって、時とともに、西行のなかで旅がその比重を増していったようだが、これは彼が世を捨てて旅にのめり込んだということではない。彼は近江や津や紀州に、さらには伊勢にまで足をのばしているが、戻って来れば、東山や嵯峨のさまざまな寺院で催される歌会に、しげしげと顔を出している。出家する年の春、彼は「世にあらじと思ひたちけるころ、東山にて人々寄霞述懐と云事をよめる」と詞書きして、「そらになる心は春の霞にて世にあらじとも思ひ立つかな」という歌を詠んでいた。詞書には「東山」とあるだけだから、歌会の場所が寺なのか誰かの庵なのかはわからないが、その後、東山の寺での歌会で詠まれたさまざまな歌を読むとそれらに通じているものがわかる。

帰雁を長楽寺にて

玉づさの端書《はし》かとも見ゆるかな飛びおくれつつ帰るかりがね

長楽寺にて、夜もみぢを思ふと云ふ事を人々よみけるに

夜もすがら惜しげなく吹く嵐かなわざと時雨の染むる梢を

野辺寒草と云事を雙林寺にてよみけるに

さまざまに花咲きけりと見し野辺の同じ色にも霜枯れにける

雙輪寺にて松汀に近しといふことを人々のよみけるに

衣川みぎはによりて立つ波の岸の松が根洗ふなりけり

雪のあした霊山と申す所にて眺望を人々よみけるに

たちのぼる朝日のかげのさすままに都の雪は消えみ消えずみ

歌会の場が寺であるからといって、寺に住まう人びとだけが加わったわけではないだろう。研究家によれば、長楽寺は、早くからその眺めの美しさで有名であって、詩人や歌人がその作品を捧げていたということだ。また雙林寺も「真葛ヶ原」の歌枕として、多くの歌人たちが歌を詠んでいる。また霊山は、高台寺のある山で、鷲峰山とも言うが、その「眺望」が歌題となるくらいだから、よほど美しい場所だったのだろう。西行が、これらの寺に住んだことがあるかどうかはよくわからない。だが、あるとしても、これらの歌からも詞書からも、修業の場としての寺という感触はまったく感じられない。歌人としての楽しみの場なのである。ことさらに技巧を弄することなく、ごく自然に詠みおろしたようなそれらの歌の姿からも動きからも、そういう楽しみがおのずから伝わってくるようだ。

東山で暮したあと、西行は嵯峨で暮している。嵯峨の寺院での歌会の作と思われる歌をいくつか引いておこう。

同心を（池上月）遍照寺にて人々よみけるに

宿しもつ月の光のをかしさはいかにいへども広沢の池

仁和寺の御室にて山家閑居見雪と云事をよませ給ひけるに

降りうづむ雪を友にて春まてば日をおくるべきみ山べの里

仁和寺御室にて、道心逐年深と云ふ事をよまさせ給ひけるに

浅く出でし心の水やたたふらむすみゆくままに深くなるかな

寄紅葉懐旧と云事を宝金剛院にてよみける

いにしへをこふる涙の色に似て袂に散るはもみぢなりけり

歌の姿についていても動きについていても、東山での歌の場合と同様のことが言いうるだろう。嵯峨での彼の生活を想わせるこんな歌もある。

嵯峨にすみけるに、道をへだてて坊の侍りけるより、梅の風に散りけるを

主《ぬし》いかに風わたるとていとふらむよそにうれしき梅のにほひを

いほりの前なりける梅を見てよみける

梅が香を山ふところに吹きためて入りこむ人にしめよ春風

これらの歌を詠み、その背後にある西行の生を思い描いていると、出家して自由の身となり、彼のあこがれであった数寄者的生活にのびやかに身を委ねている彼の姿がおのずから浮びあがるのである。彼のかずかずの旅も、結局のところ、そういう数寄者的生活に組み入れられてしまうようにも見える。だが考えてみると、そんなふうに片付けることは出来ないような気がしてくる。たしかに西行には、そういう生活への強い願望があっただろうが、単なる数寄者は、すでに触れた「鈴鹿山うき世をよそに振りすてていかになりゆくわが身なるらむ」というような歌を詠むことはないのである。ここには、「うき世をよそに振りすて」る行為と、「いかになりゆくわが身なるらむ」という「わが身」の生への見定めとが、ぴったりと重なり合っているようなところがある。このことは、数寄者的生活のあいまいな安定を内側から突き崩すのである。西行という人には、激しくこの世を捨てようとする動きと激しくこの世に執する動きとが、鋭い対立をはらみながら執拗に共存し続けているようなところがある。おのれを乗りこえようとすればするほど、おのれへの執着が強まり、この執着が、彼を、おのれを超えたものへと衝き動かすのである。そういう人でなければ、たとえば「思へ心人のあらばや世にも恥ぢむさりとてやはといさむばかりぞ」というような、すでに引いた歌会での歌の自然の姿とは対照的な、奇妙に屈折した歌を詠むことはないのである。「思へ心」と、おのれの心に呼びかけるのはいかにも西行らしいが、それは時として彼の歌に、こういう屈折を強いるのである。当然解もわかれていて、「人のあらばや」の「人」を、「すぐれた人」ととるものと、「俗世間の人」ととるものとがある。前者ならば「世間にすぐれた人がいれば私も恥ずかしいと思うだろうがそういう人はいない、だがそれでもやはりしっかりと自分をはげまして努力しよう」ということになるだろう。後者ならば「俗世間の人とまじわっていれば、恥ずかしく思うだろうが、そういうことはない、だから恥じることはないのだが、それでもやはり、ひとり努力しよう」ということになる。どちらでもそれなりの筋は通るのだが、ここですぐれた人というような価値判断を持ち出すのは、あまり西行らしくない。やはり後者の解をとるべきだろう。あるいはまた、「あしよしを思ひ分くこそ苦しけれただあらるればあられける身を」という歌がある。善悪を分別するのは苦しいことだ、そんなことに無関心であればそれなりに生きてゆけるのに、というわけだが、こういう歌を詠む人物は、善悪に無関心であるどころか、それに対しておそろしく鋭敏なのであって、こういうことも数寄者という範疇をはみ出すのである。

『山家集』中の「雑」には、「思をのぶる心五首人々よみけるに」と詞書して、西行の五首が収められているが(松屋本による)、最初の歌は次のようなものだ。

さてもあらじいま見よ心思ひとりてわが身は身かとわれもうかれむ

先に引いた「思へ心」の歌と同様、「いま見よ心」と心に呼びかけているが、このことが生み出す鋭い緊張が、ここでもまたことばの動きに奇妙な屈折を強いているようだ。当然、はっきりした意味をつかみにくい。このままでは居るまい、今に見ていて欲しい私の心よ、世捨人としての思いをしっかりとつかみとって、このわが身は在俗の頃の身ではないことを見定め、旅にさまよい出ようというほどの意味だろうか。「旅」もまた、ここでは、数寄者の趣味とは異る表情を帯びているようだ。他の四首も引いておく。

いざ心花をたづぬと言ひなして吉野のおくへ深く入りなむ
苔ふかき谷の庵に住みしより岩のかげふみ人も訪ひ来ず
深き山は人も訪ひ来ぬ住居なるにおびただしきはむら猿の声
深く入りて住むかひあれと山道を心やすくも埋む苔かな

どこで詠まれたかはわからないが、おそらく嵯峨の奥山の庵にでも暮していたときの詠だろう。「岩のかげふみ人も訪ひ来ず」と言い、「深き山は人も訪ひ来ぬ住居なるに」とは言っても、出家後まもない頃、鞍馬の奥で暮したときのように、孤独感をあらわにし、都や春を想うということはない。このような人里離れた一人暮しを、ふしぎな静けさのなかで楽しんでいるようだ。そして、その耳に、おびただしい群猿の声が、みずみずしく響くのである。

19

白河院、鳥羽院、鳥羽院の中宮璋子（待賢門院）などを迎えて、有名な「白川の花宴」が催されたのは、保安五年（一一二四）の閏二月十二日のことだ（当時まだ六歳であった崇徳天皇も加わっていたかも知れぬ）。人びとはそこで、咲き誇る桜を賞でたのだが、その場にさらに興をそえたのは、花宴の場である白河南殿の庭が、もともと散り敷いていた花びらばかりでなく、前もってよそから集められた無数の花びらによって埋め尽されていたことだ。「わざと、かねてほかのをも散らして、庭に敷かれたりけるにや、牛の爪もかくれ、車のあとも入るほどに花つもりたる」と『今鏡』にはあるが、桜に包まれたその場の情景も、人びとの心のたかぶりも、生き生きと浮かびあがるようだ。

この花宴の世話役は、中宮璋子の妹の夫である源有仁、彼女の兄である藤原実行、もうひとりの兄である徳大寺実能といった人びとがつとめていたようだが、有仁は、洛西嵯峨の双ヶ岡のふもとにある花園と呼ばれる地域に広大な山荘を持っていた。地名から推しても、桜が多く見られただろうから、当然、花びらを集める場所のひとつになっていたはずだ。一方、そこから程近い、現在龍安寺がある辺りに、実能の山荘があった。そこで暮す人びとは、一族として有仁の山荘に自由に出入りしていただろうが、ある研究家は、当時七歳であった西行もまた（崇徳天皇より一歳年上だ）、ここで暮していたのではないかと推測している。徳大寺家と西行の実家の佐藤家とは、紀州の田仲荘の本所と預所、つまり領主と荘官として密接にかかわっていたから、西行の父康清のように、武官として都に住みついた人が、この山荘で暮すというのは、ありえないことではない。このことを踏まえて、その研究家は、おさない西行が、「花宴のための花びらを『花園』あたりで集めたのではなかっただろうか」（松本章男『西行』）と想像している。それればかりか、西行が「白河南殿へはこばれて、桜の花びらをうずたかく積んだ車のあとを追い、白川の花の梢をもまぶたに焼きつけることになったのではないだろうか」（同上）とさえ言うのである。もちろん、そんなことを示す確かな証拠があるわけではない。論者の想像を出ないのだが、この想像を単なる想像として片付けることは出来ないだろう。西行には、人びとを否応なくこういう想像に導くようなところがある。桜好きはいくらもいるだろうが、西行の桜へののめり込みには、何か謎めいたものがあって、それがこういう想像と響き合うのである。

研究家の計算によれば、西行が詠んだ歌の数は二千九十首、そのなかで桜を詠んだ歌はほぼ十分の一の二百三十首に達するのであって、松の三十四首、梅の二十五首、萩の二十一首をはるかに上まわる。これは、他の植物より桜を好んでいたというようなことでは片付かぬ圧倒的な違いである。桜をもっとも多く詠んだ歌人は、他にいくらもいただろうが、たぶん、これほどのことはあるまい。

彼は「たぐひなき花をし枝に咲かすれば桜にならぶ木ぞなかりける」とか、「何とかや世にありがたき名を得たる花もさくらにまさりしもせじ」とかいった歌を詠んでいるが、こんなふうに「桜は最高だ」と率直かつ単純に叫んでいるような歌をくりかえし詠んでいる歌人を、私はちょっとほかに思いつかぬ。西行にとって桜は、ごく若年の頃から、ほとんど絶対的な存在であったようだ。だが、このような存在に対して、ただ楽天的に身を委ねていることが出来ぬようなところが西行にはある。彼の鋭い意識や生き生きとした現実感は、この存在に、単に審美的な、安定したかかわりを保つことを許さない。それは、彼に、よろこびにあふれた充溢感をもたらすだろうが、それと完全には一体化しえぬという欠如感が、執拗に彼につきまとう。

こういうことが、「たづね行く峯越《お》しに花の梢見ていそぐ心を先に立てつる」というような歌を生む。「峯越《お》し」に、つまり峯ごしに咲く桜の梢を見て、早く見たいといそぐ心を先にやってしまったというわけだが、こういう詠みかたはいかにも西行らしい。物を眺めることで、心が身体を浮かれ出るのである。しかも彼は、単に心を先に立てるだけではない。彼は、誰よりも先に桜に会おうとする。「とき花や人より先にたづぬると吉野に行きて山祭りせむ」という歌を詠んでいるが、これはそういう思いの端的な表明だろう。「とき花」は「疾《と》き花」、つまり早咲きの花を、人より先に見るために吉野へ行こうというわけで、彼を衝き動かしている力がはっきりと感じられる。「おくになほ人見ぬ花の散らぬあれや尋ねを入らむ山ほととぎす」という歌もある。「山ほととぎす」が鳴いているからもう夏が近いのだろう。まわりの桜はみな散ってしまっている。だがもっと奥に入れば、まだ、人の眼に触れずに咲き残っているかも知れぬ。それを見るために訪ねて行こうというわけであって、ここでは、散った桜が、彼を見えぬ桜へ誘うのである。それだけには留まらない。彼は「ときはなる花もやあると吉野山奥なく入りてなほたづね見む」とも詠むが、ここでは桜は、山奥で人に見られることなく咲き残っている桜でさえない。西行の心が向かうのは、「ときはなる花」、つまり、いつまでも散ることなく咲き続けている花、現実には存在しない花である。西行は、それを求めて吉野山の奥のそのまた奥にまで、訪ね入ろうとするのである。このように西行は、あるいは心を身体に先立てて桜を訪ねようとし、あるいは早咲きの桜を人より先に見ようとし、あるいは山奥で人知れず咲き残っている桜を求め、あるいは、いつまでも咲き続ける、現実には存在しない桜を夢みる。桜と向かいあうとき、西行は、強い現実感を踏まえながらも、おのずから、日常の限度を乗りこえてしまうことになってしまうようだ。彼は、さらに「身を分けて見ぬ梢なく尽さばやよろづの山の花のさかりを」という歌まで詠んでいる。自分の内と外とを動員しても、とてもひとりだけでは片付かぬ。自分の身をいくつにも分けて、あらゆる山の花盛りを、どの梢も見落すことがないように見尽そうというわけである。

そして西行は、このような自分の心の動きの本質的な動機とでも言うべきものを、こんなふうに詠んでいる。

吉野山こずゑの花を見し日より心は身にもそはずなりにき
あくがるる心はさても山ざくら散りなむ後《のち》や身にかへるべき
花見ればそのいはれとはなけれども心のうちぞくるしかりける

『山家集』上の「春」の部に、「花の歌あまたよみけるに」と詞書きして収められた歌群のなかの三首だが、同じような主題をとりあげているから、あるいは同時期に連作的に詠まれたのかも知れぬ。どの歌も、強い集中力につらぬかれていながら、それが、のびやかな感じさえすることばの動きにごく自然にとけあっていて、これらは私のたいへん好きな歌である。吉野山の桜を見た日から、心が身にそわなくなる、心が身体から離れてしまうというのは、これまで触れた歌からもうかがわれる西行の特質だが、そういう心の動きそのものを、いささかも観念的にも抽象的にもなることなく、ふしぎな膨らみをもってさらりと詠みくだせるというのは、やはり格別のことだろう。心が身にそわなくなるというのは、ひとつ間違えば、避けるに避けられぬ厄介な悪循環を生み出すことになりかねぬ。それにこだわればこだわるほど、この悪循環はさらに悪質なものとなる。だが、西行は、こういう分裂をふしぎな虚心をもって放任することで、それをそのまま、みずからの心の動きの本質的な動機と化しているように見える。もちろん、つねにそんなふうに事が運んだわけではあるまい。全身的な苦い苦悩を生み出すこともあっただろうが、西行の場合、それがあいまいな混濁や、ひからびた抽象性で歪められることはないのである。心が身にそわなくなるという主題は、「あくがるる心は」にも共通しているが、そこではその心が「山ざくら散りなむ後や身にかへるべき」とされている。このことばのゆっくりとした動きからは、身体から離れ去ろうとする心を抱いて沈思黙考する西行の姿がおのずから浮かびあがって来るようだ。続く「花見れば」の歌において は、歌の表情はまた一変する。ここで西行は、心が身にそわなくなることを嘆いてはいない。山桜が散って、心がまた身に戻ることを願ってもいない。花を見ると、「そのいはれとはなけれども」、ただ心のうちが苦しいのである。あれこれと思い入れめいた問をおくことなく、一息に詠みおろされていて、この歌の姿そのものが、彼の心のうちの苦しみの姿のように見えるのである。

もちろん、西行の桜の歌のすべてが、こういう主題をあらわに示しているわけではない。「さらに又霞に暮るる山路かな春をたづぬる花のあけぼの」のような平明な叙景歌もあれば、最初の陸奥への旅のとき出羽で詠んだ「たぐひなき思ひいではの桜かなうすくれなゐの花のにほひは」のように、花のにおいを介して思い出と出羽とをかけた歌もある。あるいはまた「花の色にかしらの髪し咲きぬれば身は老木にぞなりはてにける」のように、花の白と髪の白とを結びつけ、桜の「老木」と年老いたわが身とを結びつけて、老いの感慨を詠んだ歌もある。何しろ三百二十首もあるのだから、そのほかにも、多種多様な題材趣好を見てとることが出来るだろう。だが、そういう歌にも、身と心とのかかわりについてのあの本質的動機が、見えかくれしながら生き続けているように見えるのである。

だが、そういう西行にも、時とともに、桜とのあいだの、ある融和とでも言うべきものが、桜と自分とを共に包むものに対する虚心な接近とでも言うべきものが生まれて来たようだ。「願はくは花のしたにて春死なむそのきさらぎの望月のころ」という歌はそのことを証している。彼は「仏には桜の花をたてまつれ我が後の世を人とぶらはば」とも詠んでいるが、ここでは、仏となった西行に桜が捧げられるのである。

20

『後鳥羽院御口伝』には、同時代の歌人たちに対するさまざまな評言が見られるが、それらは、後鳥羽院が、すぐれた歌人であったばかりでなく、並々ならぬ批評眼の持主でもあったことを示していて、まことに興味深い。たとえば俊頼について、ただ「俊頼堪能の者也」と断ずるだけではなく、直ぐ続けて「歌姿二様によめり。うるはしくやさしき様も殊に多くみゆ。又もみ〳〵と人はえよみおほせぬやうなる姿もあり」と述べていることからも、その批評眼の柔軟を見てとることが出来るだろう。次いで「俊頼がのちには釋阿（俊成をさす）、西行也」と言うのだが、釋阿についての「釋阿は、やさしく、艶に、心も深く、あはれなる所もありき。殊に愚意に庶幾するすがた也」という評言も面白い。「殊に愚意に庶幾する」とは、とりわけ自分の考えに近いというほどの意味だろうが、ひとつひとつの評語が、こういう全身的な共感にのびやかに溶けこんでいるようだ。そして、俊成へのこのような評言が、おのずから呼び出しでもしたかのように、そういうあれこれの評言をはみ出す存在として、西行についてこんなふうに語られるのである。

「西行はおもしろくして、しかも心殊に深く、ありがたくいでがたきかたも共にあひかねてみゆ。生得の歌人と覚ゆ。おぼろげの人まねなどすべき歌にあらず。不可説言語の上手也」

後鳥羽院は治承四年（一一八〇）の生まれだから、西行が亡くなったときは、まだ十歳の少年に過ぎない。当時、西行と顔を合わせる機会などなかっただろう。後鳥羽院の西行観はもっぱらその歌によるものだ。院がいつから西行の歌に親しむようになったかはわからないが、もちろん当初から『御口伝』に見られるような絶対的な評価が与えられたわけではあるまい。そこには、感嘆とともにさまざまな迷いや揺れもあっただろう。そしてそれが、西行の歌の底光りするような魅力に収斂していったと思われる。

後鳥羽院が、上古以来の秀歌を撰進せよという院宣をくだしたのは、建仁元年（一二〇一）十一月三日のことだ。次いで、通具、有家、定家、家隆、雅経、寂蓮の六人を撰者として撰歌が進められ（寂蓮は途中で亡くなった）、各撰者の撰歌、院自身の撰歌、撰ばれた歌の部類配列、さまざまな「切継（加除修正）」を得て、元久二年（一二〇五）三月二十六日に『新古今集』が成立した。撰ばれた歌人としては、慈円九十二首、良経七十九首、俊成七十二首、式子内親王四十九首、定家四十六首、家隆四十三首、寂蓮三十五首、後鳥羽院三十三首、貫之三十二首、俊成女《としなりのむすめ》二十九首、和泉式部二十四首、人麻呂二十三首、雅経二十二首、経信十九首、有家十九首、通具十七首、秀能十七首といったところが主なものだ。もっとも、これが、上古以来の歌人たちに対する評価を正確に反映しているわけではない。当代やそれに先立つ時代の歌人の歌が意識的に数多くとられているようだし、当代の歌人のなかでも、俊成の影響下にある御子左《みこひだり》家が重視されていることは明らかだ。だが、そういったこと以上に着目すべきは、九十四首を撰ばれた西行が、それらの歌人たちを越えて第一位を占めたということだ。これには、西行を高く評価する後鳥羽院に対する撰者たちの心配りがかかわっていなかったとは言えぬ。だが、ただそれだけのことでこれほどの結果を生むこともあるまい。のちに院に「生得の歌人と覚ゆ」と言わせる西行の歌の特質は、他の撰者に対しても、その独自性を強く刻みつけずにはおかなかったのだろう。

『後鳥羽院御口伝』においていまひとつ私が興味を覚えるのは、院が定家をきわめて高く評価しているということだ。この西行評より少しあとの方で定家に触れて、「定家は無左右者也。さしも殊勝なりし父の詠をだにもあさ〱と思ひたりしうへは、まして余人の歌沙汰にも及ばず。やさしくもみ〱とある様に見ゆるすがたまことにありがたく見ゆ。道に達したる様など殊勝なりき。歌みしりたるけいきゆゝしげなり」と述べているのだが、これはまさしくべたぼめと言うほかはないものだ。だが、定家の狷介で激情的な気質は院の手に余ることもあったようで、すぐ続けて「傍若無人ことはりも過ぎたりき。他人の言をきくに及ばず」と述べていることからもそれはわかる。もっともこれは、定家が、単純な自己中心的人物であったということではない。院は「我歌なれども自讃歌にあらざるをよしなどいへば腹立の気色あり」とも述べているが、これには、院が、定家の「年を経てみゆきになるる花のかげふりぬる身をも哀れとや思ふ」という歌の撰入を強く求めたにもかかわらず、くり返し反対したということが念頭にあったのかも知れぬ。もっともこれは、院が定家をはれものにさわるように扱かっていたということでもない。承久二年(承久の乱の前年だ)、順徳天皇が催した歌会に定家が提出した(歌会には欠席した)「道の辺の野原の柳したもえぬあはれ嘆きのけぶりくらべや」という歌が院の逆鱗に触れて、勅勘をこうむって長いあいだ蟄居を余儀なくされた。たかだか一首の歌くらいのことで、なぜ院がこんなに腹を立てたかという点についての詮索はここでは措くが、院が定家とは違ったかたちで激しい個性であったことは推察出来る。彼らのあいだに何かにつけて不和や対立が生ずるのは止むをえぬ成行きだった。だが定家の歌に対する院のきわめて高い評価は変ることはなかったし、定家も、院の人使いの荒さにぶつぶつ言いながらも、撰者のなかでもっとも忠実で信頼すべき存在であり続けた。こういう状態のなかから『御口伝』のなかの次のような見事な定家評が生まれるのである。

「惣じてかの卿が歌の姿、殊勝のものなれども人のまねぶべき風情にはあらず。心あるやうなるをば庶幾せず。ただ詞姿の艶にやさしきを本体とせる間、その骨優れざらむ初心の者まねばば、正体なきことになりぬべし。定家は生得の上手にてこそ、心何となけれども、うつくしくは言ひ続けたれば殊勝のものにてはあれ。（中略）彼卿（定家）が秀歌とて人口にある歌多くもなし。をのづからあるも心から不レ受也。釋阿、西行などが最上の秀歌は詞も優にやさしき上、心殊に深くいはれもあるゆゑに、人の口にある歌勝計すべからず」

　こういう文章を読んで私が興味を覚えるのは、すでに引いた西行評とのあいだに見られるはっきりとした対立とふしぎな類似である。院は、西行を「生得の歌人」と評していたが、定家は「生得の上手」であると評している。「生得の歌人」という評語はごく自然になっとく出来るが、「生得の上手」の場合は必ずしもそうではない。「上手」とは、あれこれ力を尽し、かずかずの意識的な工夫を重ねて到り着くものであるとすれば、それは「生得の」という形容とは結びつかないのである。おそらく後鳥羽院は、定家の歌のうちに、それらの努力や意識的な工夫が、極まるところ、「生得の」と評するほかはない状態に立ち到った姿を見ていたのだろう。これは心の深さとはまた異る、見事な達成なのである。そのような歌の姿について「殊勝のものなれども人のまねぶべき風情にはあらず。心あるようなるをば庶幾せず。ただ詞姿の艶にやさしきを本体とせる間、その骨優れざらむ初心の者まねばば、正体なきことになりぬべし」と院は述べるのだが、この姿の微妙なありようにぴったりと寄り添ったまことに正確で精妙な評言であると言っていいだろう。

そして、それが、西行に対する、「おぼろげの人まねなどすべき歌にあらず。不可説言語の上手也」という評言と生き生きと響き合っていることは注意していい。このように定家とくらべ合わせて考えてみると、西行に対する「生得の歌人」という評言にしても、単に天成の歌人といった通りいっぺんの解釈で片付けられぬものであることがわかって来る。定家の歌が、まだ自分をしっかりとつかんでいない初心者が無警戒に近付けばたちまち「正体なきもの」と化してしまう危うさをはらんでいたように、西行の歌も、けっして楽天的に身を委ねうるようなものではない。定家の歌と同様、「おぼろげの人まねび」など出来ぬ危うさをはらんだ存在なのである。「おもしろくして、しかも心殊に深」いのだが、この心には「ありがたくいでがたきかたも共にあひかねて」立ち現われてくる。たしかにこれは「不可説の上手也」と言うほかはないものだ。定家に対する「生得の上手」とこの「不可説の上手也」とを結びつけてみると、このふたりの歌人の本質的な姿が、奥深いところから浮びあがって来るようだ。

こんなふうに考えると、西行にとって「生得の歌人」とは、あらかじめ与えられた特権的な条件ではないことがわかる。彼は「生得の歌人」として生き始めるのではなく、刻苦して、「生得の歌人」になってゆくのである。俊成を父とした定家とちがって、西行の父方には、彼を歌に結びつけるような事情はなかった。俵藤太藤原秀郷を祖とし、さらには藤原北家に連なる家系への誇りはあったものの、父康清も、祖父季清も、都住まいの下級武官に過ぎなかった。祖父季清には、文筆の才が見られるようだが、彼と歌とのかかわりは、たぶん、武官の息子のたしなみとして、歌を詠ませられるという程度のことだっただろう。この家系においては、あいまいな飾りのない、ざらついた現実感のようなものは育まれたかも知れないが、彼を「生得の歌人」に導くような要素は、能うかぎり少なかったと言っていいだろう。だが、母方の家系は、いささか趣きを異にする。母方の祖父監物源清経は、今様や蹴鞠をよくする数奇者だった。そればかりではない。旅先の美濃から、今様の名手目井とその養女乙前を都に連れ帰り、共に暮したということだから、これはなかなかのものだろう。西行は、たぶん、ごくおさない頃に、父康清とは死別あるいは生別していると思われるから、この祖父のもとにはしばしば出入りしていたはずだ。そして、父方のものとは対照的なそこでの生活の気配が、おさない彼のなかに否応なく浸透したことだろう。あいまいな飾りのない、ざらついた現実感がしみとおった父方での生活と、母方でのこのような生活との共存は、鋭い意識家であったこの少年を、それらをひとつに結びつけるものへ向かわせただろう。そして歌が、徐々に、そういう役割を果すものになっていったことは、少くともそのひとつになっていったことは、充分にありうるのである。

出家した西行は、鳥羽院の下北面の武士という職務から解き放たれたのだが、院での生活が彼のなかから消え去ったわけではなかった。院に出入りすることはなくなったものの、そこでの生活の記憶は、彼のなかの奥深いところで生き続けた。記憶ばかりではない。在職中に識った、中宮待賢門院の女房たちのなかの何人かとは、身分上の束縛が絶たれたためにかえって、自然で深いかかわりを結ぶことになったようだ。彼女たちは、待賢門院の落飾後、あるいはみずからも髪をおろし、あるいは他に移っているが、そのなかでもっとも重要な存在は待賢門院堀川だろう。

堀川は、神祇伯源顕仲の娘だが、当代を代表する歌人のひとりであって、中古六歌仙に選ばれ、「百人一首」には、彼女の「長からむ心もしらず黒髪の乱れてけさは物をこそ思へ」という歌がとられている。在俗中の義清がこの年長の才女に心を奪われなかったはずはないが、そればかりではない。ある研究家は、西行を失恋させた「うかりし人」は堀川であり、西行の「知らざりき雲ゐのよそに見し月のかげを袂にやどすべしとは」という歌の「月のかげ」も、堀川をさすのではないかとさえ推測している。もちろん推測を出ないのだが、出家後彼が堀川局とかわしたこんなやりとりを見ると、少くともふたりのあいだの心のつながりが並々ならぬものであることはわかる。

待賢門院かくれさせおはしましける御あとに、人々またの年の御はてまで候はれけるに、南面《みなみおもて》の花散りけるころ、堀川の局のもとへ申しおくりける

たづぬとも風のつてにもきかじかし花と散りにし君が行方を

返し

吹く風の行方知らするものならば花と散るにもおくれざらまし

待賢門院が亡くなったのは、久安元年（一一四五）八月のことだが、以後一年のあいだ女房たちは、三条高倉御所に留まったのである。西行のこの歌は、久安二年の春、詠まれたものだろう。今眼前に散っている花のように、女院は風に乗って散ってしまわれた、風にその行方をたずねても風は教えてくれないだろうというわけだが、ここには、いつまでも亡き女院の面影を追い求める堀川局への突き放したいたわりのようなものが見てとれる。そんなにいつまでも女院を想っていても風だってその行方を教えてはくれませんよというわけだが、それに対して堀川局は、そんなに冷たいことをおっしゃるけども、私は、風が女院の行方を教えてくれるなら、おくれることなく、今眼前に散っている花のように散っていたでしょう、教えてくれないからこうして今生きているのです、と返しているのであって、こういう微妙な感情のずれのこのようなやりとりそのものが、彼らの心のつながりをおのずから浮かびあがらせているようだ。

逆に、堀川局の歌に西行が返しているやりとりもある。

堀川の局、仁和寺にすみつけるに、まゐるべき由申したりけれども、まぎるる事ありて程経にけり。月のころ前を過ぎけるをききて言いおくられける

西へ行くしるべとたのむ月かげの空だのめこそかひなかりけれ

かへし

さし入らで雲路をよぎし月かげはまたぬ心ぞ空に見えける

訪ねると約束しておきながら、家の前を通っているのに立ち寄らなかったことに対するうらみ言と、それに対する少々かさにかかった言いわけであって、こういうやりとりがあること自体、彼らの親しいかかわりを感じさせる。もちろん、彼らは、こういう下世話ないざこざを、なまなかたちでさらしているわけではない。ここかしこにさまざまな工夫をこらして面白がっているようだ。待賢門院の墓は、現在の法金剛院の北、かつては仁和寺の境域であった辺りにあったから、堀川局が仁和寺に住んでいたのは、その墓守り的な意味があったのかも知れぬ（その後彼女は西山のほとりに移った）。「西へ行くしるべ」というのは、もちろん、西方浄土に成仏するための導き手という意味だが、そこに「西行」の名前が詠みこまれていることは言うまでもあるまい。そして、その西へ行く「しるべ」が「月かげ」を呼び、「月かげ」が「空だのめ」にかけられているわけだ。それに対して西行は、与えられた「月」という役割を引き受けながら、月である私があなたの家にさし込まないのは、あなたが私を本当は待ってはいないことなど、「空」からだって（これは「空だのめ」に応じている）わかるのですよというわけだ。相手によっては腹を立てられかねない揶揄だが、もちろんこれは、彼女が笑いながらがしてくれると信じているからのことだろう。彼らのかかわりの深さがよくわかるが、同時に西行独特の生活感とでもいうべきものも生き生きと感じられる。このことよりあと、堀川局が西行に贈ったこんな歌もある。

待賢門院の堀川の局世をのがれて西山に住まるとききて尋ね参りたればすみ荒したるさまにて、人のかげもせざりしかば、あたりの人にかく申しおきたりしをききていひおくられたりし

（『西行法師家集』による）

潮なれし苫屋も荒れてうき波に寄る方もなき蜑《あま》と知らずや

住み荒れた自分の住まいを潮気に染みた苫屋に比し、そこでの自分の生活を、寄る辺もなく波に漂っている蜑《あま》（蜑とは漁師だが、「尼《あま》」とかけている）の生活に比したこの歌からは、並外れた才女の孤独な老年の姿がおのずから浮かびあがってくるようだ。そして西行の詞書きには、それと応じるある悲調とでも言うべきものが感じられる。西行の返しは次のようなものだ。

苫の屋に波たち寄らぬけしきにてあまり住み憂きほどは見えにき

苫の屋に波が打ち寄せぬように、あなたのところにも誰も立ち寄らぬようですね、住み辛い様子はよくわかりましたというわけだ。波が打ち寄せることと人が立ち寄せることとをかけ、「あまり」のうちに、堀川の歌に応じて、「蜑」と「尼」とを詠み込んではいるが、そういう工夫はごく控え目で、そのことが、やりとり全体の沈鬱な気配を支えている。これらのやりとりを見ると、西行の、時により場合に応じて微妙に変化する、けっして一本調子になることのない、人間とのかかわりようを見てとることが出来るだろう。

堀川局の妹でやはり待賢門院に仕えた兵衛局も、姉ほどではないもののすぐれた歌人であったが、西行とのかかわりは、女院の没後、その娘である上西門院のもとに移ってからのことのようだ。「上西門院の女房、法勝寺の花見侍りけるに、雨の降りてくれにければかへられにけり。又の日、兵衛のつぼねのもとへ、花のみゆき思ひ出させ給ふらむとおぼえて、かくなむ申さまほしかりしとてつかはしける」と詞書して、こんな歌を贈っている。

見る人に花も昔を思ひいでて恋しかるべし雨にしをるる

詞書に言う「花のみゆき」とは、保安五年（一一二四）の閏二月十二日に法勝寺で催された「白川の花宴」をさす。そのとき、待賢門院に従っていた兵衛局が選ばれて「よろず代の例《ためし》とみゆる花の色をうつしとどめよ白川の水」という歌を詠んだのである。この歌は評判になって『金葉集』にもとられているほどだから、兵衛局に贈る歌にこの歌を持ち出すのは当然だが、いきなり歌を贈るというわけにもゆかないだろうから、それ以前に、姉と西行との関係もあって、多少のかかわりはあったのだろう。あいにく兵衛局はこの花見には出席していなかったようで、誰かが、彼女に代って、「いにしへをしのぶる雨と誰か見む花もその世の友しなければ」という歌を返している。兵衛局というその心を知る昔の友がいなければ、昔をなつかしがっている花の涙が雨となって降るなどと誰が思うだろうかというわけだ。

そういうわけで、このときはやりとりは成立しなかったのだが、その後、何度か、連歌で兵衛局の句につけている。その間、彼らのあいだにどういうかかわりがあったかよくわかないが、源平の戦いの頃兵衛局がなくなったとき、西行がこんな歌を詠んでいるところから見ると、彼らのかかわりには、思いのほか深いものがあったのかも知れぬ。

申すべくもなきことなれども、いくさの折のつづきなればとて、かく申す程に、兵衛の局、武者の折りふし失せられにけり。契り給ひしことありしものをとあはれに覚えて

先立たばしるべせよとぞ契りしに後れて思ふあとのあはれさ

仏舎利おはします。「我さきだたば迎へ奉れ」とちぎられけり

どちらかが先に死んだら冥途のしるべになれと約束したのに、こうして私が死におくれて、あとになってそれを思い起すのは何ともあはれなことだというわけだ。この歌は、連歌の運びのなかで書かれているから、詞書にも歌そのものにも文意をとりにくいところがあるが、さし当りその点の詮索は措く。両者が、共に相手のための冥途の案内役を契っていたことを見ておけば足りる。

もうひとりあげておこうか。すでに触れたように、康治元年（一一四二）二月十二日に、待賢門院が出家落飾したのだが、その結縁のために、『法華経二十八品和歌』の勧進をした中納言の局である。俊成や西行もその勧進に応じた。西行が、待賢門院ゆかりの人びとによる「一品経供養」の勧進を行ったのは、翌三月のことだが、こういったことは彼らを強く結びつけたことだろう。中納言の局も、待賢門院が出家落飾したのち、みずから髪をおろし、小倉山のふもとで暮すようになったのだが、この住まいを訪ねた西行はこんな歌を詠んでいる。

待賢門院中納言の局、世を背きて小倉山の麓に住まれける頃、まかりたりけるに事がらまことにいう（幽だろう

——粟津注）にあはれなりけり。風のけしきさへことに悲しかりければ書きつけける

山おろす嵐の音のはげしさをいつならひける君がすみかぞ

西行はこの歌を庵の柱か壁に書きつけたのだろうが、あとからこの庵を訪ねて来た兵衛局は、この歌を読んでこんな歌を詠んでいる。

うき世をばあらしの風に誘はれて家を出でにしすみかとぞみる

21

出家した西行は、自由に作歌に心を注ぐことが出来るようになったが、すべてが自由になったわけではない。名誉の職ではあるものの、結局のところ六位の下級武官にすぎぬ下北面の武士であったという事実は、執拗に彼に付きまとった。また、出家したとは言っても、しかるべき寺に属して、それなりの僧位をえたわけではなく、一介の隠遁僧にすぎなかったのであって、僧としての力などふるいようがなかったのである。当然、彼は、宮中や貴族の屋敷などで行われる歌会や歌合わせに加わることはなかった。

西行が置かれたこのような立場は、『西行法師歌集』に見える「世を捨つる人はまことに捨つるかは捨てぬ人こそ捨つるなりけれ」という歌が、上句の初五「世を捨つる」を「身を捨つる」に代えて『詞花和歌集』に撰入されたとき、「題不知読人不知」とされていることからもわかる。「題知らず」は、それが事実なのだからどうということもないが、「読み人知らず」というのはいささか気にかかる。崇徳院が六番目の勅撰和歌集である『詞花集』撰進の院宣を藤原顕輔にくだしたのは、天養元年（一一四四）、西行二十七歳のときのことであるが、この撰進には思いのほか時間がかかって、院の奏覧が行われたのは、仁平元年（一一五一）、西行三十四歳のときのことだ。二十七歳のときならまだしも、三十四歳の西行は、歌人としての評価が次第に高まってきている時期である。その前年の久安六年（一一五〇）、かつて家人として仕えた徳大寺実能の息子公能が、十四人の歌人のひとりとして「久安百首」に召されているが、西行がその詠進歌の下見を頼まれていることからも周囲の評価の程はわかる。このことをめぐって西行は「新院百首歌召しけるに奉るとて、右大将公能の許より見せに遣はしたりける、返し申すとて」と詞書きして、「家の風吹き伝へけるかひありて散る言の葉の珍らしきかな」と詠んでいる。立派な家門の歌風を代々吹き伝えて来られたかいがあって、今こうして散り広められる言の葉は見事なものですというわけだが、それに対して公能は「かひ」を「貝」で受け、「和歌の浦」を喚起しながら、「家の風吹き伝ふとも和歌の浦にかひある言の葉にてこそ知れ」と返している。年が近かったせいもあって（公能は西行より二歳年上である）、彼らは、西行が徳大寺の家人であった頃から、主家の嫡男と家人との関係をこえたまじわりを結んでいたようだが、重要な歌稿の下見を頼むとはなかなかのことだ。もっとも、これは必ずしも西行を歌のうえの師として、その教示を求めたとは限るまい。ごく親しい歌仲間に、いささかの誇りをこめて（西行は「久安百首」に加わらなかった）、歌稿を披露したというだけのことかも知れぬ。だがいずれにせよ、公能の西行に対する親愛と、歌人西行に対する敬意を見てとることが出来るだろう。

まだ名の高い歌人ではなかったにしても、このような西行の歌を「読み人知らず」とするのも奇妙な話だが、これは『万葉』や『古今』の時代とはちがって、この時代には、文字通り作者もわからぬ歌のほかに、身分卑しい者の歌や、はばかりのある歌も、「読み人知らず」とするようになっていたからだ。西行は身分卑しい者と見なされていたのである。このことは、西行の名前が高まるにつれて、人びとの注意を惹くようになったらしく、順徳院の歌論書『八雲御抄』には、身分卑しき者の歌を「読み人知らず」とする例として「詞花集の西行のごとき」と述べられているということだ。

西行の歌は、この「身を捨つる」という歌で、はじめて勅撰集に入集した。『詞花集』は、出来るだけ多くの歌人を集めることを撰進の方針としていて一人一首ということが多かったから、西行の歌がこの一首だけということは、彼の歌に対する評価が低かったためではないだろう。だが、顕輔が、「読み人知らず」としてまで敢えてこの歌を撰進したことはいささか気にかかる。もちろん、顕輔なりにこの歌を評価したためだろうが、『詞花集』撰進に当って、西行が何がしかの協力をしたこともかかわっていたかも知れぬ。だが、それ以上に、崇徳院に対する心くばりがあったのではないかと考えてみると、なかなか面白い。

崇徳院が父鳥羽院と中宮璋子とのあいだの子ではなく、祖父白河院と璋子とのあいだの子であって、そのために「叔父子」と呼ばれていたことはすでに触れた（名目上は子だが、実際は祖父の子だから叔父であるというわけだ）。鳥羽院は璋子を寵愛しており、次々と皇子や皇女も生まれたから表面上は事もなく過ぎていたが、その奥では、愛憎がからみ合った、複雑に屈折した劇がひしめいていたのである。そして、鳥羽院側と崇徳院側との争いが刻々にその度合いを増していったのである。義清は、待賢門院璋子とも彼女に仕える女房たちとも近かったから、崇徳院側に近かっただろうが、一介の下北面の武士に、崇徳院派のひとりとして何かが出来るはずもない。しかも彼は、鳥羽院に対しても、下北面の武士としての主従関係に留まらぬ、並々ならぬ心のつながりを感じていたようだ。鳥羽院が亡くなったのは、西行の歌が『詞花集』に入集した年より五年のち、保元元年（一一五六）の七月二日のことだが、そのとき西行は、いずれも長い詞書を付した「今宵こそ思ひ知らるれ浅からぬ君にちぎりのある身なりけり」、「道かはる御幸《みゆき》かなしき今宵かな限りの旅と見るにつけても」、「とはばやと思ひよらでぞなげかまし昔ながらの我が身なりせば」という三首の歌を詠んでいるのであって、彼が鳥羽院に注いでいた深い思いがよくわかる。鳥羽院の死の九日のちの七月十一日、崇徳院は、まるでその死を待ってでもいたかのように、頼長と組んで保元の乱を起した。

もっとも、西行は、こんなふうに鳥羽院に心を注ぐ一方で、激しい気性と人並すぐれた歌才をそなえた崇徳院に対しても、強く心を惹かれていたようだ。ほとんど同年であったために（西行より一歳年下だ）、徳大寺家の公能の場合と同様、その共感はいっそう強かったかも知れぬ。下北面の武士の時代には、遠くからその姿を見る程度で、直接のかかわりはなかったようだが、出家後にはこんなやりとりがある。

心ざすことありて、扇を仏にまゐらせけるに、新院より給はりけるに、女房うけ給はりてつつみがみに書きつけられける

ありがたき法にあふぎの風ならば心の塵を払へとぞ思ふ

御返事たてまつりける

塵ばかりうたがふ心なからなむ法をあふぎて頼むとならば

直接のやりとりではなく女房を介してのやりとりであり、内容的にも、「法にあふ」と「あふぎ」を、さらに「法を仰ぐ」とをかけた気軽なやりとりに過ぎないが、彼らのあいだにはこういうやりとりが可能となるような親しいかかわりがあったことはわかる。そして、この親しさはけっして上っつらだけのものではなかった。そのことは、保元の乱に敗れた崇徳院が剃髪して仁和寺に籠ったとき、崇徳院を訪ねてこんな歌を詠んでいることからもわかる。

世の中に大事いできて、新院あらぬさまにならせおはしまして、御ぐしおろして仁和寺の北院におはしましけるにまゐりて、兼賢阿闍梨出で会ひたり。月明かくて詠みける

かかるよにかげも変らずすむ月を見るわが身さへうらめしきかな

勝利した後白河天皇の側から見れば、崇徳院は反乱軍の中心的存在である。出家の身であるとは言っても、そこにはさまざまな危険が予想されたはずだ。まだ戦いが終ったばかりで、人びとの気が立っているときだけになおさらのことだ。ここには、おのれの思いを果すためには危険を意に介することのない、まことに剛毅な心の動きを見てとることが出来るだろう。今ひとつ注意すべきは、

これが、西行も出席してあの思いのこもった歌を詠んだ鳥羽院の葬儀からまだ間もない頃だということだ。もちろん通常の父子ならば何の問題もないのだが、鳥羽院と崇徳院との関係は最悪の状態に達していた。鳥羽院は、重い病いの床にありながら、崇徳院の見舞いを断わるほどだったのである。当然、こういうことは、何となく彼の耳にも入っていただろうが、彼の気質は、そういうことをあれこれと思いわずらうたちのものではなかった。彼にとって重要なのは、鳥羽院と自分とのかかわりであり、崇徳院と自分とのかかわりであって、彼らのいさかいは、もちろんそれに心を痛めはしただろうが、それ以上のことではなかったのである。

　崇徳院は、讃岐に流された。院のこのような運命に、西行の院への思いはさらに深まっただろう。直接院にあててではなく、院付きの女房にあてて、六首の歌を書き送っているが、どの歌を見ても院に対する西行の切々たる思いが伝わってくる。長寛二年（一一六四）八月二十六日、崇徳院は四十六歳で亡くなるのだが、西行は四年後の仁安三年（一一六八）の冬、四国に旅立つのである。この旅は、弘法大師の遺跡と崇徳院の遺跡を訪ねることを目的としていた。院は、松山の津にある雲井御所を行在所としていたが、津を訪ねた西行は、こんな歌を詠んでいる。

讃岐に詣でて、松山の津と申す所に、院おはしましけむ御跡をたづねけれど、かたもなかりければ

松山の波に流れて来《こ》し舟のやがて空しくなりにけるかな

松山の波のけしきはかはらじをかたなく君はなりましにけり

次は、白峯御陵に詣でたときの歌だ。

白峯《しろみね》と申しける所に御はかの侍りけるにまゐりて
よしや君昔の玉の床とてもかからむ後は何にかはせむ

どの歌にも、崇徳院の悲劇に応じて、西行の心の奥深い悲調が響いているようだ。

22

西行が出家した頃の歌壇は、藤原顕季にはじまり、顕輔、清輔と続く六条家、源経信からその三男俊頼につらなるいわゆる「六条源家」、道長の六男長家にはじまり俊成（当時は顕広）に至る御子左家といった流れを見ることが出来る。もっとも、彼らは、ただ単純に対立し、互いに争っていたわけではない。対立すると同時にさまざまにからみ合い、重なり合って、歌壇を形作っていたのである。だが、西行がそのような歌壇にかかわることはほとんどなかった。それは、ひとつには、今や無位の隠遁僧にすぎぬ彼には、宮廷や貴族の館で行われる歌合わせや歌会に自由に出入りすることが出来なかったからだが、それだけなら、徳大寺実能や公能の口ききという方法もなくはない。それをそうしなかったのは、作歌に心を注ぐにつれて、最初はあったかも知れぬ、歌壇に近付こうという欲求が薄れていったからだろう。その無常感や人間観や自然観が、西行独特の個性へと収斂していったのだろう。それは、歌壇の約束事にはなじまないのである。もちろん、同時代の歌人たちの歌はさまざまな手段で読むことが出来たはずだが、彼らとの具体的な交遊の記録はほとんど残ってはいない。

そのなかでわずかな例外とでも言うべき存在は俊成である。もっとも、西行は歌壇人のひとりとしての俊成を識ったわけではない。俊成は、歌人俊忠の三男として、永久二年（一一一四）に生まれているから西行より四歳年上ということになるが、十歳のとき父を失い、葉室顕頼の養子となって顕広と名乗った（俊成と変えたのは五十三歳のときだ）。その後、彼の妹が、かつて西行が家人として仕えた徳大寺実能の子公能と結婚し、実定を生んだのである。それは西行が二十一歳のときのことだというから、彼は鳥羽院の下北面の武士になっている。だが、公能とは親しい関係が続いているから、当然、俊成とも会っているだろう。ただ会っただけではない。俊成は、十八歳のときに作歌をはじめているし、公能もなかなかの歌才の持主だ。この三人の若者が歌を通して強く結びついたということは充分に考えられるのである。

西行は、文治三年（一一八七）、七十歳のとき、自歌合せ『御裳裾河歌合』を編んでいるが、その判を俊成に依頼した（もうひとつの自歌合せ『宮河歌合』の判は、俊成の息子定家に頼んでいる）。俊成は快く引き受け、時をおかずに判をとどけてきたが、その一番に付した長文の判詞は、判詞の域にとどまってはいない。そのなかで彼は、まず『万葉』以来の歌の流れについて、次いで歌合わせという形式の、意味と約束と実情について長々と述べているが、これは一種の序のようなものだろう。だが、そこで突然口調が変り、こんなふうに語るのである。

「……よはひかたぶき、老にのぞみてのちは、あしたにみること、ゆふべにわすれ、よひのむしろに思ふ事、あかつきの枕にはるることなければ、ふるきときの証歌、いまの世の諸作、みることときくこと、ひとつも心に残すことなし。よつて近き年よりこのかた、ながく此事を断ち畢りにたれども、上人円位(西行をさす)壮年の昔より、互ひに己れを知れるによりて、二世の契りを結び畢りにき。をの〳〵老に臨みて後、かの離居は山川を隔てたりといへども、昔の芳契は旦暮に忘るる事なし」

こういう判詞には、西行の自歌合せのためということでことばを飾っているようなところは感じられない。彼が、西行と会ってから五十年ほどの時がたっているわけだが、判詞を書くことになったとき、その五十年という時間が、生き生きとよみがえったのだろう。俊成は『長秋詠藻』のなかでも、「円位ひしりといふは、むかしより申かはすものなりしを、わかよみつめたる歌どもを三十六番につかひて、伊勢大神宮にたてまつらんとするなりとて、これなをかちまけしるしてとしゐて申しかは、おろ〳〵かきつけてつかはしける」と書いているが、資質も歌風も異なるこの二人の稀有の歌人が、こんなふうに深く結びついていることはいかにも面白い。もっとも、彼のかかわりについて、具体的に多くのことがわかっているわけではない。

たとえば、「左京大夫俊成、歌集めらるると聞きて歌つかはすとて」という詞書のある(この詞書は、『長秋詠藻』では、「西行法師高野に籠りゐて侍りしが、撰集の様なるものすなりと聞きてうたかきあつめたるものをくりて包紙にかきたりし」となっている)、「花ならぬ言の葉なれどおのづから色もやあると君ひろはなむ」という歌があるが、それに対して俊成は「世を捨てて入りにし道の言の葉ぞあはれも深き色も見えける」と返している。「撰集の様なるもの」とは、『千載集』の前身としての撰集だろうと推測されているが、西行が、今や歌壇の中心的存在となった俊成に対して、

「つまらぬ歌ですがそれなりに『色』はあるでしょうからどうか入集させてくれませんか」と、一見控え目ながら妙にあけすけに頼んでいる。それに対して俊成は、いやいや、あなたの歌には、仏道に入った人でなければえられないような「あはれも深き色」がありますよと応じているわけだが、このやりとりは眺めているとなかなか面白い。互いに覚えている親愛と敬意ははっきり感じられるが、西行のあけすけな求めに対して、「あなたの歌には、仏道に入った人でなければ詠めないようなところがありますよ」と応じているわけで、するりとうまく逃げているような印象を禁じがたいのである。

「五条三位入道（俊成をさす）のもとへ、伊勢より浜木綿遣しけるに」という詞書のあと「はまゆふに君がちとせの重なれば世に絶ゆまじき和歌の浦波」という歌もあるが、「はまゆふに重なる年ぞあはれなる和歌の浦波世に絶えずとも」というのが俊成の返しである。幾重にも重なる浜木綿の葉のようにあなたの千年の年が重なるなら、「和歌の浦波」が絶えることはないでしょうと西行がはげますのに対して、「和歌の浦波」は続くでしょうが、私はだめですね、年をとるのは情ないことですと応じているわけだ。歌としては、すぐれた歌とは思われないが、二人の親しさはよくわかる。よほど親しくなければこういうやりとりは生まれないのである。これには俊成の返歌はないが、もう一首引いておこうか。「伊勢より小貝をひろひて、箱に入れて包みこめて皇太后宮大夫（俊成をさす）の局へ遣すとて書きつけ侍る」という詞書のある「浦島がこはなにものと人とはばあけてかひある箱とこたへよ」という歌である。「浦島の箱のように煙が出て来るのではなく貝が入っていますよ」という歌だが、親しい友に冗談を飛ばしているような軽やかなユーモアがあって、この歌はなかなか面白い。俊成の歌に西行が返しているやりとりが残されていないのは残念だが、今あげたものだけでも、両者の親しいかかわりを見てとることは出来るだろう。

西行は建久六年（一一九〇）二月十六日、河内の弘川寺で、七十二年の生涯を閉じるのだが、俊成の『長秋詠藻』には、そのことをめぐって、こんなことばが見える。

「円位ひしりかうたどもをいせ内宮の歌合とて（『御裳裾河歌合』をさす）判うけ侍りしのちに、またおなしき外宮の歌合（『宮河歌合』をさす）とておもふ心あり新少将（定家をさす）にかならす判してと申けれは、しるしつけて侍りける程に、その年去年文治五年河内のひろかはといふ山寺にてわつらふ事ありときゝていそきつかはしたりしかは、かきりなくよろこひつかはしてのち、すこしよろしく成てとしのはてのころ京にのほりたりと申しほとに、二月十六日になむかくれ侍りける。彼上人先年にさくらの歌おほくよみけるなかに

願はくは花のしたにて春死なむそのきさらきの望月のころ

かくよみたりしをゝかしく見たまへし程につゐにきさらき十六日望日をはりとけゝる事、いとあはれにありがたくおほへるものにかきつけ侍る

ねかひおきし花のしたにてをはりけりはちすのうえへもたかはさるらん」

言辞まことに切々たるものがある。俊成自身も述べているように、文中の「願はくは」の歌は、辞世の歌というわけではなくそれに先立って詠まれたものだが、西行が、歌のなかで願ったとおり、「きさらき十六日望日」に世を去ったことは、人びとの感動を誘わずにはいなかったのだろう。文末の俊成の歌は、西行の歌に対する俊成の最後の返歌のようなものだ。

このような感動にとらわれたのは、俊成だけではない。西行のもうひとつの自歌合せ『宮河自歌合』の判詞を書いた「新少将」定家もまた、『拾遺愚草』のなかで、こんなふうに書いている。(この判詞はなかなか出来あがらず、西行をひどく苛立たせた)。

「建久元年二月十六日の西行上人身まかりにける。おはりみたさりけるよしきゝて、三位中将(徳大寺公衛)のもとへ

もち月の北はたかはぬ空なれときえけむ雲の行ゑかなしな

上人先年詠之　ねかはくは花のしたにて春しなん　そのきさらきのもち月のころ　今年十六日望日也

返し

紫の色ときくにそなくさむるきえけん雲はかなしけれとも」

父俊成と同様、定家も西行の歌に返歌を書いたわけだが、二人の返歌を眺めていると、彼らそれぞれの西行とのかかわりの親疎や、歌人としての資質がおのずからうかがわれて、まことに興味深いのである。

23

宮廷の貴族たちとも歌壇の人びととともほとんどかかわることのなかった西行にとって、身近な人びととの歌のやりとりは、作歌のうえでも生活のうえでも特別の意味を持っていたようだ。堀川の局その他、かつて待賢門院に仕え、門院の落飾後、あるいはみずからも落飾し、あるいは門院の娘上西門院に仕えた女房たちとの歌のやりとりについてはすでに触れた。彼女たちと西行は、待賢門院への敬愛を共にしており、当然、彼らの歌には門院の面影がさまざまなかたちで影を落としているが、けっして単なる回顧に終っていない。それぞれの思いが、その歌に深い表情を与えている。

だが、西行にとって、彼女たちとのかかわり以上に重要な意味を持っているのは、西住とのかかわりである。西住は、俗名鎌倉二郎源次兵衛季正。義清と季正は在俗中に知り合い、親しく付き合うようになったが、季正がどういう役職にあり、どういう切っかけで付き合いが始まったかはわからない。彼らが共に出家への強い願望と歌作への並々ならぬ執着を示していたことがかかわっていたのだろう。彼らはある日、空仁が庵室にこもっていた嵯峨の法輪寺を訪ね連歌を詠んでいるが、空仁が、官途を辞して出家していることや歌をよくすることがこの訪問の動機だったのかも知れぬ。彼らは、空仁のうちに、彼らに先立って彼らの夢を実現した人物を見ていたのかも知れぬ。

西行に少しおくれて西住も出家した。その西住という法名が「西行」という法名を受けたものであるかどうかはよくわからぬ。それがどうであれ、彼らのまじわりは、承安三年（一一七三年）、西住が西行に先立って世を去るまで、いささかも薄らぐことなく濃密に続けられた。彼らは歌のやりとりをするばかりではない。時には共に旅をし、しばしば顔を合わせ、別れたあとも、出会いのよろこびをよみがえらせようとでもするかのように歌を贈る。そういうまじわりには何かエロチックな気配さえ感じられる。歌の詞書で西行は西住を、「同行」つまり志を同じうする修業者と呼んでいるが、彼がそういう呼び方をする人物は他にはいないのである。

たとえば「年久しく相頼みたりける同行にはなれて、遠く修行してかへらずもやと思ひける、なにとなくあはれにて」と詞書きした「定めなしいくとせ君になれなれし別れをけふは思ふなるらむ」という歌がある。「無常の世よ、幾年ものあいだあなたになれ親しんできたのに、どうして今日は別れを思うことになるのだろうか」というほどの意味だろう。まず「定めなし」と断じたあと、なげきの情が自然に流れていて、こういう詠みぶりはいかにも西行らしい。下句「思ふなるらむ」の主語は西住ともとれるが、これはやはり西行だろう。

またこんなやりとりもある。

高野のおくの院の橋のうへにて、月あかかりければ、もろともに、ながめあかして、そのころ西住上人京へいで

にけり。その夜の月忘れがたくて、又おなじ橋の月の頃、西住上人のもとへ言ひ遣はしける

こととなく君こひわたる橋の上にあらそふものは月のかげのみ

かへし　　西住

思ひやる心は見えで橋の上にあらそひけりな月の影のみ

西行が、何となくあなたを恋い続けながらわたる橋のうえで、あなたを恋う涙と争っているのは、それに宿ろうとする月の光だけですよと言うのに対して、西住は、それでは、あなたを恋う私の心は見えず、あなたの涙と争ったのは月の光だけだったのですね、と応じているわけで、これはほとんど恋歌である。

やがて西住は重い死の床についた。西行は「同行に侍りける上人、例ならぬ事大事に侍りけるに、月のあかくてあはれなりければよみける」と詞書きをして、「もろともに眺め眺めて秋の月ひとりにならむことぞかなしき」と詠むのである。西住がついに世を去ったとき、それを直接詠んだ西行の歌は残されていないが、共通の友であった寂然とこんな歌をかわしている。

同行に侍りける上人、をはりよく思ふさまなりと聞きて申しおくりける　　寂然

乱れずとをはり聞くこそうれしけれさても別れはなぐさまねども

かへし

この世にてまた会ふまじき悲しさにすすめし人ぞ心みだれし

誰にも増して親しかった西住の死に際してこういう「かへし」しか残されていないのは奇妙な気がしなくもないが、それだけ西行の悲しみが深かったということかも知れぬ。寂然の、西住が少しも乱れることなく生前願っていた通りのみごとな最期をとげられたという話をきくのは嬉しいことです、それで別れの悲しみは慰さめられませんけれどもという歌には、そういう西行に対する心づかいのようなものが感じられる。こういう最期を寂然に伝えたのはあるいは西行だったのかも知れぬ。そういう証拠があるわけではないが。もうこの世では会えないと思うと、乱れることのない最期、いわゆる「臨終正念」をすすめた自分の方が乱れてしまうという西行の「かへし」には、抑えた言いまわしのなかに、抑えようのない痛切な想いが感じられる。

ところで、この寂然は、西住ほどではないが西行がごく親しく付き合った友であって、いわゆる「常磐三寂」あるいは「大原三寂」のひとりである。「三寂」とは、寂念、寂超、寂然という、いずれも寂の字のついた法名を持った三兄弟をさす。彼らは常磐に屋敷があることから、あるいは出家後大原に隠棲したことからこんなふうに呼ばれている。彼らの父藤原為忠は歌人として知られ、義清の歌の師だったのではないかとも言われているが、推測を出ない。また西行とのまじわりも、いつ、どんなふうにして始まったかはよくわからない。いずれも歌をよくしたこと、義清のあとを追うようにいずれも出家していること、これが彼らを強く結びつける要因となったことは確かだろう。それ『聞書残集』には、彼らの付き合いぶりが端的にうかがわれるような連歌が収められている。それはこんなふうに始まるのである。

為忠が常盤に為業侍りけるに、西住、寂然まかりて、太秦に籠りたりけるにかくと申したりければ、まかりたりけり。有明と申す題をよみけるに

こよひこそ心のくまは知られぬれ入らで明けぬる月をながめて

常盤にある為忠の遺邸に、為業（のちの寂念）が住んでいた、そこに西住や寂然が訪ねて来たので、当時は太秦に籠っていた自分も招かれて、「有明」という題で歌を詠んだというのである。西行の歌は「今宵こそお互いの心のすみずみまで知り合うことが出来た、西の山に入らないで、一晩中、夜が明けるまで明るく照っている有明月を眺めているうちに」というほどの意味だろう。ただそれだけの歌でどうということもないのだが、それが人びとを思いがけぬ方向に導いたようだ。

かくて静空、寂昭なんど侍りければ、もの語り申しつつ連歌しけり。秋のことにて肌寒かりければ、せなかあはせてゐて連歌にしけり

思ふにもうしろあはせになりにけり

詞書中の「静空」には「大学頭藤原宗光の子」とする説、為光の長子為盛とする説がある。「寂昭」は「寂超」の誤記だろう。他の人びとが集って来たので連歌にしたのだろうが、当然そこには、西行の歌が面影として生かされているだろう。お互いの心をすみずみまで知り合ったのを受けて

「思ふにもうしろあはせになりにけり」と付けているのはまことに面白い。詞書に言う「秋のことにて肌寒かりければ、せなかあはせてゐて連歌にしけり」を踏まえることで、「お互いにすべて知り合う」ことと何かを思って「うしろあはせ」となることとが微妙にからみ合って生き生きとした表情を生み出していてる。

誰が付けたかわからないが、この付けは面白い。それはあるいは西行自身かも知れぬ。続いて、「この連歌こと人つくべからずと申しければ」、つまりこの連歌は西行以外の人が付けてはならぬと申すのでと詞書きして、「うらがへりたる人の心は」、つまり「裏切った人の心はそんなものだよ」とあるから、前句は西行以外の人の句のように何となく思ってしまうのだが、そうではないのかも知れぬ。西行が「思ふにもうしろあはせになりにけり」という何とも面白い句を出してしまったから、この句に西行がどう付けるか是非見たいということだったのかも知れぬ。

次いで「後世のものがたり各々申しけるに、人並々にその道には入りながら思ふやうならぬよし申して」と詞書きして、前句の裏切りを受け「人まねの熊野まうでのわが身かな」という「人まねし」の偽善に展開する。さらに「と申しけるに」と詞書きして、「そりといはるる名ばかりはして」と付けている。「そり」とは僧の剃髪を言うのだが、ここでは、熊野詣での偽善が、「そり」の外見だけの偽善に転じられている。こういう運びを見るだけでも、この連歌の座の、ものにとらわれることのない、のびやかで楽しげな気配がよくわかる。やがて夜が明け、会は閉じて、西行はこんな歌を詠むのである。

さて明けにければ、各々山寺へ帰りけるに、後会いつと知らずと申す題、寂然いだしてよみけるに

帰り行くもとどまる人も思ふらむ又逢ふことの定めなの世や

この「常磐三寂」のなかで西行はとりわけ末弟の寂然と親しかったが、西行が高野から大原の寂然に贈った十首と寂然がそれに返した十首とを読みくらべてみるとまことに面白い。西行は十首すべてを「山深み」という初句ではじめ、寂然は、これまた十首すべてを「大原の里」という結句で揃えているが、それは単なる形式上の対応ではない。そこには、奥深く、のびやかな、心の照応が見られるのである。

24

『山家集』下の「雑」の部に、「遠く修行する事ありけるに、菩提院のさきの斎宮（斎院のあやまり）にまゐりたりけるに、人々別れの歌仕う奉りけるに」と詞書きした「さりともと猶あふことを頼むかな死出の山路を越えぬ別れは」という歌が見える。すぐ続けて、「同じをり坪の桜の散りけるを見て、かくなむ覚え侍ると申しける」と詞書きした「この春は君に別れの惜しきかな花のゆくへを思ひ忘れて」という歌も見える。西行が「遠く修行する事」になったとき、仁和寺の別院である菩提院にいた「さきの斎院」のもとで送別の歌会が催されたのだろう。

この「さきの斎院」は、鳥羽天皇の第二皇女統子内親王、母は、中宮待賢門院璋子である（大治元年（一一二六）七月二十三日の生まれだから、西行より八歳年下ということになる）。大治二年、賀茂斎院となったが、長承元年（一一三二）、病いのために退下した。その後、保元二年（一一五七）、二条天皇の准母として入内したが（保元四年には上西門院という院号が与えられた）、それまでは仁和寺の菩提院を御所としていたから「菩提院前斎院」と呼ばれていたのである。

西行は、待賢門院に強く心を惹かれていたから、当然その娘である前斎院にもそれなりの関心はあっただろうが、彼女の御所に出入りするようになったのは、久安元年（一一四五）八月二十二日、彼女が十九歳のときに、待賢門院が没して以後のことである。それと言うのも、女院の没後、彼女に仕えていた女房たちの何人かが、前の斎院に仕えるようになったからだろう（兵衛局もそのひとりである）。西行との親疎のほどは別として、こういうことが、西行の出入りを可能にしただろうし、また、この御所を、人びとの心が、待賢門院の面影を核として生き生きと結びつく場と化したのだろう。『山家集』には、先に引いた西行の二首にすぐ続けて、「返しせよとうけ給はりて檜扇に書きてさし出でける」と詞書きした「君が往なむ形見にすべき桜さへ名残あらせず風さそふなり」という女房六角の局の歌が見える。「あなたが遠い修行の旅に出られたら、形見にしようと思っていた桜さえ、名残りを留めることなく風が誘って散らしてしまうでしょう」というほどの意味だろう。西行の桜好きをよく知っての詠だろうが、この場の濃密な気配がよくわかる。

だが、考えてみると、知人の旅立ちに際して「形見」を云々するのは妙に気にかかる。そしてそれは西行の二首にも言えることだ。「さりともと」の歌は、「こうして遠い修行の旅に出るとなると、再びお会いすることはむずかしいでしょうが、それでもやはり再会したいものです。実際の死出の旅ではないのですから」というほどのことだろうし、「この春は」の歌は、「この春は、花との別れよりも、あなた（前斎院をさす）との別れの方が惜しいのです。散った花の行方を想うことも忘れてしまっております」というほどのことだろう。だが、眺めていると、いずれも、旅立ちに際しての別れの歌にしては、死への思い入れがいささか強すぎるような気がしてくる。それとともに、

「さりともと」の歌の詞書きのなかの「遠く修行する事ありけるに」ということばが、独特の表情を帯び始めるようだ。とてもこれは、たとえば紀州や伊勢などへの旅ではあるまい。ひとつ間ちがえば死出の旅となりかねないような旅だろう。六角の局の歌からも察せられるように、送られる方も送る方も、そのことはよくわかっていたのだ。そして、そういう彼らの姿に生き生きと結びつくのは陸奥への旅だろう。

西行は、旅立ちの日時についても、その原因や動機や目的についても、何ひとつ語っていないが、桜の散る頃に出発して、帰京は翌年の秋か冬と思われるから大変な旅である。よほどのことがない限りこんな旅を志すとは思われぬ。その原因として、待賢門院が、永治二年(一一四二)の二月二十六日に出家落飾したことをあげる人がいる。西行が、三月十五日に、待賢門院結縁のために、頼長を訪ねて、一品経の書写を勧進していることからも、女院の出家が彼の心を強く動かしたことはよくわかるが、それだけにかえって、彼が、そういう女院と離れて、長い旅に出るとは考えにくい。それにまた、それを機会に待賢門院の女房たちの何人かが前斎院のもとに移り西行も出入りするようになったとしても、まだ、旅立ちに際して送別の歌会を催すほどの間柄になってはいないだろう。前斎院も当時は十六、七であって、西行が歌会で「君に別れの惜しきかな」と詠むにはいささかおさな過ぎる。そういう年頃では、歌会を主宰し、女房に返歌を命ずるなどということも考えにくい。その点、待賢門院とかかわってはいても、久安元年の女院の死去と結びつけた方がなっとく出来る。翌二年には、女院の一周忌をめぐって、堀川の局と歌のやりとりをしているから、西行の旅立ちは、久安三年、西行三十歳のときと考えていい。

もっともこれは、西行の旅が、女院の死去をいたむ傷心の旅だということではない。研究家も指摘するように、もしそうなら、旅中の詠と思われる彼の歌に、直接女院やその死去を詠んではいなくても、その面影をしのばせる歌があるはずだが、その種の歌はいっさい見られないのである。彼女の死去が、この旅の動機のひとつであることは確かだとしても、それとは別の、あるいはさらに強い動機が働いていたと考えるべきかも知れぬ。その点興味深いのは、彼が旅中白河の関で詠んだこんな歌だ。

みちのくにへ修行してまかりけるに、白川のせきにとまりて、所がらにや常よりも月おもしろくあはれにて、能因が秋風ぞ吹くと申しけむ折、いつなりけむと思ひいでられて名残り多くおぼえければ、関屋の柱に書きつけける

白河の関屋を月のもるかげは人の心をとむるなりけり

西行が、都を発ったのち、どういう道を辿って白河の関に辿りついたかはわからない。「世をのがれて伊勢のかたへまかりけるに鈴鹿山にて」という詞書きのある「鈴鹿山うき世をよそに振りすてていかになりゆくわが身なるらむ」という歌もこの旅での詠として、彼が伊勢を経て陸奥に向かったと推測する人もいるようだが、それはやはり違うだろう。希望と不安とがとけあったこの歌は、出家直後の詠と考えた方がいい。もちろん、彼が、白河関に着くまでまったく歌を詠まなかったはずはあるまい。詠んだが捨てたか、あるいは歌集におさめなかったということだろう。ひょっとし

て、それとわからぬかたちで他の場所にまぎれこんでいるかも知れぬ。いずれにせよ、この白河の関の歌で、陸奥の旅がはっきりと示されるわけだが、そこで、能因の歌が想起されていることは注意していい。能因の「秋風ぞ吹く」は、『後拾遺集』におさめられた、「陸奥の国に下りけるに、白河の関にてよみ侍りける」と詞書きした、「都をば霞とともに立ちしかど秋風ぞ吹く白河の関」をさす。西行が、詞書きでわざわざ能因のこの歌に触れていることは、自分の旅と、歌枕を求める能因の旅とを重ね合わせていることをうかがわせるのである。もっとも、能因は、実際にこの旅をしていないという話もある。「能因実《まこと》には陸奥に下向せず、この歌を詠まむ為に竊《ひそか》に籠居して奥州に下向の由風聞すと云々」（『袋草紙』）というわけだ。そうすることで、この歌をもっとも効果的に発表しようとしたのである。だが、これはやはり作り話であって、彼は、万寿二年（一〇二五）、三十八歳のとき、実際に陸奥へ旅をしたらしい。西行が、そういう話を知っていたかどうかよくわからないが、この最初の陸奥への旅のときの詠と思われる歌を並べてみると、この旅で、西行が能因のものとはまた異る、彼固有の歌枕の旅を試みているようにも見えてくる。彼はすぐ続けて、やはり能因の歌を踏まえながら、こんな歌も詠んでいる。

関に入りて、しのぶと申すわたり、あらぬ世のことにおぼえてあはれなり。都出でし日かず思ひつづけられて、霞とともにと侍ることのあと辿り詣《ま》で来にける心ひとつに思ひしられてよみける

都出でて逢坂越えしをりまでは心かすめし白川の関

『山家集』には、次いでこんな歌が続くのである。

武隈の松も昔になりたりけれども、跡をだにとて見にまかりてよみける

枯れにける松なきあとにたけくまはみきと言ひてもかひなかるべし

ふりたる棚橋を紅葉の埋みたりける、わたりにくくて、やすらはれて、人にたづねければおもはくの橋と申すはこれなりと申しけるときさて

踏まうき紅葉の錦散りしきて人も通はぬおもはくの橋

しのぶの里より奥へ二日ばかり入りてある橋なり

名取河をわたりけるに岸の紅葉のかげを見て

名取河岸の紅葉のうつるかげは同じ錦を底にさへ敷く

十月十二日、平泉にまかり着きたりけるに、雪降り、嵐はげしく、殊の外に荒れたりけり。いつしか衣河見まほしくてまかりむかひて見けり。河の岸に着きて、衣河の城しまはしたる事柄やう変りて物を見る心地しけり。汀凍りてとりわきさえければ

取り分きて心もしみて冴えぞわたる衣河見に来たる今日しも

又のとしの三月に出羽国に越えて、滝の山と申す山寺に侍けるに、桜の常よりも薄紅の色濃き花にて並み立てりけるを寺の人々も見興じければ

たぐひなき思ひいではの桜かなうすくれなゐの花のにほひは

下野国にてしばのけぶりを見て

都近き小野大原を思ひ出づる柴のけぶりのあはれなるかな

同じ旅にて

風荒き柴の庵は常よりも寝覚めぞものはかなしかりける

先に、西行の初度の陸奥の旅に際しての詠として九首の歌を引いたが、研究家によれば、そこであげられている「白川の関」「しのぶ」「武隈の松」「おもはくの橋」「名取河」「衣河」といった地名は、「おもはくの橋」をのぞけば、すべて、能因の『能因歌枕』に見られ、『能因法師歌集』に作例が見られるということだ。『能因歌枕』には、すでにある歌枕や能因が新たに作り出した歌枕が数多く集められているのだから、重複するものがあるのは、当然と言えば当然だが、それにしても、九首中八首とはなかなかのことだ。能因と西行との、さらには西行と陸奥の旅とのつながりを見てとることが出来るだろう（能因も二度陸奥に旅をしている）。

能因は、俗名橘永愷。永延二年（九八八）に生まれた。橘諸兄十世の孫である。文章生として漢詩文に心を注ぐ一方で、藤原長能に師事して歌を学んだ。長和二年（一〇一三）二十六歳の頃出家、融因と号したが、のち能因と改めた。もっとも、出家したからといって、仏道に心を注いだ様子は見られない。出家は彼にある種の自由を与えたが、彼はこの自由のなかで、もっぱら詠歌にいそしみ、旅を楽しんだようだ。出家と数奇とのこのような結びつきは能因に限られたものではない。他にいくらも見ることが出来る。だが、たびたび居を移し、六地方二十一か国を数えるほど旅を重ね、『能因歌枕』まで著わしているのだから、これは格別のことだ。彼が「いたれるすき者」（『古今著聞集』）と評されるのも当然だろう。だが、彼には「すき者」と言うだけでは片付かぬところがある。出家直前の詠だろうが、「世の中をあぢきなしと思ひ立つ比《ころ》、幼き児《ちご》を、おやのもとより是ばかりはやしなへ、などいひてをこせたるをみて九月廿二日」という詞書きのある「何事も背きはてぬと思ふらんこの世は捨てぬ身にこそ有けれ」という歌を詠んでいる。「おや」とは、たぶん、すっかり冷たい関係になっていた妻だろう。その妻から、この子だけは引きとってくれと言ってきたのだろう（能因には二人の子供がいたらしい）。出家への想いとこの世のしがらみとがからみ合っていて、この歌には、おのずから西行を思わせるところがある。思わせるばかりではない。西行の「世の中を背きはてぬと言ひおかむ思ひ知るべき人はなくとも」という歌は、能因のこの歌を念頭においたものかも知れぬ。能因には、「出家しに行とて、ひとり詠レ之」と詞書きした「今日こそは初めて捨つるうき身なれいつかはつゐにいとひはつべき」という歌もある。出家当日の詠だろうが、「いつかはつゐにいとひはつべき」、いったい、いつ、本当にこの世に背き去ることが出来るのだろうかということばからもうかがわれるように、ここには、出家についての楽天的な思い込みなどまったくない。西行と相通ずるものを見てとることが出来るだろう。

もう一首引いておこうか。藤原輔尹は能因の文章道のうえでの先輩らしいが、能因は、「輔尹朝臣、出家のうらやましきよしなどいひて、物にかう書きつけたり」という詞書を付して、輔尹の「世の中をなににさはりてなどしもかのりの道にはけふをくるらん」という歌を『能因集』に収めている。能因の出家を聞いての詠だろう。輔尹は、能因よりもかなり年長だった。その年長の自分が、この世の「さわり」のせいで、あなたにおくれ、出家もせずに今日の日まで便々と日を過してしまったという感慨だろう。それに対して、能因は「そむけどもそむかれぬはた身なりけり心のほかにうき世なければ」と返している。世に背いて出家してみても、背き切ることの出来ぬわが身です、「うき世」は、外にはなく、心にあるのですからというわけだが、これは通常の出家観、厭世観とはずいぶん違う。「心」へのこのような集中は西行を思わせる。この歌を西行の詠と考えてもおかしくはないのである。

研究家は、『古今和歌集』以来積みあげられてきた歌枕が、時とともに当初の生き生きとした現実感や存在感を失ってゆき、観念的なヴィジョンになっていったと指摘している。そして、能因は、観念化し形骸化し、もはや現実の存在ではなくなった歌枕をみずからの足で訪ねることによって、それらに新たなる生命を与えようとしたとする。その通りだろう。西行が、歌枕を求める陸奥の旅をしたのは、単に歌枕への好みを能因と共にしただけのことではない。歌枕に対する能因のこのような姿勢そのものと深く結びつくのである。すでに引いた、西行が陸奥で詠んだ九首の歌を見てもそれがわかる。

「白河の関屋を月のもるかげは人の心をとむるなりけり」という歌の場合、詞書のなかの「能因が秋風ぞ吹くと申しけむ折、いつなりけむと思ひいでられて名残り多くおぼえければ、関屋の柱に書きつけける」ということばがまず注意を惹く。諸注、多くは、能因の歌とのつながりを示すだけですましているようだが、やはり、それだけでは足りないだろう。そのことばは、ありきたりの詞書とは異る、鋭い口調につらぬかれていて、西行が、能因の歌だけではなく能因の姿勢に、能因の存在そのものに結びついていることがわかる。そういうことに気がつくと、西行の歌と、能因の「都をば霞とともに立ちしかど秋風ぞ吹く白河の関」という歌とが、生き生きと響き合うのである。「関に入りて、しのぶと申すわたり、あらぬ世のことにおぼえてあはれなり。都出でし日かず思ひつづけられて、霞とともにと侍ることのあと辿り詣《ま》で来にける心ひとつに思ひしられてよみける」という詞書のある「都出でて逢坂越えしをりまでは心かすめし白川の関」という歌を見ても、それははっきりとわかる。「しのぶ」とは、白河の関の北、現在の福島市に近い。「しのぶ文字摺」で有名な歌枕である。白河の関を過ぎてこの地に向かったのだろうが、「白河の」の歌の詞書では能因の歌の「秋風ぞ吹く」という歌句を引き、この詞書では「霞とともに」という歌句を引いていることで、彼が能因の歌と人とに執拗にかかわり続けていることがわかる。「あらぬ世のことにおぼえて」とは、今はもう存在しない、能因が生きていた昔の時間を生きているようだというほどのことだろう。「心ひとつに」とは、もちろん能因と一体となったような思いでということだ。こういう詞書を眺めていると、この歌のまことに印象的な姿が見えてくる。逢坂を越えるときまでは、心をかすめただけの白河の関が（「かすめ」は「霞」の縁語である）、「日かず」を重ねるうちにその表情を深めてゆく。そういう心のなかの地を、今現にみずからの足で踏むことが出来たというよろこびと驚きが、しみとおっているようだ。能因は、この「しのぶ」について、「みちの国にいきつけて、しのぶのこほりにて、はやう見し人をたづぬれば、その人はなくなりにきといへば」と詞書のある「あさぢはらあれたるのべはむかし見し人をしのぶのわたりなりけり」という歌を詠んでいる。「はやう見し人」とは、以前陸奥の旅をしたとき会った人ということだから（たぶん女性だろう）、これは二度目の陸奥の旅での詠と思われる。「しのぶ」を「信夫」という地名と「偲ぶ」にかけている以外技巧をこらしたところは見られないが、そのことでかえって、ごく自然な心の動きが見てとれる。この歌は、『後拾遺和歌集』にとられているから、たぶん、西行も読んでいただろうが、西行の歌は、特にこの歌を意識した詠ではあるまい。だが、能因の気配とでも言うべきものは、この信夫の地で西行を包んでいたようだ。

こんなふうに、詞書と歌とが歌物語のように続いてゆく。「しのぶ」の次は「武隈の松」へ(「枯れにける松なきあとにたけくまはみきと言ひてもかひなかるべし」)、次いで「おもはくの橋」へ(「踏まうき紅葉の錦散りしきて人も通はぬおもはくの橋」)、さらに「名取河」へ(「名取河岸の紅葉のうつるかげは同じ錦を底にさへ敷く」)、というふうに旅は続く。もちろん、訪ねはしたものの歌が出来なかったこともあるだろう。二度目の陸奥の旅に際しての詠をあとから組み込んだということもまったくないとは言えないが、やはりそうではあるまい。都から白河までの歌がなく白河以降の歌に限られていることには、ある意図が働いているだろうが、それ以上の工夫は、どうも西行らしくない。こういう順序で旅をし、歌を詠んだと考えておいた方がいい。かくして彼は、平泉に到り着くのである。

十月十二日、平泉にまかり着きたりけるに、雪降り、嵐はげしく、殊の外に荒れたりけり。いつしか衣河見まほしくてまかりむかひて見けり。河の岸に着きて、衣河の城しまはしたる事柄やう変りて物を見る心地しけり。汀凍りてとりわきさえければ

取り分きて心もしみて冴えぞわたる衣河見に来たる今日しも

衣河は、平泉の北にあたる衣川村を流れ、北上川に注ぐ川である。この辺りには、前九年・後三年の役のかずかずの遺跡がある。源義家が「衣のたてはほころびにけり」と詠んだのに対して（「たて」は「館《たて》」と縦糸の「縦《たて》」とをかけている）、安倍貞任が「年をへし糸のみだれのくるしさに」と付けた話は有名だが、西行が、それを知っていたかどうかはわからない。だが、それに類したさまざまな伝承があって、それがしみとおった物や眺めは、西行を流れる東国武士の血を騒がせたことだろう。それればかりではない。当時白河以北は、平泉に住む奥州藤原三代の二代目基衡が支配していたが、彼らは西行と同族なのである（彼らは、俵藤太藤原秀郷の長子千晴の流れであり、西行の佐藤家は第五子千常の流れである）。このことは、西行にとって衣河乃至は平泉が単にさまざまな歌枕のなかのひとつではないことを示している。彼の旅は歌枕を訪ねる旅に留まらず、みずからの根源を求める旅でもあった。

ところで、この歌を、このときの詠ではなく、文治二年（一一八六）、西行六十九歳のときに行った二度目の陸奥の旅での詠とする説が多いようだ。彼はこの年の七月に伊勢を発ち、八月十五日には鎌倉で頼朝に会っているから、時期的には合っているが、やはりこの時の旅ではあるまい。「いつしか衣河見まほしくて」、早く衣河を見たいと思ってという詞書のことばは、二度目の旅には似つかわしくない。「衣河の城しまはしたる事柄やう変りて物を見る心地しけり」ということばにしても同様だろう。衣河の、城壁をめぐらした姿は、様子が変っていて、特にすぐれた物を見るような思いがしたというわけだが、これにしても、すでに見たことがあるものとふたたび出会ったときの印象とは考えにくい。「雪降り、嵐はげしく、殊の外に荒れた」状態のなかで、西行はこのような眺めに見入る。見続けるうちに、彼の外にあるものと内にあるものとが、そのまなざしを通して融け合ってゆく。「汀凍りてとりわきさえければ」という詞書のことばは「外」を示しているが、それが「取り分きて心もしみて冴えぞわたる」という「内」を示すことばと響き合う。かくして「衣河見に来たる今日」が、かけがえのない日として見定められるのである。

これは、白河の関からの旅での詠を歌物語風にまとめたものとしてあげた十首のなかには含まれていないのだが、西行は平泉でこんな歌も詠んでいる。

奈良の僧徒科の事によりてあまたみちのくへ遣されたりしに、中尊と申す所にてまかり逢ひて、都の物語すれば涙ながす、いとあはれなり。かかる事ありがたきことなり。命あらば物語にもせむと申して遠国の述懐と申す事をよみ侍りしに

涙をば衣川にぞ流しける古き都を思い出でつつ

藤原頼長の日記『台記』の、康治元年（一一四二）八月三日の項に、「近年南都ノ衆徒乱逆最モ甚シ。之ニ依ッテ、五月ノ此《コロ》ヨリ、悪僧ヲ勧学院ニ召集シ、各々師ヲ付シテ之ヲ召ス。深酷、考宣ノ法ニオイテ甚シ、召シ取ル所十五人、今夕、摂政前《サキノ》左衛門尉為義ニ仰セテ、之ヲ受ケ取ラシム。奥州ニ遣ハスタメナリ。為義縄ヲ付ス云々、南都ノ僧カクノゴトキ刑ヲカサルルコト、未ダカツテ

アラザルナリ（中略）又、今度刑ヲ蒙リシ僧、多クハ法文ヲ習知ス。アア哀シキカナ」という記事が見える。康治元年といえば、義清の出家より二年ほどあとのことだ。西行はこの年の三月十五日に、一品経書写の勧進のために頼長を訪ねているから、事件はその五ヵ月後に起っているわけだ。その「乱逆」がどれほど甚しかったにせよ、十五人もの僧がはるか奥州にまで流されるというのは「未ダカツテアラザル」ことであった。この事件は彼の心に深く刻みつけられたはずである。出家後まだ間もない頃だからなおさらのことだ。西行が中尊寺で会ったのがこの僧たちであったことはまず間違いない。もっとも西行は、ただ単に、彼らの運命やその懐郷の念に同情しただけではあるまい。それは彼自身の無常感を鋭く刺激したことだろう。それにまた、その懐郷の念は、西行が、みずからのなかを流れる東国武士の血に導かれて、陸奥への旅を続けるにつれて彼のなかで身を起して来た都への想いとはるかに響きあっているのかも知れぬ。

このように私は思うのだが、このことに関して、西行が奈良の流刑僧たちと会ったのが、初度の旅ではなく、文治二年（一一八六）、西行六十九歳のときに行った二度目の旅のときとする説があるようだ。彼らの「乱逆」がいかにはなはだしかったとしても、四十年あまりも流しっぱなしというのは奇妙な話だが、当時の政治的社会的情勢を考えれば、ありえないことではない。だが、そうだとしても、彼らは、西行と同年輩かそれ以上になっていたろう。十五人の僧の大半はすでに世を去っているだろうし、生き残った僧たちにしても、四十年をこえる時間のなかで、中尊寺での生活のなかに充分に組み込まれてしまっているだろう。彼らにもまだ懐郷の念が残ってはいただろうが、そういう彼らと、詞書きのようなやりとりがあったとは考えにくいのである。

平泉での詠としては、こんな歌もある。

みちのくに平泉にむかひて、たはしねと申す山の侍るに、こと木はすくなきやうに、さくらの限り見えて、花の咲きたりけるを見てよめる

聞きもせず束稲山の桜花吉野のほかにかかるべしとは

平泉の東、北上川をへだてて、束稲山《たばしね》という山がある。桜の名所である。その山の桜を見ての感慨だが、平泉で年を越したあとの出来事だろう。吉野以外にもこんな桜の名所があったのかというだけの歌だが、中尊寺で奈良の僧たちの懐郷の姿を見そのことばを聞いてからまだ間もない頃の詠ではないかと考えてみると、この歌がはらむもっと奥深いものが見えてくる。束稲山の桜は、西行自身の懐郷の想いを鋭く刺激したのだろう。吉野は、思いがけないほど生き生きと身を起してくる。彼は、吉野の桜と重ね合わせるようにして、束稲山の桜を眺めるのである。『山家集』では、この歌のすぐ次に、「おくになほ人見ぬ花の散らぬあれや尋ねを入らむ山ほととぎす」という歌が見える。すぐ次に置かれていること以外に、確かな証拠があるわけではないが、これも束稲山の桜を詠んだものと考えるとよくわかるところがある。桜の季節は終り、山ほととぎすの声が響き始めた束稲山の奥に、西行は、散り残った桜を求めて、山ほととぎすを友として尋ね入りたいと願うのだが、これは必ずしも彼が山ほととぎすの季節にこの歌を詠んだということではない。桜の季節に、まだ見ぬ山ほととぎすの季節を思い描いたのだろう。こういう歌の姿を眺めていると、詠の先後はわか

らないが、西行が吉野で詠んだこんな歌が心に浮かぶ。

山人よ吉野のおくの知るべせよ花もたづねむまた思ひあり
ときはなる花もやあると吉野山奥なく入りてなほたづね見む
吉野山奥をもわれぞ知りぬべき花ゆゑ深く入りならひつつ
吉野山こぞのしをりの道かへてまだ見ぬかたの花をたづねむ

ここには、桜への西行の独特の姿勢を見てとることが出来る。西行にとって桜は、さまざまな花のなかのひとつではなかった。彼は、咲いた桜を賞でただけではない。「ときはなる花」を、「まだ見ぬかたの花」を求めて、大方の花が散ったあとも、「吉野のおく」に入り込む。山ほととぎすの鳴く束稲山を想ったこの西行の歌は、こういう西行を想い起させ、こういう西行と結びつくのである。
これも陸奥での詠だろうが、こんな歌もある。

みちのくにに、まかりたりけるに、野の中に常よりもとおぼしき塚の見えけるを、人にとひければ中将のみ墓と申すはこれが事なりと申しければ、中将とは誰がことぞと又問ひければ、実方の御事なりと申しける。いとかなしかりけり。さらぬだに、ものあはれにおぼえけるに、霜枯れの薄、ほのぼの見え渡りて、後に語らむも言葉なきやうにおぼえて

朽ちもせぬその名ばかりをとどめおきて枯野の薄形見にぞ見る

「中将」「実方」とは、左近中将藤原実方、左近中将から陸奥守に転じ、長徳四年（九九五）、任地で世を去った。彼が陸奥守となったことについては、殿上で藤原行成と争ったとき行成の冠を庭に投げ捨てたことが主上の眼に触れ、「歌枕みてまいれ」というきびしい御沙汰を受けたという話その他さまざまな話が伝えられているが、いずれも確かなものではない。実は実方自身が進んで陸奥へおもむいたとする説が現在では有力となっているようだが、これにしても、ただ有力というだけのことだろう。だが、話の真偽がどうであれ、これらの話が集って、実方を、ほとんど伝説的な存在と化していたようだ。伝説は、人の口から口に伝えられ、説法集のたぐいで語られたが、西行がそれらにどれほど通じていたかはわからない。ただ彼は、命じられたにせよ、みずから進んでおもむいたにせよ、陸奥の地で世を去った実方の運命に並々ならず心を動かされていたのだろう。野のなかに立つ実方の墓を見て、そのことが鮮かに甦った。残るものは、くちることのないその名だけであり、「形見」は、「ほのぼの見え渡」る、「霜枯れの薄」だけである。「いとかなしかりけり」とか、「後に語らむも言葉なきやうにおぼえて」とかいう詞書きのことばは、そういう西行の心の動きを生き生きと示している。左近中将から陸奥守になるのと、下北面の武士が出家するのとではずいぶんちがうが、そういうちがいを超えて響き合うところがあったのだろう。

平泉を発った西行は、出羽に向かっているようだが、出羽では「又のとしの三月に出羽国に越えて、滝の山と申す山寺に侍けるに、桜の常よりも薄紅の色濃き花にて並み立てりけるを寺の人々も見興じければ」と詞書きして、「たぐひなき思ひいではの桜かなうすくれなゐの花のにほひは」と詠んでいる。「たぐひなき思ひ」出と、「いでは（出羽）」をかけ、それを「うすくれなゐの花のにほひ」と結びつけているが、何気ない技巧と心の動きがごく自然に融け合っていて、これはなかなか気持のいい歌だ。平泉を訪ねることが出来たという安堵の念と、「寺の人々」を相手に、久しぶりに歌会めいたものに加わったというよろこびとが、この歌のどこか安らかな表情を生み出しているのかも知れぬ。

ところで、この歌にも、この初度の旅での詠ではなく、文治二年の再度の旅のものとする説があるようだが、やはりそうではあるまい。初度の旅は、歌枕を訪ねることを主なる目的としていたのに対して、再度の旅には、東大寺再建の勧進のために平泉の秀衛を訪ねるというはっきりとした目的があった。さらにそのことに関して、秀衛と頼朝との仲立ちをするという目的もあった（途中、鎌倉で頼朝と会っている）。そのような目的が一応果されたのち、わざわざまわり道をして、一月もかかる出羽にまで足をのばすとは考えにくいのである。西行が、頑健な肉体の持主ではあっても、すでに六十九歳の高齢であったことを思えばなおさらのことだ。

出羽のあと、西行は、象潟を訪れたのかも知れぬ。もっとも、それを示すのは、『山家集』のある写本に収められた、「遠く修業し侍りけるに象潟と申す所にて」という詞書きのある「松島やをじまの磯もなにならずただきさかたの秋の夜の月」という歌があるだけである。しかもこの歌が真作であるかどうか大いに疑わしいから、すべてはほとんど想像を出ない。だが、歌の真偽はともかく、象潟が出羽にごく近いことと、しかもそこで一冬を過すほど能因が愛した地であることなどを思えば、西行が象潟にまで足をのばすのは、ごく自然なことだ。以後、彼は帰路につく。どこをどう辿ったかはわからないが、「下野国にてしばのけぶりを見て」と詞書きした「都近き小野大原を思ひ出づる柴の煙のあはれなるかな」という歌を読むと、白河や平泉に代って、今や都への想いが彼のなかでふくれあがっていることがわかる。「同じ旅にて」と詞書きした「風荒き柴の庵は常よりも寝覚めぞものはかなしかりける」という歌もある。あるいは彼はこの下野国でしばらく貧しい庵を結んでいたのかも知れぬ。

西行が都に戻ったのは、それから間もない頃だ。

25

西行の初度の陸奥の旅について、研究家はさまざまな動機や目的をあげている。それらにはいずれも、それなりの根拠があるのだが、それらの動機や目的がそのまま旅の経験そのものとなるわけではない。もちろん、動機や目的ですべてが説明されるような旅は多いだろうが、西行の場合はそうではない。この旅での彼の行動にしても、この旅での詠と思われる彼のかずかずの歌にしても、そういう動機や目的を踏まえながらも、時には微妙に、時にははっきりと、それらから歩み出ている。すでに触れたように、それらの歌は、能因に倣って「歌枕」の地を実際に訪ねることで、形骸化されているとは言わぬまでも形式化した「歌枕」を生き生きとした具体的な意識と感覚をもって甦らせようとしたものだ。このことが、西行のこの旅の、重要な動機乃至は目的のひとつと考えていいが、彼は、ただ単純に能因を真似、能因のあとを追い続けたわけではない。そんなふうにして旅が始まったとしても、旅という行為は、おのずから、彼に固有のものを浮かびあがらせることとなったようである。

能因は、人に向かって、つねに「スキ（数奇）マタヘスキヌレバ秀歌ハ詠ム」と語っていたということだ。これは彼にとって、詠歌に際しての心構えに留まるものではなく、生活全体にかかわることだったようだ。出家はしたものの、寺でにせよ、庵でにせよ、仏道の修行をした様子が見られないこと、『能因法師集』にも道心を主題とした歌がまったくと言っていいほどないことなどからもそれはわかる。もっとも、都で数奇を楽しむ人びとの暮しと各地の歌枕を訪ねる能因の生き方とはずいぶん違う。だがそれは、能因が、数奇を捨てるということではなかった。それどころか、数奇を、彼独特の方向へ推し進め、深めることだった。そして、西行の旅は、単に能因に倣っただけのものではなく、そういう能因と向かい合うことでもあった。そして、このことは、西行のなかに、能因の場合とはまた異る反応を生み出したようだ。数奇をはみ出すものが強く照らし出されるのである。これは、彼が数奇を捨てたということではない。数奇は微妙に変容変質しながら彼のなかで生き続けた。だが、研究家が指摘するように、この旅を通して、数奇が道心へとその比重を移していったとは言いうるだろう。このことと結びついたことで、今は亡き待賢門院への想いも、陸奥での見聞がかき立てた東国武士の血も、その深さと厚みを増したはずである。

旅から戻った西行は、また都での生活を始めたが、道心に心をとらえられたとしても、それで突然生活ぶりが変ったわけではない。道心にとらえられて数奇を捨ててしまったのなら話は簡単だが、そういうことにはならなかった。比重は変ったものの、数奇はなおも彼のなかで生き続けている。こういったことに対しては、それに応じた生き方が必要なのである。西行は、このときはじめて、こういう問題にぶつかったわけではない。出家直後にも、出家がもたらした新らしい生活に対するおどろきやよろこびを詠んだ歌とともに、出家しながらも数奇者として都で生き続ける僧としての自分の生き方に対する、かずかずの苦い自省の歌も詠んでいた。

花にそむ心のいかで残りけむ捨てはててきと思ふわが身に
捨てたれど隠れて住まぬ人になればなほ世にあるに似たるなりけり
世の中を捨てて捨て得ぬここちして都はなれぬ我が身なりけり

出家がもたらしたよろこびやおどろきと、この苦い自省は、鋭い矛盾をはらみながらも彼のなかで共存し、それなりに結びついていた。そしてそのことが、彼の歌の独特の表情を生み出していた。だが、陸奥の旅は、それが作り出した数奇と道心との比重の変化は、この結びつきのなかに、微妙な、だが時とともにじわじわとその度合いを増す亀裂を生み出したようだ。それは、彼が、ただ単純に、旅立ちまえの生活に戻ることを許さないだろう。「捨てたれど隠れて住まぬ」「なほ世にある」に似た人として生き続けることも「世の中を捨てて捨て得ぬここち」のままに「都はなれぬ」状態を続けることも不可能だろう。この場合、もっとも簡単な解決法は、道心に導かれるままに、世を捨て都をはなれ、どこか遠くはなれた地に籠ることだろうが、彼に追いすがる数奇が、彼の数奇がはらむ、人間やその生活に対する並々ならぬ好奇心がそれを阻んだのだろう。高野は和歌山県の北東部にあるから、都から離れてはいるが離れ切ってはいない。高野が、彼のなかで次第にその存在を強めていったであろうということはよくわかる。もちろん、彼が高野に心を惹かれたのは、このような地理的位置のせいばかりではない。高野山の山頂は、高野山真言宗の総本山金剛峯寺をはじめとして、かずかずの寺院がひしめいており、高野の地全体が一種の聖地になっていた。そのこともまた、彼の道心を惹きつけたはずである。

出家直後の西行が出入りした寺は天台系の寺が多かった（平泉の中尊寺も天台宗の寺である）。その後、真言系の寺が多くなったが、彼には、官僧として高い僧位を目指そうとか、学僧として教理を追求しようとかいうところはまったくなかった。当然、宗派のちがいや教理のちがいに関心を示している様子は見られない。それらの寺とのかかわりにしても、特定の寺に属するとか、そこに籠って修行するとかいったことではなかった。それらの寺で開かれる歌会に顔を出すというだけのことだった。もちろん、それに加わるのは、宮廷人たちではない。数奇者たちや、西行のような、数奇者めいた僧たちである。彼は、下北面の武士という役職を辞して、こういう生活を楽しんでいたのだが、今一方で、「聖《ひじり》」と呼ばれる僧たちとかかわりがあったらしいことは注意していい。『西行物語』には、出家を決意した西行が、「髻《もとどり》を切りて持仏堂に投げおきて、門をさし出でて、年来知りたりける聖《ひじり》のもとに、そのあかつき走りつきて、出家をし」たと語られていたが、してみると彼は、出家するまえから「聖」と親しかったということになる。もちろん、これは物語だから事実そのものとは言えないだろうが、それに類したことがあったとは充分考えられる。「聖」とは、「日知り」あるいは「火治《し》り」に由来し、既成教団から離れて自由に活動する浄土信仰系の僧をさすとするのが通説だが、西行という法名が、明らかに浄土信仰系であることを思えば、そういう聖のひとりを「年来知」っていてもおかしくはないのである。もっとも、こういう狭義の「聖」ばかりではない。ある研究家は、聖の特性として「隠遁性」「苦行性」「回国性」「呪術性」「集団性」「世俗性」をあげ、それらは「勧進性」に収斂するとしている。もちろん、彼らが、それらをことごとく体現しているわけではない。一応寺に属している者もおり、「別所」に集って自由に暮している者もいる。その特性も、場所によってさまざまである。そして、それらさまざまな聖が、東山、西山、鞍馬、大原、嵯峨などで暮していた。当然、西行も彼らとかかわることがあっただろう。これらの聖のなかで、いわゆる「高野聖」は、もっとも規模も大きく名前もよく知られていたから、「高野」のイメージとともに、彼の心をとらえただろう。

もっとも、「高野聖」だけが彼をとらえたわけではない。天治元年（一一二四）には鳥羽上皇が、大治二年（一一二七）には白河、鳥羽両院が、参詣しており、以後も皇子や貴族たちが数多く参詣している。彼がまだ鳥羽院に仕えるまえのことだが、こういったことが積みあげた高野山のイメージは、下北面の武士となった義清の心にも、微妙な影響を及ぼしたはずである。研究家は、中院を再興し、密教中興の祖とされる阿梨明算が、西行と同族である紀州佐藤氏の出身であることから、彼が明算に親近感を覚えただろうと指摘しているが、これも充分にありうることだろう。だが、こういったことよりさらに重要と思われるのは、長承元年（一一三二）に、浄土教の覚鑁が、高野山に、大伝法院と密厳院を建立したことだ。彼の「弥陀即大日念仏即真言極楽浄土即密厳浄土」ということばが端的に示しているように、彼は浄土教と密教との融合を試みたわけである。西行がこのことばを読んでいたわけではないだろうが、覚鑁の行為からこのことを感じとっていたはずである。そしてそれは、この時期の西行にとって、彼の心のありようにとって、このうえない刺激となっただろう。

西行が、いつ高野に入山したかはわからない。久安五年（一一四九）、落雷によって、大塔、金堂、灌頂院が焼け、他の建物にも類焼しているが、たぶんこの年が入山の年であると考えていいだろう。想いが心にあふれ、さまざまな事情が彼を入山へと誘っていても、強く結びついていた都を離れて高野へ移り住むなどということには、特別の切っかけを想定したくなる。その点、豪奢に立ち並ぶ諸堂の姿よりもそれらの焼失という出来事の方が、より強い吸引力を彼に及ぼしたかも知れぬ。焼失という事件のなかでは、想像力は、かえって生き生きとした力をふるうからである。彼がどういう季節に高野に着いたかもわからないが、都とはまた異る高野の自然も、この想像力と融け合って、ふしぎな表情で彼を見返し、彼を包んだことだろう。

26

落雷によって、本塔その他が焼けたことが、西行の高野入山のための、重要な直接のきっかけとなったと思われるが、もちろん、ただそれだけで事が決まったわけではあるまい。そこには、他のさまざまな事情が働いていただろう。たとえば、白河上皇の第四皇子で、堀河天皇の弟である覚法法親王の存在がまず思い浮かぶ。この法親王は、仁和寺第四代の門跡だが、天治元年（一一二四）以来、しばしば高野に参籠し、「高野御室」と呼ばれた（「御室」は仁和寺の異名である）。久安三年（一一四七）から六年までは、毎年高野に出かけている。久安五年の落雷さわぎの際もたまたま参籠中であって、その様子を日記に書きしるしている。当然、焼け落ちた堂塔の再建修復に並々ならぬ関心があったはずであって、彼から西行に、高野に招くことばがあったというのは、ありえないことではない。あるいはまた、建立奉行となった平忠盛からの働きかけがあったのではないかと想像する人もいる。西行が忠盛とどれほどのかかわりがあったかはわからないが、忠盛の息子で西行とおない年の清盛は、院北面で西行の同僚だった（もっとも西行とはちがって上北面の武士である)。忠盛は、そういう縁で西行に声をかけたのかも知れぬ。

そんなふうに考えられるとしても、彼らがどういう思惑で西行を高野に招いたのか、いささか気にならなくもない。義清の鳥羽院の下北面の武士という身分は、名誉の職務ではあるものの、特別の許しがない限り昇殿も許されぬ六位の下級武官である。出家によって、そういう身分上の拘束から脱することは出来たが、僧としては何の僧位もない、私度僧に近い存在に過ぎなかった。歌人としても、身近な人びとからは高く評価されていたらしいことがうかがわれるが、歌壇的にはまだまったく無名であった。こういう西行を高野に招いたところで、高野の再建に格別に役立つとは思われないのである。

だが、西行の存在には、こういったことだけでは片付けられぬところがある。永治二年二月二十六日、鳥羽院の中宮待賢門院璋子が出家落飾する。その二週間ほどのち、西行が、鳥羽院、崇徳院をはじめとする宮廷の人びとに、その結縁のための一品経の筆写を勧進したことについてはすでに触れたが、元下北面の武士というだけでは、こういう役割が果せるはずがない。出家して自由の身になっても、高位の僧ではなく、西行のような一介の隠遁僧にすぎない場合はやはり充分ではあるまい。そこには待賢門院が、西行がかつて家人として仕えた徳大寺実能の妹であることが、強く働いているだろうが、西行から発しているものには、そういうことをはみ出しているようなところがある。その点、左大臣藤原頼長が、この筆写勧進のために訪れた西行について、その日記『台記』に書きしるしていることばはなかなか面白い。頼長は、西行より二歳年下だが、この若い貴族が西行に覚えた並々ならぬ印象が、ことばの奥から、抑えようもなく浮びあがって来るようだ。「ソモソモ西行はもと兵衛尉義清なり。重代の勇士を以て法皇に仕ふ、俗時より心を仏道に入れ、家富み年若く、心に愁ひ無きも、遂に以て遁世す。人之を歎美せるなり」と頼長は書いているが、激しい気性の持主だったらしい頼長にこれほどのことばを書かせるのはなかなかのものだ。そしてこのような評価は、もちろん、度合いや質の多少のちがいはあったとしても、宮廷内でかなり一般的なものになっていたように見える。忠盛も、覚法法親王も、彼らが西行とじかに会っていたかどうかはわからないが、こういう評価と無関係ではなかっただろう。してみれば彼らが西行を高野に招こうと思い到るのも充分にありうることなのである。

そういうわけで西行は高野に入山するのだが、これは必ずしも、彼がこのときはじめて高野の地に足を踏み入れたということではない。『山家集』中には、長文の詞書きを付したこんな歌がある。

小倉を住み捨てて、高野の麓あまのと申す山に住まれけり。同じ院の帥の局、都のほかの住みか訪ひ申さで、いかでかかとてわけおはしたりける、ありがたくなむ。かへるさに粉河へまゐられけるに、御山よりいであひたりけるを、しるべせよとありければ、具し申して粉河へまゐりたりけり。かかるついでは今はあるまじき事なり。吹上見むといふこと具せられたりける人々申しいでて吹上へおはしけり。道よりおほ雨風吹きて興なくなりにけり。さりとては吹上に行き着きたれども、見所なきやうにて社に輿《こし》かき据ゑて思ふにも似ざりけり。能因が苗代水にせきくだせと詠みて言ひ伝へられたるものをと思ひて、社に書きつけける

天降る名を吹上の神ならば雲はれのきて光りあらはせ

待賢門院の女房、中納言の局は、西行と親しかったが、門院が落飾したのち、みずからも髪をおろして、小倉山の麓に隠棲した。西行はその庵を訪れて、「待賢門院中納言の局、世を背きて小倉山の麓に住まれける頃、まかりたりけるに事がらまことにいうにあはれなりけり。風のけしきさへことに悲しかりければ書きつけける」と詞書きして「山おろす嵐の音のはげしさをいつならひける君がすみかぞ」という歌を詠んでいる。その中納言の局が、小倉を去って、高野の麓の天野という山に住むようになった。天野は、高野山の西北十二キロほどのところにある。高野は女人禁制だったので、尼僧たちが多くここに集り、「女人高野」と呼ばれたようだ。その庵を、やはり待賢門院の女房であった帥の局が訪ねて来たのだが、その帰途、天台宗の古い寺である粉河寺に向かっていたとき、たまたま高野から降りて来た西行と出会ったのである。西行は粉河寺への案内を頼まれ、いっしょに寺を訪れるのだが、「かかるついでは今はあるまじき事なり」、「こういういい機会は、こうして高野に籠っている私にとってはまたとないものだ」ということばから、当時彼が高野にいたことがわかる。こういう出来事があったのは西行二十八歳のときのことだから、彼は陸奥へ出かける前から高野を訪れていたことがわかる。

もっとも、西行が粉河寺をよく知っていたのは、それが高野に近いということ以上の奥深い理由が働いていたようだ。平安末期以来、地方の豪族が、その土地を、「本所」と呼ばれる摂関家その他の領家に寄進し、みずからは「預所」としてその実際の運営経営に当るということが一般的になった。西行の実家である佐藤氏がその預所となった田仲荘もそのひとつであって、紀ノ川北岸の粉河寺と根来寺の中間にある（高野はその南に当る）。その「本所」は、義清が家人として仕えた徳大寺家である。この田仲荘は、平坦で肥沃な土地であって、徳大寺家にも佐藤氏にも豊かな富をもたらしたようだ。頼長が『台記』で「家富み」としるしているのも、そのあらわれだろう。研究家は、西行の父や祖父が、都で、下級武官ながらそれなりの地位をえたのは、この荘園の経営が成功したせいではないかと推測しているが、そういうことがあるかも知れぬ。おさない西行もそのことを充分に楽しんだだろうが、彼が、この田仲荘を訪ねたかどうかはよくわからぬ。それに触れた文章も歌もない。だが、それがどうであれ、伝聞を通して知っただけだとしても、この土地のヴィジョンは、彼のなかに無意識のうちに滲みこんでいただろう。やや長ずるに及んで、それは、高野のイメージと融け合って、ふしぎに生き生きとした表情を示しはじめたのかも知れぬ。陸奥の旅は、彼のなかの東国武士の血をかき立てるように働いたが、それによって、彼にとっての田仲荘も高野も、微妙なかたちで身を起し始めたようだ。

いずれにせよ、西行は、こうして高野に入山したのだが、ある研究家が主張するように、初期の「高野聖」としてただひたすら再建修復のための勧進に献身したわけではあるまい。その研究家は、彼の作歌も、勧進のために諸方をめぐり人と会うに際してたまたま試みた一種の副業に過ぎないとさえ主張するのだが、やはりそうではあるまい。彼は、一般の聖のように寺に住み込むことはなく、どこかに庵を結んで暮していたようだが、これでは、聖としての仕事はうまく運ばないのである。もちろん、身内に会ったときや徳大寺家その他宮廷の貴族たちに会ったときには、高野の再建や修復を話題にしただろう。西行の人脈や金脈を利用しようという覚法法親王や忠盛のもくろみはそれなりに成功したわけだが、それ以上のことはなかったと思われる。彼の歌にもことばにも、勧進の仕事への献身をうかがわせるものはまったく見られないのである。だが、陸奥の旅が生み出した道心に導かれて、仏道修行に熱中した気配も見られない。道心があらわに感じられるような歌もほとんどない。彼が詠む道心にかかわる歌は、まずたいてい、亡くなった人に関する追悼の歌であり、人に出家をすすめる歌である。あとは、日一日とそのみずみずしさを増す高野の自然を詠んだ歌である。それらの歌で注意を惹かれるのは、単に高野を詠んでいるだけではなく、あるいは高野から都を思い、あるいは都から高野を思っている点であって、高野と都とが、彼のなかで微妙なハーモニーを作り出していると言っていいだろう。

27

西行の初度の陸奥の旅は彼の道心を鋭く刺激し、きわまるところ、当初の動機を超えて、彼を高野入山に導いた。だが、同時期の高野には、かねてから始まっていた内部抗争がなおも執拗に続いていて、必ずしも彼がその道心に自然に、のびやかに、身を委ねうる場ではなかったようだ。そこには、密教と、「聖」と結びつく浄土教とのさまざまに屈折したかかわりを見てとることが出来るだろう。浄土教の僧覚鑁（一〇九五－一一四三）は、鳥羽上皇の深い信頼をえていたが、高野山が東寺に押されてひどく衰退していることを憂え、密教と浄土教との、高野山の学僧たちと聖たちとの融合合体を志した。長承元年（一一三二）、彼は、高野山内に、大伝法院と、密厳院を建立した。次いで、長承三年、彼は上皇の院宣によって、大伝法院の座主に任ぜられた。事の成行きから言ってこれは当然のことだろうが、同時に本山金剛峰寺の座主を兼ねるように命じられるに及んで、金剛峰寺側の激しい反撥を生んだ。ついには、金剛峰寺側と大伝法院側との武力抗争に到ったのである。大伝法院側は敗北し、大伝法院と密厳院は破壊された。覚鑁は、七百人の弟子たちと根来寺に遁れた。以後、さまざまな争いが続いていたものの、結局、力を取り戻すことはなかった。康治二年（一一四三）の暮、四十九歳で世を去るのである。そのとき西行は二十六歳だった。

彼は、結局、覚鑁の面識をうることはなかったようだが、鳥羽院と覚鑁との親密なかかわりを思えば、まだ院北面に仕えていた頃から、この浄土教の僧の消息は、多少とも彼の耳に入っていただろう。時とともに覚鑁の思想も、それまでの彼の行動も知るところとなっただろう。浄土教的色彩の強い西行という法名をつけた原因のひとつはそこにあるのかも知れぬ（彼のもうひとつの法名「円位」にも、覚鑁とのかかわりが見てとれる）。

高野に入山した西行に、密教と浄土教とを融合させようという覚鑁の志を継ごうという思いがなかったとは言えないだろうが、彼が、宗教抗争と言うより政治抗争というおもむきを呈している山内のあらそいに、積極的に加わるはずはあるまい。山内のどこかの寺に住みこんで修行するのではなく、山内のどこかにひとり庵を結んで、自然と人間とを眺めることが、彼にとって、ごく好ましい生き方だったのである。もっとも、彼は、ただひたすら高野に籠っていたわけではない。歌合その他で、足しげく都に出かけている。そして、そういう経験を重ねるにつれて、高野と都とが、共にその味わいを深めているようだ。

たとえば「年の暮に高野より都なる人のもとにつかはしける」という詞書を付したこんな歌がある。

おしなべて同じ月日の過ぎ行けば都もかくや年の暮れぬる

詞書に言う「都なる人」を「妻」とする説もあるようだが、誰であるにせよ、西行とかかわりの深い人だろう。そういう人にあてて詠むことで、ここには時間に対する西行の認識の深まりがおのずから立ち現われているようだ。どこでも歳月は同じように流れるのだから、都でもこの高野と同じように年は暮れてしまうのだろう、というほどの意味だが、ただそう読むだけでは何も読んでいないことになる。そういう歳月であればこそ、その「同じ月日」を眺めるそれぞれの心のちがいが、ちがっていればこそいっそう互いにこの「同じ月日」のなかに引き寄せられる心の動きが見てとれる。そしてそれを通して、都と高野も互いに惹きあうのである。

たぶん同じ相手と思われるが、「高野より京なる人につかはしける」と詞書したこんな歌もある。

すむことは所がらぞと言ひながら高野《たかの》はもののあはれなるかな

「すむ」はもちろん「住む」と「澄む」とをかけている。心が澄むのは住む土地のせいであると言われてはいるものの、それにしてもこの高野という土地は、そういうありきたりの言い方では片付かぬほどの「あはれ」が感じられるというわけだが、この詠み方もていねいに眺めているとなかなか面白い。「すむことは所がらぞ」と一般論的な言い方がされているが、これは明らかに歌の相手である「京なる人」を意識したものだろう。京に暮しているあなたは、住めば心が澄むような場所に取り囲まれているから、「すむことは所がらぞ」などと、のんびり考えていらっしゃるでしょうが、「高野」という土地の「あはれ」は、京住まいのあなたが経験なさったことがないようなおもむきがあるのですよ。この歌の奥からは、歌の相手に対する西行のこういうことばが響いているようだ。

さらにまた、こんな歌もある。

京に侍りし人に、高野より申し遣り侍りし

小倉山ふもとの秋やいかならむ高野の峯に時雨れてぞふる

この歌には、この歌の相手（これは前の二首とは別人だろう）のこんな「かへし」がある。

小倉山ふもとの秋を待ちやせむ高野の紅葉またで散りなば

小倉山は、多くの人びとが、世を捨てて庵を結んだ場所であって、西行と親しかった、待賢門院の女房中納言の局もここで暮している。その庵を訪ねた西行は「待賢門院中納言の局、世を背きて小倉山の麓に住まれける頃、まかりたりけるに事がらまことにいうにあはれなりけり。風のけしきさへことに悲しかりければ書きつけける」と詞書して「山おろす嵐の音のはげしさをいつならひける君がすみかぞ」という歌を詠んでいた。そこは、彼にとって、単なる一風景ではなくある象徴性がしみとおった格別の場所だったのである。そういうことを思いながらこの歌を読むと、「小倉山ふもとの秋はいかならむ」という歌句が、何か痛切な声を響かせ始めるようだ。そういうことを思いやる西行がいる高野では、「ふもと」ではなく、「峯」に、時雨が降りしきっている。京にでも時雨は降るだろうが、高野の時雨は、京のものよりも、はるかに強く激しいものだろう。そういう時雨の気配に耳をすましながら、西行は小倉山のふもとの秋に心をすますのである。この二つの秋のとらえ方には、単なる表面的な比較にとどまらぬ、人間の表情のような肉感的な見定めを見てとることが出来るだろう。そしてここでも、京と高野とが、言わば内的に、応え合い、結び合うのである。一方、「かへし」の方は、西行の歌を何とか受け止めているだけのごく凡庸なものだ。

高野という場所がわかる歌としては、もうひとつこんな詠もある。

高野にこもりたりけるころ、草の庵に花の散りつみければ
散る花の庵の上をふくなれば風入るまじくめぐりかこはむ

歌としては、特にどうということもないが、高野での彼の生活感の一面がよくわかる。もちろん、西行のことだ、激しく燃えあがった日もあっただろうが、そういう彼のおだやかに自足した心の動きが、いかにも自然に詠まれているようだ。

こういう歌を詠む一方で、彼は、大原の三寂のひとりである寂然に、こんな十首の連作を書き送っている。

入道寂然、大原に住み侍りけるに、高野よりつかはしける

山深みさこそあらめときこえつつ音あはれなる谷の川水
山深みまきの葉わくる月かげははげしきもののすごきなりけり
山深み窓のつれづれとふものは色づきそむるはじの立ち枝
山深み苔の莚の上にゐて何心なく啼く猿《ましら》かな
山深み岩にしたたる水とめむかつかつ落つる橡《とち》ひろふほど
山深みけぢかき鳥のおとはせで物おそろしきふくろふのこゑ
山深み木暗き峯の梢よりものものしくもわたるあらしか
山深み榾《ほだ》切るなりと聞えつつところにぎはふ斧の音かな
山深み入りて見と見るものは皆あはれもよほすけしきなるかな
山深み馴るるかせぎのけ近きに世に遠ざかるほどぞ知らるる

「山深み」という共通主題は、西行の高野のヴィジョンの根幹を端的に示している。「山深み」「山が深いので」と言い出したのち、まるでそれに引き出されるように、深い山のなかのさまざまなイメージが、手当り次第という感じでごく自然につかみ出されている。それらはまことに多彩で的確であって、まことに見事と言うほかない。

28

西行が庵を結んで山中に住まうのは、高野をもってはじめとするわけではない。出家後間もない頃にも、修行のために「鞍馬の奥」で暮らしている。そういう生活をしたことのない西行には、ここでの暮らしは辛くきびしいものだったようで、「世をのがれて鞍馬の奥に侍りけるに、かけひ氷りて水まうで来ざりけり。春になるまでかく侍るなりと申しけるをききて」という詞書のある「わりなしや氷る筧の水ゆゑに思ひすててし春の待たるる」という歌からも、新たなる経験に耐えながらひたすら春を想う、若い西行の心の動きがよくわかる。

次に彼が庵を結んだのは吉野だが、ここでは、庵での生活とのあいだに、鞍馬での緊張とは異なる、もっとのびやかで親密な結びつきを見てとることが出来るようだ。たとえば「山ざくら初雪降れば咲きにけり吉野の里に冬ごもれども」という歌がある。もちろん、山桜の梢に積もる初雪を桜に見立てたものだ。『山家集』には直ぐ続けて、「さびしさにたへたる人のまたもあれな庵ならべむ冬の山里」という歌が見える。梢の雪を花と見立てるような西行の心はある「さびしさ」に包まれており、この「さびしさ」が雪を花に見立てさせるのだが、この見立てはごく自然であって、鞍馬での詠のように、きびしい季節と自然のなかでひたすら春を想う緊迫したものではない。「このさびしさに耐えうる人が、自分以外にもうひとりあればよい、そうであれば、この冬の山里に、庵を並べて暮らすのだが」と言うのである。もっとも、そういう想いを生み出す吉野とのかかわりは、けっして一様なものではない。彼は、さまざまな姿勢で吉野に近付く。彼は、あるいは「今よりは花見む人につたへおかむ世をのがれつつ山に住まへと」と詠む。「今、自分は、世を遁れて山に住まい、安らかに花を見ることが出来るのだから、これから先は花を見る人に、自分と同じようにせよと伝えておこう」というわけだ。あるいは「よしの山やがて出でじと思ふ身を花散りなばと人や待つらむ」と詠む。「こうして吉野山に分け入って花を賞で、『このままここを出まい』と思っているが、人は花が散ったら戻って来ると思っているだろう」というほどの意味だが、花を見る自分と、そういう自分を外から想う「人」へのまなざしが融け合って、微妙な表情を生み出している。あるいはまた、「花も散り人も都へかへりなば山さびしくやならむとすらむ」という詠もある。たまたま心に浮んだ想いを、ただそのままことばにしただけのように見えるが、絶妙なことばの動きから、底光りするような美しさが身を起して来るようだ。

そしてこの鎧うことのない心が、吉野のさまざまな眺めに、そこでのさまざまな想いに、自在に接近することを可能にしている。彼のことばは、審美的にすみずみまで磨きあげたものではない。よく磨いたことばと大胆な措辞とが、何の苦もなく共存していて、それが、疑いようのない西行の個性を感じさせる。たとえば「思をのぶる心五首人々よみけるに」と詞書したこんな歌が見える。

さてもあらじいま見よ心思ひとりてわが身は身かとわれもうかれむ
いざ心花をたづぬと言ひなして吉野のおくへ深く入りなむ
苔ふかき谷の庵に住みしより岩のかげふみ人も訪ひ来ず
深き山は人も訪ひ来ぬ住居なるにおびただしきはむら猿の声
深く入りて住むかひあれと山道を心やすくも埋む苔かな

「いざ心」の歌以外は「吉野」の名前は見られないから、すべてが吉野を詠んでいると断定は出来ないが、たぶんそうだろう。五首がまとめられているからというだけではない。五首の構成から見ても、そんなふうに感じられる。冒頭の「さてもあらじ」の歌で、彼は、その内容だけではなく、そのことばの動きによっても、彼にとって本質的なものを、まず全体的に打ち出していると言っていいだろう。ひとつ間ちがえば内側から崩れてゆきかねぬ破調を、辛うじて、だがしっかりとつなぎとめ、そのことで歌の緊張を生み出しているようなこの歌の姿は、西行の歌が時として示す特質だが、そのことがここでは驚くべき効果を発揮している。「このままではおるまい、今に見るがいい、わが心よ」というふうにまずみずからの心に呼びかけるのは、西行独特のことである。研究家によれば、『山家集』に収められた千六百四十三首のなかで、「心」ということばが見られる歌は、春歌三十五首、夏歌十首、秋歌三十八首、冬歌十一首、恋歌四十三首、雑歌百七十六首、計三百十三首を数えるのであって、こういったことは他の歌人には見られないのである。「心」への彼の執着が見てとれるが、もちろんそのすべてが秀歌というわけではない。西行らしさが感じられはするものの、歌としては特にどうと言うこともない平凡な歌はいくらもある。その点この歌には、西行の「心」の特質が、鋭く立ち現われているようだ。ここで西行は、単におのれの「心」に呼びかけているだけではない。「心」を凝視する。この凝視を通して、彼の「心」は、その本質的構造をあらわにするのである。ここでの彼の言いまわしは、鋭く屈折していて、判読は必ずしも容易ではないが、彼は、ことさらにそういう言いまわしを選んでいるわけではない。彼の「心」の屈折そのものが、そういう言いまわしを求めているからである。「このままではおるまい、今に見るがいい、心よ、この身はわが身ではあるが果して本当にわが身であろうかと考え、自分も、どこか遠くへさまよって行こう」というほどの意味だろうが、自己凝視と、激しく揺れ動いてどこかへ「うかれ」てゆこうとする動きとの共存こそ、西行の本質的なありようにほかなるまい。二首目の歌も面白い。ここでも「いざ心」と「心」に呼びかけているが、「花をたづぬと言ひなして」、つまり「花を見に行くのだと言いつくろって」という言い方が実はよくわからない。吉野の奥に入るのに、なぜそんなふうに言いつくろう必要があるのだろうか。諸解、あるいは本当のことを言っても信用されないからだと言い、あるいは止められているからだと言うが、大して深い山でもない吉野山の奥を訪ねるからといって、信用されないとか止められるとかいうのは合点がゆかぬ。花を訪ねるためと言えば人びとが納得するというのもよくわからぬ。たぶんこれは、おのれの心に、花を訪ねるためだと言いきかせて吉野の奥へ向かうけわしい道を辿るというほどの意味だろう。花をたずねる西行の心が、単なる数奇心ではなく、ほとんど求道のごときものであることがおのずから見てとれるようだ。

三首目と四首目では、苔ふかき谷の庵での、「人も訪ひ来ぬ」孤独な生活が詠まれているが、その詠みぶりはいかにも自然であって、その孤独をことさらに言い立てることもなければ、それに対して肩を怒らせているようなところもない。彼は、この孤独のなかで自足しているようだ。そういう西行にとって、辺りを蔽う苔も、彼の孤独をかき立てるだけのよそよそしい存在ではなくなる。五首目の歌は、彼と苔との友愛とでも言うべきかかわりを示している。それどころか彼は、苔のなかに自分自身の姿さえ見ているようだ。「すむ」が、「住む」と「澄む」をかけていることは改めて指摘するまでもあるまいが、それが「心やすくも埋む」という、ごく日常的な、不思議な親しみのしみとおった形容と結びつくことで、「住む」と「澄む」とをかける紋切形の措辞そのものが、ある輝きを帯び始めるのである。

こういう日常的な現実感は西行独特のものだが、彼の場合それは、日常とべったりはりついた平板なものにはならない。それはつねに、日常を超えて行こうとする言わば垂直の動きと結ばれるのである。吉野にあっても、絶えず、吉野の奥が彼を誘う。先に触れた歌でも、「吉野のおくへ深く入りなむ」と詠まれていたが、たとえばこんな歌もある。

山人よ吉野のおくの知るべせよ花もたづねむまた思ひあり
ときはなる花もやあると吉野山奥なく入りてなほたづね見む
吉野山奥をもわれぞ知りぬべき花ゆゑ深く入りならひつつ
吉野山こぞのしをりの道かへてまだ見ぬかたの花をたづねむ

世をうしと思ひけるにぞなりぬべき吉野の奥へふかく入りなば

そして、吉野の花へのこの執着は、花を見て楽しむだけに終ることはない。西行の場合、それはつねにその「心」に戻る。彼のこんな歌からもそれはわかる。これらは必ずしも吉野の花だけではないが。

花と聞くは誰もさこそはうれしけれ思ひしづめぬ我心かな
吉野山こずゑの花を見し日より心は身にもそはずなりにき
花見ればそのいはれとはなけれども心のうちぞくるしかりける

29

西行にとって吉野は、数奇の対象としてその花を楽しむ、歌枕的な存在のひとつに留まるものではなかった。そういうところがまったくないとは言えないが、単なる数奇者なら、「花見ればそのいはれとはなけれども心のうちぞくるしかりける」とか、「吉野山こずゑの花を見し日より心は身にもそはずなりにき」とか、あるいは「身を分けて見ぬ梢なく尽さばやよろづの山の花のさかりを」といった歌を詠むことはないのである。彼は、数奇者として、花を見る楽しみに、安定したかたちでのんびりと身を委ねてはいない。花を見ることは、彼を、激しく揺れ動くその心の奥底に導くのであり、あるいは、眼前の花を超えた「よろづの山の花のさかり」に導くのである。こういう彼の心の動きを思うと、彼が、吉野を訪れ、そこに庵を結びさえする一方で、しばしば熊野を訪れていることはよくわかる。

いわゆる「熊野信仰」は、西行の在世中にその最盛期に達していたが、西行にとってそれはさまざまな信仰のなかのひとつではなかったようだ。熊野は、早くから、修験道が盛んだったが、次いでそれと真言密教とが結びついた。熊野本宮大社、熊野速玉大社、熊野那智大社の「熊野三山」がその中心的な霊場となったのである。皇室の信仰もあつかった。皇室による熊野詣を「熊野御幸」と呼ぶが、それは、延喜七年（九〇七）の宇多法皇の御幸にはじまり、代々の上皇や法皇によってくりかえし行われた。後白河法皇の三十三回、後鳥羽上皇の二十八回が際立っているが、待賢門院も十三回詣でている。御幸がこのような状態なら、貴族や、宮廷にかかわる人びとにおいても同様のことが見られただろう。研究家は、さらに、「御師」と呼ばれる祈禱師や、山伏や、地獄極楽の絵巻物を持った「熊野比丘尼」が諸国をまわって熊野信仰を説き、全国に三千あまりの熊野神社を作るという勧進を行ったと指摘している。

　だが、西行は、このような熊野ばやりに何となく従ったわけではあるまい。そこには、彼独自の内的動機が働いているようだ。熊野においては、修験道の山岳信仰と密教の思弁性がひとつに結びついているが、これは、西行の、自然への愛や、修行という行動性への好みと相応じていたのだろう。花を見て花を超えるものに向ったように、密教的信仰を踏まえながら、それを彼独自の方向へ超えて行こうとしたのだろう。たとえば次のような歌からも、そういう彼の姿が生き生きと浮かびあがって来る。

那智に籠りて、滝に入堂し侍りけるに、このうへに一二の滝おはします。それへまゐるなりと申す常住の僧の侍りけるに具してまゐりけり。花や咲きぬらむとたづねまほしかりけるをりふしにて、たよりある心地して、わけまゐりたり。二の滝のもとへまゐりつきたり。如意輪の滝となむ申すとききて拝みければ、まことに少し打傾きたる様に流れ下りて尊くおぼえけり。花山院の御庵室の跡の侍りける前に、年旧りたりける桜の木の侍りけるを見て、「すみかとすれば」と詠ませ給ひけむこと思ひ出でられて

木の下《もと》にすみけるあとを見つるかな那智の高嶺の花を尋ねて

如意輪観音は、六本の臂の中の一本で頬を支えて少し身を傾けているのだが、滝がまさしくそういう観音の姿のように少し傾いて流れ下っている様子が尊く思われたということはよくわかる。花山院の歌とは「木の下をすみかとすればおのづから花見る人になりぬべきかな」というものだ。西行の歌そのものは特にどうということもない詠だが、詞書と併せ読むと、庵室のまえの桜の老木と如意輪観音を想わせる滝の姿とに支えられながら、花山院の歌と応えあっていて、那智での彼の暮しぶりがよくわかる。

こんな歌もある。

熊野へまかりけるに、宿とりける所のあるじ、夜もすがら火を焚きてあたりけり。あたり冴えて寒きに柴を焚かせよかしと思ひけれども、人には露もたかせずして焚きあかしけり。下向しけるに猶そのくろめに宿とらむと申しけるに、あるじ、はやう亡くなり侍りにき、ないり給ひそと申しければ、柴焚きたりし事思ひ出でられて、いと哀れにて

宿のぬしや野べのけぶりになりにける柴焚くことを好み好みて

寒い夜なのに自分ひとりには一晩中柴を焚いて他人にはあたらせようとせぬ無情な宿のあるじが、次に訪れたときには亡くなっており、柴の煙が野辺の煙になっていたというわけだが、こういう人物が歌に詠まれるのはあまり例のないことだろう。単に珍しい人物がとりあげられているだけではなく、まことに生き生きとした生活感とともに詠まれていてこれはいかにも西行らしい。しかも、その無情な宿のあるじも、嫌悪の念をもって突き放してはいない。彼の無情をしっかりと見定めながらも「いとあはれにて」という想いでやわらかく包み込んでいるのであって、ここには彼の人間としてのある成熟を見てとることが出来るだろう。

熊野での西行の詠は、このような歌ばかりではない。「同行」と称した親しい友西住にあてて、「夏、熊野へまゐりけるに、岩田と申す所にすずみて下向しけるに、人につけて、京へ、西住上人のもとへ遣はしける」と詞書きして「松が根の岩田の岸の夕すずみ君があれなと思ほゆるかな」と詠んでいる。「松が根の」は、「岩田」を呼び出す枕詞的措辞だが、それだけに終ってはいない。川岸の松の木の根元にある岩に根をおろして夕すずみをしている西行の姿が浮かんでくる。そしてそれは、西住に対する「君があれな」、「君がここにいてくれたらなあ」という想いと生き生きと結びつくのである。また、「那智に籠りたりけるに花の盛に出でける人につけて遣しける」と詞書きした「散らで待てと都の花をおもはまし春帰るべき我が身なりせば」という歌もある。春になって都に帰ることが出来る身なら(修行中の自分にはそれは出来ないのだ)、都の花は散らずに待っていてくれと願うのだが、というわけだ。また、「熊野に籠りたる頃、正月に下向する人につけて遣しける文の奥に、ただ今おぼゆることを筆にまかすと書きて」という詞書のある「霞しく熊野がはらを見わたせば波の音さへゆるくなりぬる」という歌もある。これは、年下のすぐれた歌人寂蓮の「霞さへあはれかさぬるみ熊野の浜ゆふぐれをおもひこそやれ」という「かへし」がある。このやりとりにはしっくりと息のあったところがあって、西行とこの若い歌人との並々ならぬ心のつながりを見てとることが出来るだろう。

西行の熊野の歌は、これ以外にもかなりあるが、その季節は四季にわたっていて、彼が、しげしげと熊野におもむいていることがわかる。だが、それらを読んでいていささか気にかかるのは、そこに信仰的要素がまったくと言っていいほど見られないことだ。吉野での詠ならそういうことがあっていいが、真言密教と修験道とが融け合った霊地である熊野におもむくには、強い道心が、彼をそこへ押しやる内的動機が働いていたはずなのである。ところが、彼は、熊野での詠においては、そういう要素をそこから意識的にのぞき去っているように見える。そういう彼の姿勢は、吉野での彼の姿勢と対照的であると言っていいようなところがある。彼が吉野を訪れることには、彼のなかに生き続けている数奇的要素が強く働いていたのだが、より進むにつれて、彼のなかの数奇的要素を超えたものが否応なく身を起してきた。眼前の花との楽しい結びつきを超えたものが、現にある花の姿を超えた花のヴィジョンが、花を見る楽しみに留まらず、花を見る、奥深い自分の心の動きを照らし出そうとする動きが、その数奇性を内側から突き崩そうとするように、時としてはどぎついほど、その歌を導くのである。

このような動きは、吉野よりもはるかに霊性の強い土地である熊野においてはさらに強まっていいはずだが、そういうことにはならなかった。これは、西行が、世間一般の熊野詣でばやりに引きずられて何となく熊野を訪れたということではないだろう。「那智に籠りて」とか「熊野に籠りて」とかいうことが詞書に見られることからも、都の花々に散らずに待っていてくれと言いたいが、修行中の自分には都に行けぬからそれも出来ぬと語っていることからも、彼が、僧として、それなりの修行をしていることは確かだろう。だが、それは、他のことは無視してその一筋に身を捧げるということにはならなかった。だが、また、数奇の道を推し進めて、詠歌にあれこれと工夫をこらすということにもならなかった。熊野での彼の詠から感じられるのは、あれこれとおのれに強いることのない、一種独特の自然さだ。籠って修行することで、彼にはそういう自然さが可能になったようだ。彼は、修行する一方で、西住を想い、都の花を想い、あるいは寂然と歌のやりとりをする、そのことにいささかも抵抗感を覚えることはないようだ。それらはすべて彼の身近な生活感のなかにのびやかに融けこんでしまっていると言っていいだろう。彼の熊野での詠には、すでに触れた如意輪の滝の歌やけちな宿のあるじの歌の場合ほど長いものではなくても、詞書を付したものが多いが、このこともこの生活感を生み出すことに役立っているようだ。熊野での彼の詠には格段の秀歌と言うべきものは見当らないが、なまじっか秀歌を詠んでしまうと、この自然な生活感が失われてしまうような気さえしてくるのである。

30

『古今著聞集』巻第二（釋教第二）に、「西行法師大峰に入り難行苦行の事」と題したかなり長文の記事が見える。『古今著聞集』は説話集であって歴史書ではないから、そこで語られていることをすべて事実ととる必要はあるまい。だが、そのことを承知のうえで眺めていると、さまざまなものが見えて来る。記事は「西行法師、大峰をとをらむと思ふ志深かりけれども、入道の身にてはつねならぬ事なれば、思煩て侍けるに」ということばで始まっているが、これがすでに面白い。大峰は、吉野の金峰山に発し、熊野に達する道筋の途中にあって、修験道の聖地のひとつである。西行は、すでに熊野で、修験道と密教とのある融け合いを多少とも経験していたはずだが、記事は、その西行にしてなお、「入道の身」つまり僧として大峰におもむくことをはばからざるをえないような、一般的な風潮が残っていたことをおのずから示している。記事はこんなふうに続くのである。

「……宗南坊僧都行宗、其《その》事を聞《きき》て、『何かくるしからん、結縁のためにはさのみこそあれ』といひければ、悦《よろこび》て思《おも》ひ立《たち》けり」

ここに出て来る宗南坊僧都行宗は、熊野山伏の重要な存在であって、西行は、熊野に詣でたときに識ったのだろう。『西行物語』(文明本)にも、こんなふうに語られている。

「大峯にいらんと思ふところに、こゝに僧南坊の僧都、そのとき廿八度せんだちにて申様、いらんとおぼしめさばいらせ給へ。おほ峯のひしよどもおがませまいらすべきよし申されければ、よろこびていりける程に、あはれささこそとおぼえけめ。俄《にはか》にすみ染《ぞめ》をぬぎかへて、山ぶしのしようぞくになりて、大峯《みね》へいりぬ」

これも、歴史ではなく物語だが、『古今著聞集』の記事と併せ読んでみると、なかなか面白い。この文章によれば、行宗は、西行よりまえに、すでに二十八回、「せんだち」として人びとの大峰修行を導いている(のちのある記録には「峰修行三十五度」とある)。そういう人が身近にいたからこそ、大峰修行への西行の志がいっそう強まったのだろう。そして、その際、墨染の僧衣を、大いそぎで山伏の裳束に代えたというくだりも、まことに印象的である。事実がどうであれ、そういう西行の姿は、生き生きと眼に浮かぶ。もっとも、そのように思い立ちはしても、山伏の礼法をすべてちゃんと果せるかどうかという危惧が残るが、行宗は、そんなことはみなよくわかっているから心配するなと約束してくれる。だが、西行の期待はいささか甘かったようだ。『古今著聞集』によれば、こんな事が起るのである。

行宗は、このようにしっかりと約束したことをすべて無視した。「礼法」をきびしく課して「せめさいなみ」、他の人びとよりひどく痛めつけた。西行は涙を流して、「我は本より名聞をこのまず、利養を思はず、只結縁の為にとこそ思ひつる事を、かゝる驕慢の職にて侍《はべり》けるをしらで、身をくるしめ心をくだく事こそ悔しけれ」と言って、「さめぐ〵と」泣くのである。西行は感情の激しい人だったから、こういうことがまったくなかったと断言するつもりはない。だが、この挿話には、話を、編者のとは言わぬまでも、一般の人びとが抱きたがっている西行のイメージに合わせすぎているようなところがある。あるいはまた、修行の意味と価値とを際立たせるために、西行の感情的一面を強調しすぎているようなところがある。たとえば、行宗が自分を責めさいなんだからといって、彼が、「かゝる驕慢の職」、つまりおごりたかぶった先達であることに気付かず、「身をくるしめ心をくだく事こそ悔しけれ」と愚痴るのは、どう考えても西行らしくないのである。

　それを聞いて行宗は西行を呼び、こんなふうに言って「恥しめ」るのだが、ここにも、実際の説話と言うよりも、修行に関するある価値感が強く打ち出されているようだ。「上人道心堅固にして、難行苦行し給《たまふ》事は。世以《もつて》しれり、人以《もつて》帰せり。其やんごとなきにこそ此《この》峰をばゆるしたてまつれ。先達《せんだつ》の命に随《したがひ》て身をくるしめて、木をこり水をくみ、或《あるひ》は勘発《かんぱつ》の詞をきゝ或《あるひ》は杖木を蒙《かうぶ》る、これ則《すなはち》地獄の苦をつぐのふ也。日食すこしきにして、うへ忍びがたきは、餓鬼のかなしみをむくふ也。又おもき荷をかけて、さかしき嶺をこえ深き谷をわくるは、畜生の報をはたす也。かくひねもすに夜もすがら身をしぼりて、暁懺法をよみて、罪障を消除するは、已に三悪道の苦患《くげん》をはたして、早《はやく》無垢無悩の宝土にうつる心也。上人出離生《しやう》死の思《おもひ》ありといへども、此心をわきまへずして、みだりがはしく名聞利養の職也といへる事、甚《はなはだ》愚也と恥《はぢ》しめければ、西行掌を合《あはせ》て随喜の涙をながしけり。『誠に愚癡にして、此心をしらざりけり』とて、とがを悔《くい》てしりぞきぬ。其《その》後はことにをきて、すくよかにかひぐ〵しくぞ振舞《ふるまひ》ける。もとより身はしたゝかなれば、人よりもことにぞつかへける。此詞《この》を帰伏して、又後にもとをりたりけるとぞ。大峰二度の行者也」

話としては、これもいささか出来すぎている気がしなくもない。きびしい労働によって「地獄の苦」をつぐない、食を節し餓えに耐えることで「餓鬼のかなしみ」をむくい、重い荷をかついでけわしい嶺をこえ深い谷を渡ることで「畜生の報」をはたすというのは、修験道の滅罪志向のあらわれだ。「暁懺法」とは、朝、法華懺法をよむ、天台の修行である。こういったものを皆、行宗の教えのなかに投げ込んでいるわけだ。もちろん、西行が、大峰での苦しい修行に身を投じたというこは事実である。それがいつのことだったかはわからないが、たぶん、高野に入山してからあまり時がたっていない頃だろう。陸奥の旅で彼の道心が鋭く刺激されたことが、彼を高野に導く重要な要因のひとつとなったと思われるが、そういう心の動きが、彼をさらに大峰にまで導いたと考えていい。

そのための直接の先達は、熊野で識った行宗だったのだが、行宗よりはるかに深いところで彼に強い影響を与えたのは、行尊（一〇五五－一一三五）である。行尊は、参議源基平の子、十二歳にして園城寺で出家したが、十七歳のとき、寺を出て諸方を遍歴、高野や粉河寺、さらに熊野や大峰などで修行した。その後、寺に戻り、嘉承二年（一一〇七）鳥羽天皇の御持僧となり、法眼に叙せられた。永久四年（一一一七）、園城寺の長吏となり、十七年間その地位に留まった。保安四年（一一二三）には、四十四代天台宗座主となった。天台宗の官僧としては最高の地位に達したわけだが、彼はそれだけで片付く人物ではなかった。彼が若年の頃、熊野や大峰で修行したことには、園城寺が「三井修験道」の発祥の地であることがかかわっているだろうが、そればかりではない。そこには、宗派にこだわることのない、自由な心の動きが見てとれる。保安二年、園城寺が、山門衆徒によって焼き払われたとき、長吏としてその復興に努力したが、その一方、高野の衰退を憂えてあれこれと心を配り、高野の僧覚鑁が、大伝法院を建てたときも、大いに力を貸した。もちろん、天皇や上皇の熊野御幸にも、しばしば供をしたことだろう。

行尊が寂したのは、西行が鳥羽院の下北面の武士となった頃だから、当然、彼との面識はなかっただろう。だが、彼の行動やことばについての、さまざまな話が耳に入っていたはずだ。そして、行尊の、強く激しいものでありながら、何かにとらわれることもなく、表面的なものにこだわることもない心の動きが、時とともにさらに深く西行のなかに入り込んできたのだろう。それが西行を、単なる先達というだけでは片付かぬ力をもって、大峰へ導くことになったのだろう。そういう行尊の力をさらに強めたのは、彼がすぐれた歌人であることだ。単にすぐれた歌というだけではない。その歌には西行の歌との血のつながりのようなものが感じられる。大峰での修行に際して行尊が果した役割には、初度の陸奥の旅で能因が果した役割と相通じるところがあると言っていいかも知れぬ。

大峰でのこんな詠がある。

みたけより笙のいはやへまゐりけるにもらぬ岩屋もとありけむ折思ひ出でられて

露もらぬ岩屋も袖はぬれけりと聞かずばいかがあやしからまし

「みたけ」とは大峰山、「笙のいはや」とは大峰山中の国見山にある岩窟であるが、これは『金葉和歌集』に採られた「僧正行尊」の、「大峯の笙のいはやにてよめる」と詞書きした「草の庵を何露けしと思ひけむもらぬいはやも袖はぬれけり」を本歌としたものだ。また、「平等院の名書かれたる卒塔婆に、紅葉の散りかかりけるを見て、花より外のとありける、ひとぞかしとあはれにおぼえてよめる」と詞書きした、「あはれとて花見し峯に名をとめて紅葉ぞけふはともにふりける」という歌は、行尊の、これも『金葉和歌集』に採られた、「大峯にておもひもかけずさくらの花の咲きたりけるを見てよめる」と詞書きした、「もろともにあはれと思へ山桜花よりほかに知る人もなし」を本歌としている。「平等院」とは「平等院大僧正」とも呼ばれる行尊をさしている。

31

『山家集』には、西行の大峰での詠が、二か所に分けて収められている。第一の歌群は、すでに引いた「露もらぬ岩屋も袖はぬれけりと聞かずばいかがあやしからまし」と、「をざさのとまりと申す所にて、露のしげかりければ」という詞書のある、「分け来つるをざさの露にそぼちつつ干しぞわずらふ墨染の袖」との二首である。なぜ、この二首だけが別になっているのかはよくわからない。『古今著聞集』の「大峰二度の行者也」という記述と結びつけて、これらを最初の修行に際しての詠であるとすれば、一応筋は通る。これら以外の歌がないことも、修行がきびしくて、とても歌を詠む余裕はなかったためと考えることが出来るだろう。だが、こんなふうに二か所に分けられているることが『古今著聞集』の記述の根拠になっていると言えなくもないのであって、私としては決定的な判断を下すことは出来ないのである。

だが、そういう問題をわきに置いてこの二首を眺めているとおのずから気付くことがある。「露もらぬ」の歌においては、詞書にも歌そのものにも、行尊が想起されているが、行尊は、西行を大峰修行に導く重要な導き手となった人物である。一方、「分け来つる」の歌では、おのれの「墨染の袖」を、つまり自分が山伏姿ではなく僧形であることを鋭く意識しているのであって、いずれも大峰での修行を始めてまだ間もない頃の詠と考えていいだろう。この二首が別立てされているのは、それらが共に、修行に身を委ねたばかりの西行の感慨を詠んでいるからではなかろうか。

第二の歌群は、「大峯のしんせんと申す所にて月を見てよみける」と詞書のある「深き山にすみける月を見ざりせば思ひ出もなき我身ならまし」から、「天ほうれんのたけと申す所にて、釈迦の説法の座の石と申す所拝みて」と詞書のある「こここそは法《のり》説《と》かれたる所よと聞く悟りをも得つる今日かな」までの十六首である。この歌群を通読してまず気付くのは、そのほとんどすべてに、詞書で歌を詠んだ場所や宿の名前が示されていることだ。第一の歌群においても、「笙のいはや」とか「をざさのとまり」とかいう名前が示されていたが、この歌群においても「しんせん」「をばすての峯」「こいけと申す宿《すく》」「ささのすく」「へいちと申すすく」「あづまやと申す所」「ふるやと申すすく」「千ぐさのたけ」「ありのとわたりと申す所」「行者がへり、稚児のとまり」「三重《みかさね》の滝」「天ほうれんのたけ」といった名前を見ることが出来る。大峰とその周辺というごく限られた地域での詠に、これほど多くの地名や宿名が集中的に示されているのはあまり例のないことで、このことが彼の歌にざらついた具体性を与えているのだが、そればかりではない。ここには、修験道の山嶽信仰が、微妙なかたちでかげを落しているようだ。地名も宿名も、単に、地名や宿名ではない。そういう地理的な呼称であると同時に、それぞれの名前がはらむ喚起力のせいもあって、地霊の声とでも言うべきものを響かせているようだ。西行がこういうものにこのように敏感であることは注意していい。これは、単に修験道の影響として片付けることは出来ない。西行自身のなかに、それを可能にするデモーニッシュなものが存在することを感じさせるのである。

ところで、研究家によれば、大峰への道筋は、熊野からの「順峰」と、吉野からの「逆峰」との二つがあるようだ。研究家は「修験道峰中火堂書」という室町期に成立したと思われる書物のなかの、「順峰修行ガ金剛界之修行也。秋八月晦日ノ入峰ハ熊野山那智滝ノ本宿ヨリ大峰へ入リ、十月初八日万歳峰へ駈出也。逆峰修行ハ胎蔵界之修行也。春三月十八日ハ吉野金峰山ヨリ大峰へ入リ、五月一日万歳峰へ駈出」という記事を引いている。この記事そのものはなかなか面白いが、こういう方式が確立されたのは、西行の大峰入りより大分あとの話だ。西行の頃はもっと自由にその道筋を選んだと考えていいだろう。彼の第一の歌群に出て来る地名や宿名は吉野寄りであり、第二の歌群に出て来るものは熊野寄りだが、これも、前者は「逆峰」、後者は「順峰」の道筋に従ったというわけではあるまい。修験者としての修行の旅だから、独り旅ではなく、先達に率いられた、他の修験者たちとの同行の旅だろう。西行の意のままの旅とはならなかっただろうが、吉野を出発して大峰に入り、次いでさらに南へ向かったと考えるのが自然である。だが、そういう修行の旅のなかで彼の孤心も深まったと考えていい。

そういう孤心が、旅のなかで次々と彼に歌を詠ませたのだが、熊野での詠と同様、辛い修行のありようを具体的にとりあげることはない。だがまた、同行の人物や風物を、ただ興に任せて詠んでいるわけでもない。その点彼が、十六首の第二の歌群のなかの十首で月を詠んでいることは注意していい。

大峯のしんせんと申す所にて月を見てよみける

深き山にすみける月を見ざりせば思ひ出もなき我身ならまし

峯の上も同じ月こそ照らすらめ所がらなるあはれなるべし

月澄めば谷にぞ雲はしづむめる峯吹き払ふ風にしかれて

をばすての峯と申す所の見渡されて、思なしにや、月ことに見えければ

をばすては信濃ならねどいづくにも月澄む峯の名にこそありけれ

こいけと申す宿《すく》にて

いかにして梢のひまを求め得て小池に今宵月のすむらむ

ささのすくにて

庵さす草の枕にともなひてささの露にも宿る月かな

へいちと申すすくにて、月を見けるに梢の露の袂にかかりければ

梢洩る月もあはれを思ふべし光に具して露のこぼるる

あづまやと申す所にて、しぐれの後、月を見て

神無月時雨はるればあづまやの峯にぞ月はむねとすみける

神無月谷にぞ雲は時雨るめる月すむ峯は秋にかはらで

ふるやと申すすくにて

神無月時雨ふるやにすむ月はくもらぬかげもたのまれぬかな

「月」が「花」に次いで西行が偏愛した主題であるのは周知のことだが、それにしても十六首中十首が月の歌であるというのは、詠歌の時期が秋から冬にかけての、月が一段と美しい時期であることを考えに入れてもやはり格別のことだ。それは、月が彼にとって、単なる叙景の対象ではなく、抒情の対象でさえなく、彼の心のなかのいちばん奥深いものと結びつく存在であるからだ。十六首の冒頭にある「深き山に」という歌は、そのことを端的に示している。「しんせん（深仙）」の深い山のうえで澄み切った光を放っている月を見なかったなら（澄むと住むをかける）、私はこの世に何の思い出もなかっただろうというわけだが、ここにはいささかの誇張もない。おのれの月への想いをただあるがままに語っていて、こういう歌の姿そのものが、月の姿と響き合うのである。

これはこの十首の月の歌がすべて秀歌であるということではない。「月澄めば谷にぞ雲はしづむめる峯吹き払ふ風にしかれて」という歌は、澄んで輝く月と、風に吹き払われて谷間に沈む雲との姿を、悟りと迷いという含意をあらわに示すことなく現前させていて気に入っているが、あとは、歌の出来具合がいささか単純にすぎるという気がしなくもない。小池という宿名と現実の小さな池、「ささ」という宿名と「ささの露」、「ふるや（古屋）」という宿名と「時雨ふるや」といった単純な、語呂合わせのような結びつけに月をそえただけという気がしなくもない。だがしかし、これらの歌にも、駄作と言い去りえないようなところがある。そういう歌であっても、それらに出て来る月の姿が、西行の根源から生まれ出た光を発していて、それがそれぞれの歌に生き生きとした表情を与えている。そのことが、西行にとっての月の意味を改めて示してくれるようだ。

だが、歌としては残りの六首のなかの、先に引いた「あはれとて花見し峯に名をとめて紅葉ぞけふはともにふりける」や、「千ぐさのたけにて」という詞書のある「分けて行く色のみならず梢さへ千ぐさのたけは心染《そ》みけり」の方が、西行らしさがのびやかに立ち現われていて興味深い。とりわけ私が心惹かれるのは、「三重《みかさね》の滝を拝みけるに、ことに尊くおぼえて、三業《さんごふ》の罪もすすがるる心地しければ」と詞書のある「身につもる言葉の罪も洗はれて心澄みぬるみかさねの滝」という歌である。「三業」とは、身業、口業、意業の三か所で犯す悪業をさすが、西行が特に「言葉の罪」を強調していることはまことに刺激的である。

32

鳥羽院は、保元元年(一一五六)七月二日、五十四歳で亡くなった。たまたま高野から都に出ていた西行(三十八歳)は、もちろん大葬に参列したが、それればかりではない。院との深いえにしは、彼にこんな歌を詠ませている。

一院かくれさせおはしまして、やがての御所へわたりまゐらせける夜、高野より出であひてまゐりあひたりける、いとかなしかりけり。このゝちおはしますべき所御覧じはじめけるそのかみの御ともに、右大臣さねよし、大納言と申しける候はれけり。しのばせおはしますことにて、又人候はざりけり。その御供に候ひけることの思ひ出でられて、をりしも今宵にまゐりあひたる、むかし今の事おもひつづけられてよみける

今宵こそ思ひ知らるれ浅からぬ君にちぎりのある身なりけり

鳥羽院の墓所となるはずの安楽寿院三重塔の落度供養が行われたのは、保延五年(一一三九)二

月二十二日のことだ。院は、その前に、下北面の武士として仕えていた西行（二十二歳）と、かつて西行が仕えていた左大臣（右大臣はあやまり）徳大寺実能だけを供として、その下見に出かけたのだろう。実能との結びつきはあるにしても、こういうときに西行ひとりを選んだのは、やはり格別のことと言うべきだろう。それは、西行にとって「浅からぬ」「ちぎり」であった。その後、出家するに際して「鳥羽院に出家のいとま申し侍るとて詠める」と詞書して「惜しむとて惜しまれぬべきこの世かは身を捨ててこそ身をも助けめ」という歌を詠んでいるが、院と直接お会いして捧げたものであるかどうかはともかく、これまた、浅からぬちぎりのあらわれである。

御大葬に際しては「をさめまゐらせける所へわたしまゐらせけるに」と詞書して「道かはる御幸《みゆき》かなしき今宵かな限りの旅と見るにつけても」という歌も詠んでいる。「をさめまゐらせける所」とは言うまでもなく院の御遺骸をおさめた安楽寿院御本塔だろうが、深い悲しみが、あれこれと小細工を弄することなく、ごく自然に低声で打ち出されていて、これはすぐれた詠である。

さらにもうひとつ、こんな歌も詠んでいる。

納めまゐらせて後、御供にさぶらはれける人々、たとへん方なく悲しながらかぎりある事なれば帰られにけり。はじめたる事ありて、あくるまでさぶらひてよめる

とはばやと思ひよらでぞなげかまし昔ながらの我が身なりせば

昔の自分なら、「とはばやと思ひよらでぞ」歎いたことだろうというわけだが、いったい今の彼

が何を問うのかはよくわからない。だが、現在の西行には、ただひたすら院の死を歎くだけではすまぬものが、もう一度その生と死とがはらむ意味を問いかけずにはすまぬものが立ち現れていることを、おのずから示しているのではなかろうか。院の死が、何かの終末だけではなく、何かの始まりでもありうることを、西行はある不安の念とともに予感しているのではなかろうか。

それは、ひとつには、院と崇徳上皇との異常に屈折したかかわりであって、たとえば『保元物語』には、こんな記事が見える。

「今度の御位《くらゐ》の事、新院させる由緒もなく、をろされたまひぬれば、御身こそ今はかへりつかせましまさずとも、御子一のみや（宮）重仁親王はよものがれさせ給はじと万人《ばんにん》おもひあへりしに、後白河の法皇、其時四宮《しのみや》とてうちこめられてまし〳〵しを、女院の御はからひにて、御位につけたてまつらせ給ふ。この四宮と申は、故待賢門院のお腹なれば、新院と同胞一腹の御兄弟なり。されば女院の御為《ため》には、いづれも継子《けいし》にて御座《ましませ》ども、新院・重仁親王の御しゆそ（呪詛）ふかきゆへに、近衛院かくれさせ給ひぬとさゝやき申かたもありければ、美福門院、その御恨《うらみ》ふかくして、法皇にはとかくとり申させ給ひて、四宮を御位につけまゐらせ給ふぞ心うき」（「御白河院御即位の事」）

『保元物語』は、歴史ではなく物語だが、この記述は、事実を伝えていると言っていいだろう。

「今度の御位」は、久寿二年（一一五五）十七歳で亡くなった近衛天皇のあとを継ぐ皇位である。崇徳天皇は、鳥羽院と皇后美福門院の強引な意志によって、永治元年十二月七日、彼らのあいだに生まれたまだ三歳の近衛天皇にむりやり譲位させられた。その近衛天皇が亡くなったので、崇徳上皇の復位はないにしても、皇子重仁親王の即位は間違いないところと、我人ともに思っていたのである。ところが、近衛天皇の死は、崇徳上皇と重仁親王の呪詛によるものという噂が飛び、疑心暗鬼となった美福門院は、ふたたび鳥羽院と語らって、鳥羽院と待賢門院との第四皇子後白河天皇を即位させるのである。

当然、崇徳上皇としては、何とも腹にすえかねるものがあっただろう。物語の少し先の方では、さらにこんなふうに語られている。

「又新院も内々おほせのありけるは、『抑《そも》〳〵祚をつぎ位《くらゐ》をうる事、かならずしもちやくそ（嫡庶）によるべからずといへども、且《かつ》はきりやう（器量）のかんふ（堪否）にしたがひ、且《かつ》は外戚《ぐわいせき》の尊卑《そんぴ》による事ぞかし。しかるを当腹《たうふく》の寵愛をもって、はるかの末弟、近衛院に位をうばはれたりしかば、人にたいしてめんぼくをうしなひ、時にあたつてもちじよく（恥辱）を抱く。しかりといへども、事のよりどころなきによつて、先帝弱年にして崩じぬ。是すでに天のうけざる所あきらけし。よつて此時に重仁親王嫡々正統なり。もつともその仁《じん》にあらざるところに、あまつさえ又数のほかの四宮に超越せられ、遺恨のいたり、謝するところをしらず。いかゞせまし』とぞおぼしされける」

まことに理不尽なふるまいと言うほかはない。崇徳上皇の怒りも悲しみも、もっともと思われるが、実は、鳥羽院の側にも、それなりの事情があった。単に身勝手で、皇后美福門院の言いなりになっている人物と言うだけでは片付けられぬところがあった。それと言うのも、崇徳上皇は、鳥羽院の子ではなく、祖父白河院と、鳥羽院の中宮待賢門院とのあいだに出来た子供だったからである。名目上子供ではあるが、祖父の子だから叔父にも当るわけで、「叔父子」と呼ばれていたということだ。単なる父子の不和といったことを超えた、底深い、二重三重に屈折した対立があっただろう。鳥羽院の待賢門院に対する愛情が並々ならぬものであっただけに、崇徳上皇と、平常心をもって向かいあうことなどとても出来なかっただろう。鳥羽院の病いが重篤になったときでさえ崇徳上皇の見舞いを拒んだことからもそれはうかがわれる。

当然、西行もそのことはよく知っていただろうが、彼は、鳥羽院に、浅からぬちぎりを覚えてはいたものの、だからといって崇徳上皇から遠ざかるということはなかった。それどころか、一歳年下の崇徳院に対して並々ならぬ心のつながりを覚えているのであって、このことはいかにも西行らしい。これは、どちらにも当りさわりなく付き合うということではない。対立している両者に対する情愛を、共におのれのうちに生かし続けようとするのであって、ここには、西行の心の深さとも言うべきものを見てとることが出来るだろう。崇徳院は、単に西行と年が近かっただけではない。歌もよくして、そのことも西行との結びつきを深めた。たとえば、「心ざすことありて、扇を仏にまゐらせけるに、新院より給はりけるに、女房うけ給はりてつつみがみに書きつけられける」と詞書を付した「ありがたき法にあふぎの風ならば心の塵を払へとぞ思ふ」という歌がある。西行が崇徳院から給わった扇の包紙に、女房が院に代って書きしるした歌である。『後拾遺集』に収められた伊勢大輔の「積もるらむ塵をもいかが払はまし法にあふぎの風のうれしさ」という詠を踏まえながら、法に「逢う」と「扇」とをかけている。とりわけすぐれた歌とは思われないが、すでに詠歌の骨法を心得た手なれた歌である。それに対する西行の「かへし」は、「御返事たてまつりける」と詞書した「塵ばかりうたがふ心なからなむ法をあふぎて頼むとならば」というものだが、ことさらに工夫を際立たせることなく、いかにも自然に院の歌と響き合っていて、こういうやりとりが他にもあったことをうかがわせるのである。こういうやりとりばかりではない。「新院百首歌召しけるに奉るとて、右大将公能の許より見せに遣はしたりける、返し申すとて」と詞書した「家の風吹き伝へけるかひありて散る言の葉の珍らしきかな」という歌もある。「百首歌」とは新院が、康治二年に題を賜はり、久安六年に詠進が終った『久安百首』。西行は詠進に加わっていないが、頼まれて、かつて仕えた徳大寺実能の子公能の歌稿を見たのだろう。崇徳上皇を取り巻く歌人たちのつながりを見てとることが出来る。西行は詠進に加わってはいないが、その存在を重視されていたようだ。だが、こういうまじわりも、鳥羽院の崩御によって、激しく揺り動かされるのである。

33

保元の乱が起ったのは、鳥羽院の死のわずか九日のちの保元元年（一一五六）七月十一日、西行三十九歳のときのことだ。これには鳥羽院や美福門院の度重なる理不尽な仕打ちに対する崇徳上皇の怨念が、院の死を切っかけとしてあらわな形をとったということもかかわっているだろうが、上皇ひとりの怨念だけで、多くの人びとを巻き込むこの乱が起ったとは考えにくい。それは、近衛天皇の死後、後白河天皇、皇太子守仁、関白藤原忠通らによる政治体制が、鳥羽院の支持を受けてそれなりに打ち立てられたことに対する、反対派の強い反撥に支えられていただろう。忠通は、藤原忠実の長子だが、忠実は、次子頼長を偏愛していた。彼らの不和は、忠通をさし措いて頼長を氏長者とし、ついには忠通と義絶することにさえなったのである。だが、新しい政治体制においては、忠実も頼長も、たちまち不遇の位置に追いやられた。それに対する不満や怒りが、彼らを上皇側に導いたと言っていい。

こういうことは、摂関家の場合ほどではないにしても、彼らにつらなる源氏や平氏の武士たちの動きにも、さまざまな影を落としているようだ。源為義は、頼長に臣従していたから、上皇側につくのは当然だろう。だが、長子義朝はそうではなかった。忠通の場合のように、父との特段の不和ということはなかったようだ。だが、院宣を受けて、鳥羽院領を侵した弟頼賢を討ったことを見れば(一一五五)、彼の、この非情の感じのする行動のうらに、院への親近を察することが出来る。仁平三年(一一五三)、彼は、父為義の官位を越えて、従五位下、下野守に任ぜられているが、これが、父子のあいだに、不和とは言わぬまでも微妙なしこりのようなものを生み出していたかも知れぬ。一方、平清盛は、かつて上北面の武士として鳥羽院に仕えていたから(同じ頃、西行は下北面の武士だった)、これは後白河天皇側につらなるだろう。彼は実は忠盛の子ではなく、白河院と、祇園女御の妹とのあいだの子供であるとも言われている。それが事実であるかどうかはともかく、そういう噂が飛ぶほどのことはあったわけで、そうだとすればなおさらのことだ。だが、清盛の叔父忠正は、上皇側についた。これは単純な話であって、かつて(長承二年)、当時の鳥羽上皇の勘気を受けて以来不遇の地位にあったことに対する鬱屈した不満のせいである。

こういったことがさまざまにからみ合って急速に不穏な気配を深めていったのだが、上皇側から進んで何かをしかけるということはなかったようだ。戦力的には、まだ圧倒的に劣勢であることがわかっていたからだろう。上皇の白河殿に集っていたのは、頼長を中心とした、為義・為朝父子や忠正が率いる少人数の武士たちであり、一方、天皇側の高松殿には、義朝に率いられた、東国の武士たちや、清盛に率いられた、畿内や近国の武士たちの大軍勢が集っていたのである。加えるに上皇側には反乱の企てがあるという噂が飛び、身の危険さえ感じたらしい。追いつめられた上皇側は、止むをえず戦いを始めたが、実はそれこそ天皇側がひそかに待ち望んでいたことかも知れないのである。これを機会に、あいまいなごたごたを消し去り、一挙に事をはっきりさせようというわけだ。戦いは、白河殿に夜討ちをかけるという義朝の進言が功を奏して、わずか五、六時間で天皇側の勝利に終った。頼長は、敗走の途中、流れ矢に当って没し、為義も、忠正も死罪となり、上皇は仁和寺に遁れて出家剃髪したが許されず、讃岐へ流罪となったのである。

鳥羽院の葬儀ののち、西行がそのまま都に留まっていたか、それともいったん高野に戻ったかはっきりしない。保元の乱の当日都にいたかどうかもよくわからない。だが、都にいたにせよ高野にいたにせよ、その気配を、まるで地響きのようになまなましく感じていただろうし、宮廷側に知人も数多くいただろうから、さまざまな出来事もいち早く耳に入っていたはずだ。そればかりか彼は、仁和寺に遁れた上皇を見舞い、歌を捧げてさえいるのであって、このことはまことに興味深い。

世の中に大事いできて、新院あらぬさまにならせおはしまして、御ぐしおろして仁和寺の北院におはしましけるにまゐりて、兼賢阿闍梨出で会ひたり。月明かくて詠みける

かかるよにかげも変らずすむ月を見るわが身さへうらめしきかな

西行が上皇を見舞った正確な日時はわからない。上皇は十一日の深夜、鳥羽の田中殿から、白河の上西門院御所に移り、翌十二日には仁和寺に移った。西行の見舞いはそれから間もない、まだ乱の気配が消え去ることなく立ちこめている時期だろうから、これは格別のことだ。上皇は天皇に逆

らい、天皇側と戦ったのだから、見舞いに行ったりすれば直ちに捕えられてもおかしくないのである。それがそうならなかったのは、たぶん僧形だったからだろうが、僧形だから許されるとは限らないわけで、にもかかわらず彼がこういう行動に出たのは、上皇に対する彼の真情のせいだろう。だがこれは、彼がひそかに上皇側に組していて、それがこのときあらわになったということでもない。十日ほどまえの鳥羽院の葬儀に際して、彼は「今宵こそ思ひ知らるれ浅からぬ君にちぎりのある身なりけり」と詠んでいたが、これまた彼の真情である。こういうふたつの真情がごく自然に共存していることに、彼の心の一筋縄ではゆかぬありようを見てとることが出来るだろう。

七月二十三日、出家剃髪して讃岐院となった上皇は（死後崇徳院の院号を贈られる）、讃岐に流されるのだが、『保元物語』は、これが、院にとって、意外な、また心外なことであったとしるしている。

「同《おなじく》廿二日、内裏《だいり》より蔵人右少辨《くらんどのうせうべん》資長朝臣を御使として、仁和寺に進ぜられて、明日讃岐国へ移させまいらすべき由申させたまふ。新院日来《ごろ》よりいかなる身の有様やらんと思召けれ共、出家してん上はさしも罪深かるべしとも覚えず、都近き山里などに押籠《こめ》られんずらむと思召《おぼしめし》けるに、遙々《はるばる》と八重の塩路をかき分《わけ》、雲南万里の船路の波に御袖をひたさせ給はん事、御心細ぞ思召《おぼしめさ》れける」

出家までしたのだから、せいぜい、都近くの山里に押し籠められる程のことだろうと思っていたのに、はるか海を超えた遠い彼方に流されるとはというわけだが、いささか見通しが甘かったと言うほかはない。もっとも、乱の直後においては、一般の人びとの予想もそれ程度のものだったのか知れぬ。だが、実際の処罰は、まことにきびしいものだった。大功のあった義朝が助命を懇願したにもかかわらず、その父為義は斬首。為朝は、伊豆に配流された。平忠正も斬首。流れ矢で死んだ頼長の家臣たちも諸方に流された。ただ、崇徳院がこういったことを知ったのは、讃岐におもむいてからのことだったのである。

西行は、仁和寺に崇徳院を見舞いはしたものの、さすがに、讃岐まで出かけることは出来なかった。それはあまりにもはばかり多いことだったのだろう。だが、それに代るような歌のやりとりはあって、たとえばこんな詠がある。

新院讃岐におはしましけるに、たよりにつけて、女房のもとより

水茎の書き流すべきかたぞなき心のうちはくみてしらなむ

かへし

ほど遠み通ふ心のゆくばかりなほ書き流せ水茎の跡

詞書に「女房のもとより」とあるが、もちろんこれは、人眼をはばかった、形式上のことであって、崇徳院の詠だろう。この心のうちはとても手紙では書き表わしようもない、どうか汲みとって欲しいと述べているのだ。それに対して西行は、心が行くを「心ゆく」とかけながら、遠くはなれているから実際に出かけることは出来ないが、心は通わせることが出来るから、心ゆくまで手紙を書いて欲しいと返している。内容から見て、院が讃岐におもむいてまだあまり間もない頃の詠だろ

う。別れを悲しみ、わが身のうえを悲しむ院の「心のうち」と、それを思いやる西行の心の動きとが、ごく自然に融け合っている。

これはしばらく時がたってからのやりとりだろうが、「又女房つかはしける」と詞書きしたこんな詠もある。

いとどしく憂きにつけても頼むかな契りし道のしるべたがふな

かかりける涙に沈む身のうさを君ならで又誰かうかべむ

かへし

頼むらむしるべもいさや一つ世の別れにだにも惑ふこころは

流れ出づる涙に今日は沈むともうかばむ末をなほ思はなむ

この場合も、前の二首は、崇徳院の詠、あとの二首は、そのそれぞれに対する西行の返しだろう。このやりとりは、後世の道しるべを云々していることから見て、先にあげたやりとりよりも、そのひろがりを増していると言うことが出来るだろう。まだ在京の頃、上皇が西行に与えた扇の包紙に、女房が上皇に代って、「ありがたき法にあふぎの風ならば心の塵を払へとぞ思ふ」というその歌を書きつけた話はすでに触れたが、その頃から、上皇と西行とのまじわりは、作歌のうえのことだけではなく、「法」と、それが生み出す後世への思いとかかわっていたことがわかる。上皇の悲運は、そのことを改めて強く照らし出したのだろう。もっとも、それにしては、院の歌の出来はあまりいいとは言いかねるが、それは彼の悲運のなかで、さまざまな要素がひしめき合っていて、表現としてそれらをひとつに融かし合わせるほど熟していなかったからではなかろうか。だが、それらに対する西行の返しは、院の思い全体を、虚心に受け入れながら、それに流されることなく、率直に答えている。院が「いとどしく」の歌で、「後世のための道しるべをたがえないで下さい」と頼んでいるのに対して、「そうおっしゃるが、この世でのあなたとの生き別れにこんなに心惑うている私にどうして後世のための道しるべなど出来ましょうか」と答える。また院が「このように涙に沈んでいる私を浮かべてくれるのはあなただけだ」と詠むのに対しては、微妙に姿勢を変えて、「今は涙に沈んでいらっしゃるとしても、やはり信じてください、仏の力でそこから浮かびあがって、来世は解脱成仏するだろうということを」と応ずるのであって、このような反応はいかにも西行らしい。さらに、次のような歌では、そういう己れの態度の根幹にある考えを直截に打ち出しているように思われる。

讃岐にて、御心ひきかへて、後の世の御つとめひまなくせさせおはしますと聞きて、女房のもとへ申しける。この文を書き具して、若人不嗔打、以何修忍辱（若し人嗔りて打たざれば、何を以てか忍辱を修めん）

世の中をそむくたよりやなからましうき折ふしに君あはずして

これもついでに具してまゐらせける

浅ましや如何なる故の報いにてかかる事しもある世なるらむ

西行が、このような緊迫した事態のなかで、ひとりの人間と、このように切迫した歌のやりとりをした例は稀であって、読んでいると、時代のざわめきが、それに身をさらした西行の心の動きが、生き生きと浮かびあがるのである。

もっとも崇徳院は、西行が詞書で言うように「後の世の御つとめひまなく」行っていたわけではない。『保元物語』は、讃岐での院の暮しぶりについて、事こまかに語っている。

「かくて明《あか》しくらさせ給ふ程に、賤《いやし》き賤男《しづのお》、賤妻《しづのめ》に到《いたる》まで、外《ほか》にて哀《あはれ》はかけまいらせけれ共、世に恐《おそれ》をなして参近《まいりちかづ》く者《もの》もなし。さるに付《つけ》ては近《ちか》く召仕《めしつかひ》、むつましく思召《おぼしめさ》れし人々、せめて一両輩《りやうはい》もあらましかばと思召《おぼしめさ》れ、折々《おりおり》の御遊《ぎよゆう》、所々《ところどころ》の御幸《ごかう》、花《はな》の朝《あした》、月の夜《よ》、詩歌管弦《しいかかんげん》の遊《あそび》、五節豊《ごせつとよ》の明《あかり》、加様《かやう》に興《けう》ある事共《ことども》、只今《ただいま》の様《やう》に思召出《おぼしめしいだ》されて、兎《と》にも角《かく》にも涙《なみだ》のひまなくぞおぼしめされける」

歴史書ではなく物語だからそっくりそのまま事実とは限るまいが、たぶんこういう状態だったのだろう。次いで、院の思いがこんなふうにしるされている。

「吾天御孫《われあめのみまご》の苗裔《べうゑゐ》をうけて、天子《てんし》の位《くらゐ》をふめり。太上天皇《たじやうてんわう》の尊号《そんがう》を恭《うやうやしく》して、久紛陽《ひさしくふんやう》の居《きよ》をしめき。故院御在位《こいんございゐ》の間也《あひだなり》しかば、万機《ばんき》の政《まつりごと》を執行《とりおこな》はずといへども、さすが又思出《おもひで》なきにあらず。春《はる》は春《はる》の遊《ゆふ》につき、秋《あき》は秋《あき》の興《けう》を専《もつぱら》とす。或《あるひ》は金谷《きんこく》の花をもてあそび、或《あるひ》は南楼《なんらう》の月をながめて、三十八回《くわい》の春秋《はるあき》を送《おくり》き。静《しづか》に往時《わうじ》を思へば、只昨日《ただきのふ》の夢《ゆめ》のごとし。いかなる罪《つみ》の酬《むくひ》にて、遠嶋《ゑんたう》に放《はなたれ》て、かかる思ひに沈《しずむ》らむ。境南北《さかひなんぼく》にあらざれば、雁《かり》のつばさに文をかけ、思ひをのぶるわざもなく、陰陽《いんやう》の変《へん》を分《わけ》ざれば、烏《からす》の頭《かしら》の白《しろ》くなり、馬《むま》に角《つの》のおいんずる其期《そのご》もいつとしりがたし。只懐土《ただくわいと》の思ひ絶《たえ》ずして、望境《ばうきやう》の鬼《おに》とならんずらむ。嵯峨天皇《さがのてんわう》の御時《とき》、平城《へいぜい》の先帝《せんてい》世を乱《みだり》給しかども、則出《すなはちしゆつ》家《け》し給ひしかば、遠流《をんる》迄《まで》はなかりしぞかし。況当帝《いはんやたうてい》をば吾在位《わがざいゐ》のときは、いとおしみ奉《たてまつ》、孚《はごく》み参《まい》らせし物《もの》を、其昔《そのむかし》の恩《をん》をも忘《わすれ》て、からき罪《つみ》に行《おこなは》る、心憂《こころうき》」

すぐれた物語とはふしぎなもので、一見、たたひたすら美辞麗句で塗りあげられただけのように見えながら、読んでいると、単なる怨念に留まらず、その存在そのものが鬼と化してゆくような院の姿が、その思いにつらぬかれた周囲の人や眺めが、ざらついた手触りとともに、なまなましく浮かびあがって来る。そういう感触に身を浸していると、次いで院が、「今生はしそんじつ、御生菩提の為にやう」と言って、指先から流れた血で、三年の時を費やして五部大乗経を写経し、それを都へ送ろうとした思いもよくわかる。彼は、これをこのような遠隔の地に置くのはおそれ多いから、鳥羽院の安楽寿院か石清水八幡宮にでも収めて欲しいと願い、「浜千鳥あとは都へかよへども身を松山にねをのみぞなく」という歌を付した文とともに、御室御所、つまり仁和寺の五の宮に送るのである。

御室の覚性法親王は、これを見て涙を流したし、忠通もあれこれととりなしたが、後白河法皇の側近である信西がこれに反対した。「御身は配所にありながら書かれたものだけ都へ戻すのは、不吉なことです。それにどういう願をかけていらっしゃるか気がかりです」というのが信西の意見であって、結局院の願いは許されなかったのである。それを知った院が激怒したのは当然だろう。「我生《われいき》ても無益也《むやくなり》」と院は言い、以後は、髪もそらず、爪も切らなくなった。「生ながら天狗《てんぐ》の姿《すがた》にならせ給ぞ浅《あさ》ましき」と物語は語るのである。

このことは当然都にも伝わっただろう。そしてそのことが人びとに言い知れぬ不安を与えただろう。早速人に様子を見に行かせたのだが、『保元物語』はそのことをこんなふうに語っている。

「此事都《このことみやこ》へ聞《きこゑ》しかば、御有様《ありさま》み奉《たてまつり》て参《まい》れとて、平左衛門尉康頼《へいさゑもんのぜうやすより》を下《くだし》つかはさる。康頼嶋《やすよりしま》に渡《わた》り、御使《つかひ》として参《まいり》たる由奏《よしそう》申ければ、『近《ちか》くまいれ』と仰《おほせ》らる。康頼《やすより》、明障子《あかりしやうじ》を引明《ひきあけ》てみ奉《たてまつり》ければ、御ぐし御爪ながながとして、すすけかへりたる柿《かき》の御衣《ころも》に、御色黄《いろき》、御目《め》のくぼませ給ひ、瘦衰《やせおとろえ》させ給て、あらけなき御声《こゑ》にて、『吾違勅《われいちよく》の責遁《せめのがれ》がたくして、既断罪《すでにだんざい》の法《はう》に服《ふく》す。然《しかり》といへ共、今《いま》においては恩赦《をんしや》の蒙《かうむる》べき由強《あながち》に申《まうす》といへども、敢《あへて》御許容《きよよう》なき間《あひだ》、志《こころざし》忍《しのび》かたきあまり、不慮《ふりよ》の行業《ぎやうごう》を企《くわだつ》る也』と仰事有ける御気色《きしよく》、身の毛よだち物すさまじければ、康頼一言をも申さず。急《いそぎ》退出してんげり。

斯《かく》て新院御写経事畢《しやきやうことおはり》しかば、御前《ごぜん》に積置《つみをか》せて御祈誓有《きせいあり》けるは『吾深罪《われふかきつみ》に行《おこなは》れ、愁鬱浅《しううつあさ》からず。速《すみやかに》此功力《このくりき》を以《もつて》、彼科《かのとが》を救《すく》はんと思ふ莫太《ばくたい》の行業《ぎやうごう》を、併《しかしながら》三悪道《さんあくだう》に抛籠《なげこみ》、其力《そのちから》を以《もつて》、日本国《につぽんこく》の大《だい》魔縁《まえん》となり、皇《わう》を取《とつ》て民《たみ》となし、民《たみ》を皇《わう》となさん』とて、御舌《した》のさきをくひ切《きつ》て、流《ながる》る血《ち》を以《もつて》、大乗経《だいじやうきやう》の奥《おく》に、御誓状《ごせいじやう》を書付《かきつけ》らる。願《ねがわく》ば、上梵天帝釈《ぼんてんたいしやく》、下堅牢地神《しもけんらうぢしん》に至迄《いたるまで》、此誓約《このせいやく》に合力《かうりよく》し給へ』と海底《かいてい》に入させ給《たま》ひける」

物語作者の潤色もあるこういう細目を西行が知っていたはずはないが、事のおおよそは彼の耳にも入っていただろう。彼はそれについてどのように思っただろうか。

34

崇徳院が、八年にわたる配流の暮しののち、讃岐の配所でなくなったのは、長寛二年(一一六四)八月二十六日、院四十六歳のときのことである。西行は、年が近かったばかりでなく、すぐれた歌人でもあった院と、並々ならぬ心の結びつきを覚えており、この八年のあいだ、院の面影は彼の心から消えることはなかっただろう。だが、彼が、生前の院を、讃岐の配所に訪ねることはなかった。崇徳院は、後白河天皇に逆らって保元の乱を起したのだから、当然はばかるところがあったのだろう。もっとも、保元の乱に破れた崇徳院が、仁和寺に籠り、剃髪して恭順の意を示していたとき、院を見舞いに仁和寺に出かけるという西行の大胆な行動を思うと、いささか奇妙な気がしなくもない。これには、後白河天皇の寵臣藤原通憲(信西)の強硬な意見によって、崇徳院側の人びとが、誰も思い及ばなかったほどきびしく処断されたことが、かかわっているかも知れぬ。こういうこともあって、院への見舞いをはばからざるをえなかったのだろうが、そればかりではない。歌を通して院とは深く結ばれていたにもかかわらず、直接歌のやりとりをすることもなくなった。すでに触れたように、やりとりは、西行と院ではなく、院女房とのあいだで行われるようなかたちをとったのである。

だが、院の死の四年のちの仁安三年（一一六八）、西行は讃岐を訪れた。保元の乱以後、十数年の時を経ているわけだから、後白河院の崇徳院に対する敵意もおさまったということもあるだろうが、どうもそういう単純な話ではないようだ。研究家が指摘しているように、『山槐記』の保元四年二月二十二日の条に、こんな記事が見える。

「今日ハ、白河（大炊ノ御門ノ北ナリ）千体阿弥陀堂ノ供養ナリ、……此ノ御堂ハ先年逆乱ノ時ノ合戦ノ地ナリ、官軍ノタメ焼失セラルル所ナリ、仏ハ故鳥羽院御平生ノ時、造立セラルル所ノ、三尺千体阿弥陀院如来ナリ、追善ノタメノ事、憚リ有無ノ由、有識公卿ニ問ハセラルル、シカレドモ、憚リアルベカラザルノ由、計リ申サルル、スナハチ、今日供養アルベキナリ」

保元四年と言えば、保元の乱が終ってまだ四年たったにすぎないが、「逆乱」の地に、追善のために阿弥陀堂で供養したことは、すでに乱の記憶が、勝者と敗者とのあらそいに留まらず、人がそれぞれの心のなかに深い恐怖を呼び起すものとなっていたことを示している。それは、崇徳院の怨念が生み出した、物狂いめいたふるまいとからみ合って、異様にふくれあがるのである。そしてそれは、後白河院に、怨霊のように取りついて離れぬことになったようだ。この怨霊がはじめて記録にあらわれるのは、『百錬抄』治承元年（一一七七）七月二十九日の条の「讃岐院、崇徳院ト号シ奉ル。宇治左府官位（太政大臣正一位）ヲ贈ルコト宣下サル、天下静カナラズ、彼ノ怨霊アルニ依テナリ」という記事らしいが、もちろん、それ以前から、それらしいことは見られただろう。そして、そういうことは西行の耳にも入っていただろう。

としてみれば、西行の讃岐への旅も、周囲のしめつけが弱まったことを利用して、崇徳院への想いに身を委ねただけだなどと言って片付けることは出来ないだろう。その旅で、彼が、崇徳院の墓や配所その他、院のゆかりの地を訪ねていることは当然だが、それればかりではない。讃岐国の多度郡屛風ヶ浦に生まれた弘法大師空海のゆかりの地も訪ねている。西行は、高野山を開創した空海に深い尊崇の念を抱いていたから、讃岐を訪れたついでに、そのゆかりの地にまで足をのばしたと考えられなくもないが、やはりそうではあるまい。高野山での人びとの修業は、加持祈禱による怨霊慰撫をその重要な目的のひとつとしていたから、西行は、空海のゆかりの地を訪ねることによって、崇徳院の怨霊を慰撫しようとしたと考えていいだろう。研究家は、桓武天皇が、皇太子を廃されて憤死した早良親王の怨霊に苦しめられ、それが、平安遷都の原因となった例をあげている。あるいはまた、配所で亡くなった菅原道真が「火雷天神」となって世の不安を招いたことや、藤原道長が、彼が退位を迫った三条天皇の怨霊にとりつかれ、重い病いにかかったことをあげている。強い意識家であった西行も、このような怨霊観の流れのなかにいたのであって、空海の助けをかりて崇徳院の怨霊を慰撫しなければ、どういう社会不安が生ずるかわからぬという怖れが、否応なく彼の心をとらえていたことだろう。

旅立ちに当って彼は、賀茂社を詣で、こんな歌を詠んでいる。

そのかみ、まゐり仕う奉りけるならひに、世をのがれて後も賀茂にまゐりけり。年たかくなりて、四国のかたへ修行しけるに、また帰りまゐらぬ事もやとて仁安三年十月十日の夜まゐり、幣まゐらせけり。うちへも入らぬ事なれば、棚尾《たなう》のやしろにとりつきてまゐらせ給へとて、心ざしけるに、木の間の月ほのぼのに、常よりも神さび、あはれにおぼえて、詠みける

かしこまるしでに涙のかかるかな又何時かはと思ふあはれに

賀茂社は、まだ在俗の頃からしばしば詣でているが、旅立ちに当って、改めて詣でていることは（しかも夜だ）やはり格別のことだ。「年たかくなりて」とあるから（西行は五十一歳だった）、あるいは生きて戻れぬかも知れぬという思いもあっただろうが、それ以上に、西行がこの旅に注いだ思いの深さを見てとるべきだろう。「うちへも入らぬ事」を、僧形をはばかったためと解する説もあるようだが、神仏習合の考えがひろがっている時代であって、社内には寺もあったから必ずしもそんなふうにとる必要はあるまい。夜、ひそかに詣でて、末社の棚尾の社に、幣を捧げ、木の間の月が、「常よりも神さび」、ほのぼのと照る姿を眺めている方が、彼の思いにふさわしかったのだろう。

讃岐に着いた西行は、こんな歌を詠んでいる。

讃岐に詣でて、松山の津と申す所に、院おはしましけむ御跡たづねけれど、かたもなかりければ

松山の波に流れて来し舟のやがて空しくなりにけるかな

松山は現坂出市、津は香川県綾歌郡にある。そこには、かつて崇徳院が住んだ、林田村雲井御所があった。研究家は、かつて棺のことを舟と言ったと指摘しているが、当然これは院の死を暗示している。のびやかに詠みおろしていながら、すみずみまで、ある深い悲調がしみとおっていると言っていいだろう。松山では、「松山の波のけしきはかはらじをかたなく君はなりましにけり」という詠もある。寄せては返す波の様子は院の在世の頃と変ることはないが、院はあとかたもなくなくなってしまわれたというわけだが、ここでは、寄せては返す永劫の波の動きと、死の無常とが響き合い融け合って、無限に生き生きとした表情を生み出している。

八年にわたる配所暮しののちなくなった崇徳院は、白峯の陵に葬られた。陵に詣でた西行は、「白峯《しろみね》と申しける所に御はかの侍りけるにまゐりて」と詞書きして、「よしや君昔の玉の床とてもかからむ後は何にかはせむ」という歌を詠んでいる。昔、あなたが住まわれた玉の床も、こうして亡くなってしまわれたあとでは何の役に立つでしょうというわけだが、先にあげた松山での二首とくらべるとずいぶん表情を異にする。院の怨霊を抑えつけようとでもするような激しい口調が感じられるのである。

西行の白峯御陵詣でについては、話はずいぶん違っているが、『保元物語』にこんなふうに語られている。

「仁安《にんあん》三年《ねん》の秋《あき》の比《ころ》、西行法師《さいぎやうはうし》諸国修行《しよこくしゆぎやう》しけるが、四国《しこく》の辺地《へんぢ》を巡見《じゆんけん》の時《とき》、讃岐国《さぬきのくに》に渡《わたり》、白峯《みね》の御墓《みはか》に尋参《たづねまいつ》て拝奉《はいしたてまつ》れば、纔方形《わづかにはうぎやう》の構《かまへ》を結置《むすびをく》といへ共《ども》、荒廃《くはうはい》の後修造《のちしゆざう》の功《こう》もいたさず、曲《かゞ》まり破《やぶれ》て、蔦葛《つたくず》のはひかゝれる計《ばかり》也。況法華三昧《いはんやほつけさんまい》勤《つとむ》る禅衆《ぜんしゆ》もなければ、貝《かひ》・鐘《かね》の音《をと》もせず、後夜《ごや》・晨朝《しんてう》に念仏《ねんぶつ》する僧侶《そうりよ》もなければ、三磬《けい》の響《ひゞき》も聞《きこ》えず、自《おのづから》事問《こととひ》参《まい》る人も絶《たえ》たれば、道踏分《みちふみわく》る方《かた》もなし。只棘葎垣《たゞむばらかき》をなす」

そして西行は、院の霊にむかって、泣く泣く、こんなふうに語りかけるのである。

「あな、事も忝《かたじけな》や。天照太神《てんしようだいじん》四十七世《せ》の御末《すゑ》、太上法皇《だいじやうほうわう》の第《だい》一の王子《わうじ》、御裳濯河《みもすそがは》の御流《ながれ》、〔かたし《(じ)》けなく〕御座《まし》〳〵て、世《よ》を治《おさ》め国《くに》を治《おさめ》させ給事《たまふこと》十九年《ねん》、一天雲晴万人穏也《いつてんくもはればんにんをだやかなり》。されば誰人《たれひと》か此《この》御位《くらゐ》を傾奉《かたぶけたてまつる》べきなりしかども、前世《ぜんせ》の御果報《ごくわほう》の拙《つたなく》まし〳〵けるに依《よつ》て、今《いま》かゝる辺域《へんいき》の塵土《ぢんど》とならせ給《たまへ》り。いか計《ばかり》かは都《みやこ》も恋《こひ》しく思召《おぼしめさ》れ、御怨念《ごをんねん》も留《とゞ》まらせ御坐《おはしまし》けん。百厳粧金屋《ひやくごんよそほひきんをく》の内《うち》にては、理世撫民《りせいぶみん》の政《まつりごと》を聞召《きこしめ》し、百官相随万国靡奉《ひやつくわんあいしたがひばんこくなびきたてまつ》りしかば、長生不老《ちやうせいふらう》の門《かど(もん)》をたて、蓬莱不死《ほうらいふし》の薬《くすり》を求《もとめ》させ給ひしに、今《いま》は雲上《うんしやう》の栄楽夢《えいらくゆめ》の如《ごと》し。天災忽《てんさいたちまち》に起《おこつ》て、九重花洛《きうぢうのくわらく》を出《いで》、千里《せんり》の異域《いいき》に移《うつ》らせ給ふ。恨《うらみ》を他州《たしう》に含《ふく》み、終《をはり》を遠境《ゑんきやう》に告《つぐ》。年去年来《としさりとしきたれ》ども、荊棘《けいきよく》を払《はらふ》人もなし。松《まつ》の雫《しづく》、苔《こけ》の露《つゆ》、重《かさな》る下《した》に朽《くち》させ給ふ宿執《しゆくじう》のほどこそ悲けれ」

そして、「夢ともなく現《うつつ》ともなく〳〵」、「松山の波に流れて来し舟の」の歌や、「よしや君昔の玉の床とても」の歌を口にするのだが、そのとき、墓は「三度迄震動する」のである。

35

『保元物語』には長い時期にわたって、さまざまな写本や活字本が作られている。内容的にはずいぶん違いがあって、西行の白峯詣でに関しても、私が使用した本のように事こまかに語っているものがあるかと思うと、そっけなく、ほんの数行ですましているものもある。あるいはまた、白峯詣でについての言及はごく簡単だが、その一方で清盛と後白河院の不和対立や、それに由来する清盛のクーデタについては、多少とも立ち入って触れ、それを、「崇徳院の御たゝりとぞ申しける」と評しているような活字本もある。

『保元物語』は、歴史書ではなく、戦記物語なのだから、歴史上のさまざまな記録や記述を踏まえる一方で、伝承や噂のたぐいも自由にとり入れている。そうして生まれたそれらの諸本の記述について、どちらが歴史的に正しいかなどということを、ことごとしくあげつらう必要はあるまい。それらを通して、怨念にとりつかれ、ついには怨霊と化した崇徳院の、悲劇的な生と、それが世の人びとに刻みつけたものを見てとれば足りるのである。だが、西行の場合、そのことに強く心を動かされたと言うだけでは片付かぬところがある。生前の院の、怨念にとりつかれたような物狂おしい振舞いも、院の没後、さまざまな出来事を怨霊化した院のたたりとしようとする世間の噂も、西行の耳に入っていただろうが、ただ西行の場合、それらに対して、鳥羽院の下北面に仕えていたときから一歳年下の崇徳院に親しくまじわっていたことや出家したのちも歌を通してのかかわりが続いていたことなどが、具体的な手触りのある記憶として生き続けていただろう。そのような院の姿は、時とともに薄れるのではなく、院が讃岐に流されたのちは、その不在によっていっそう痛切なものになっていただろう。そういう西行にとって、崇徳院の怨霊は、外にあって、絶えず世にたたりを及ぼすだけのものではなかった。彼のなかで生き続け、刻々にその力を増してゆくものだった。彼が讃岐に出かけ、崇徳院の配所や墓陵を訪ねたのは、このような院の怨霊を鎮めるための不可避の行動であったと言っていい。

こういったことは、『保元物語』などで語られているだけではない。はるか後年、上田秋成が、その『雨月物語』の冒頭に収められた『白峯』で、この挿話をとりあげているが、考えてみれば、いかにも秋成好みの主題である。白峯の墓陵に詣でた西行は、辺りの荒れ果てた様子を見て涙にくれながら、経を誦し歌を詠むのだが、そのとき、崇徳院の怨霊が、こんなふうに姿をあらわすのである。

「日は没《いり》しほどに、山深き夜のさま常ならね、石の牀《ゆか》木の葉の衾《ふすま》いと寒く、神清骨冷《しんすみほねひえ》て、物とはなしに凄じきこゝちせらる。月は出でしかど、茂《しげ》きが林は影をもらさねば、あやなき闇にうらぶれて、眠るともなきに、まさしく『円位〳〵』（西行の法名）とよぶ声す。眼をひらきてすかし見れば、其形異《さまこと》なる人の背《せ》高く痩《やせ》おとろへたるが、顔のかたち着たる衣の色紋《いろあや》も見えで、こなたにむかひて立てるを、西行もとより道心《どうしん》の法師《ほふし》なれば、恐《おそ》ろしともなくて『こゝに来たるは誰《たそ》』と答ふ。かの人いふ。『前《さき》によみつることの葉のかへりこと聞えんとて見えつるなり』とて
『松山の波に流れて来し舟のやがて空しくなりにけるかな
嬉しくもまうでつるよ』と聞ゆるに、新院の霊《れゐ》なることをしりて、地にぬかづき涙を流していふ。
『さりとていかに迷《まよ》はせ給ふや。濁世を厭離《えんり》し給ひつることのうらやましく侍りてこそ。今夜《こよひ》の法施《せ》に随縁《ずいえん》したてまつるを、現形《けぎやう》し給ふはありがたくも悲しき御こゝろにし侍り。ひたぶるに隔生即忘《きやくしやうそくもう》して、仏果円満《ぶつくはえんまん》の位《くらゐ》に昇《のぼ》らせ給へ』と心をつくして諫《いさめ》奉る。
新院呵《から》〳〵と笑はせ給ひ、『汝《なんじ》しらず、近来《ごろ》の世の乱《みだれ》は朕《わが》なす業《わざ》なり。生《いき》てありし日より魔道《まだう》にこゝろざしをかたふけて、平治の乱《みだれ》を発《おこ》さしめ、死《しに》て猶朝家《ちやうか》に祟《たゝり》をなす。見よ〳〵やがて天《あめ》が下《した》に大乱《らん》を生《しやう》ぜしめん』といふ」
以後、西行は、儒教の簒奪革命説を批判し崇徳院は仏教の因果逃避の説を批判して、激しい論戦がかわされるのである。
この論戦を語るに当って、秋成は、儒仏どちらかの立場に立って、他方を批判しているわけではない。彼の立場は、儒教や仏教の流入によって、わが国古来の質朴な思想が失われたとする賀茂真淵の思想に近いものだったらしい。『白峯』の西行や崇徳院が、何らかの思想を伝えるための道具ではなく、まことに生き生きとした存在感をそなえているのは、もちろんひとつには秋成の作家としてのおそるべき才能のせいだが、それればかりではない。儒教や仏教を、単なるイデオロギーでは

なく、具体的な感触をそなえた存在として見定めながら、それらに対して距離をおいた秋成の思想的立場もかかわっているだろう。かくして、西行も、崇徳院も、人びとのなかに生き続ける。慶応四年（一八六八）、明治天皇は孝明天皇の御遺志を継いで、京都の飛鳥井町に「白峰宮」を建立しているのである。

西行が、讃岐におもむいたのは、崇徳院のあとをたずねたのち、弘法大師空海の遺跡をめぐって、院の怨霊を鎮めるという目的があったのだが、最初から旅程がはっきり定まっていたかどうかはわからない。たとえば白峯墓陵の印象が思いもかけぬほど強かったために、弘法大師への思いも強まり、そのゆかりの地での滞在が長引くというようなことが起ったろう。『山家集』では「よしや君」という白峯での詠のすぐあとに、「同じ国に、大師のおはしましける御あたりの山に、庵結びてすみけるに、月いと明かくて、海のかた曇りなく見えければ」と詞書きした、「曇りなき山にて海の月見れば島ぞ氷の絶え間なりける」という歌が見える。歌集ですぐあとに置かれているからといって、実際にすぐあとに詠まれたとは限らないが、「同じ国に」という詞書の書き出しから見て、白峯陵での感動が、西行を「大師のおはしましける御あたりの山」に導いたと考えるのが自然だろう。彼は、そこを訪ねたばかりでなく、庵を結んだ。歌はそこで詠まれたのである。月の光に照らされて、海が氷ったように白く光っている、そこに、島が、「氷の絶え間」のように点々と見えるというわけだが、島を「氷の絶え間」とする、凝縮された表現が、歌に独特の表情を与えている。同じ場所の詠だろうが、「住みけるままに、庵いとあはれにおぼえて」と詞書した「今よりはいとはじ命あればこそかかるすまひのあはれをも知れ」という歌もある。島を「氷の絶え間」としたように、ここにも、微妙な逆転がある。命があるからこそ、こんな住まいのあわれがわかるのだから、これから命をいとうなどということは止めようというわけで、現世厭離にこだわること自体をさかしらと見なすようなある自由感が見てとれるようだ。

もっとも、西行は、この庵に居続けたわけではないようだ。この庵での生活の「あはれ」を楽しむ一方で、弘法大師の苦行にその身を重ね合わせようともする。

又ある本に

曼陀羅寺の行道ところへ登るは世の大事にて、手をたてたる様なり。大師の御経書きて埋ませおはしましたる山の峯なり。坊の外は、一丈ばかりなる壇つきてたてられたり。それへ日毎に登らせおはしまして行道しおはしましけると申し伝へたり。めぐり行道すべきやうに、壇も二重に築きまはされたり。登るほどの危うさ殊に大事なり。かまへて這ひまつはり着きて

廻りあはむ事の契りぞ有がたき厳しき山の誓ひ見るにも

曼陀羅寺は、善通寺市吉原町にある。その行道どころは五岳山にあった。かつて弘法大師がここで修行していたとき、釈迦如来にめぐり合ったという「契り」があるが、今、自分もその「契り」の場所にやって来た。そしてその「契り」に加わったという感慨である。修行の緊張と、「契り」のよろこびと、彼を取り巻く世界のざらついた物質感とがひとつに結びついて、まことに独特の世界を生み出している。

もう一首、同じ場所でのこんな詠もある。

やがて、それが上は大師の御師に会ひまゐらせさせおはしましたる峯なり。わかはいしさとその山をば申すなり。そのあたりの人はわかはいし（我拝師山）とぞ申しならひたる。山もじをばすてて申さず。又筆の山とも名づけたり。遠くて見れば筆に似て、まろまろと山の峯の先のとがりたるやうなるを申しならはしたるなめり、行道どころより、かまへてかきつき登りて、峯にまゐりたれば、師にあはせおはしましたる所の標《しるし》に、塔を建ておはしましたりけり。塔の礎はかりなく、大きなり。高野の大塔などばかりなりける塔の跡と見ゆ。苔は深く埋みたれども石大きにして露《あらは》に見ゆ。筆の山と申す名につきて

筆の山にかき登りても見つるかな苔の下なる岩の気色を

弘法大師が釈迦如来と会った「我拝山」あるいは「我拝志」という山の別名「筆の山」を踏まえ、「書く」を「かく」とかけている。一見、ことば遊びを楽しんでいるだけのようだが、苔の深さと、そこに埋められた塔の大きさとが、その措辞の全体に、がっしりとした重量感を与えている。
このように弘法大師のあとを辿り、さまざまに心を動かされたあと、時として、白峯に近いあの庵に戻っていたのかも知れぬ。「庵の前に、松の立てりけるを見て」という詞書のある「久に経てわが後の世をとへよ松跡しのぶべき人もなき身ぞ」という歌には、そういうときの感慨と考えると、いかにもぴったりするようなところがある。崇徳院の墓陵に詣で、その悲運に心をゆすぶられたあと、弘法大師の遺跡を訪ね、院の怨霊とともに彼自身の心も鎮めようとしたのだが、そのことが、

彼に安らぎだけではなく、ある孤独感を与えたということは充分に考えられる。そのとき彼が語りかけるのは、人ではない。庵のまえにひとり立つ松である。松に向かって、久しく生きながらえて、私の後世をとぶらってくれ、私が崇徳院や弘法大師の跡をしのんだように、私のあとをしのんでくれる人などいはしないのだからと語りかけるのである。この歌には、後年の詠である「仏には桜の花をたてまつれ我が後の世を人とぶらはば」を何となく想い起させるようなところがある。もちろん、この歌は桜に語りかけているのではなく、人に語りかけているのだが、「松」と「桜の花」とが微妙に響き合うのである。

だが、このようにして残された松との結びつきも、そのままに続くことはない。西行は、こんな歌を詠むのである。

ここをまたわれ住み憂くてうかれなば松はひとりにならむとすらむ

ここで孤独なのは、西行だけではない。住むのがいやになって自分がここを「うかれ」出たら、つまり「さまよい」出たら、松もまた孤独になってしまうだろうというわけだ。自分のなかだけではなく、他者（ここでは松だ）のうちにも孤独を見定め、それらの結びつきのうちにこの世の姿を見ようとする彼のまなざしの動きは、西行の成熟を示していると言っていいだろう。

こんなことを考えると、西行の讃岐への旅は、単にさまざまな旅のひとつに留まるものではないことがわかる。もちろん、陸奥への旅のように、歌枕の探訪とともに、彼の東国武士の血との結びつきを見定めようとするような大がかりなものではない。その目的は、崇徳院と、弘法大師空海の遺跡を訪ねるというごく限られたものだったが、それだけにそこには、ある時期の西行の生と精神との本質的な姿が、ふしぎなみずみずしさをもって立ち現われているようである。

あとがき

私にとって西行は、若年の頃から、ごく親しい歌人だった。折に触れて彼の歌に親しんでいるうちに、いつの間にやら、かなりの数の彼の作品をそらんじるに到ったほどだ。それらが、事に触れ、時に応じて、生き生きと心に浮かんだ。別に西行のことなど考えてもいないのに、まるで心を貫く光のように立ち現われることもあった。長じて、物を書くようになったとき、当然、何篇か、短い西行論を書いたのだが、それで、西行に対する私の想いが満たされたわけではない。それどころか、いっそうその想いがつのった。私の著作集（第一次全七巻）が出ることになったとき、最終巻にかなり長い西行論を書くことにしたのもそのためである。単にそういう心積りをしただけではなく、読者に予告もしたのだが、結局果すことなく終った。書き始めてみて、次第にはっきりしてきたのは、この西行という人物のなかには率直と複雑とが、東国武士に連なる荒魂とちょっと無類の情の深さとが、数寄心と道心とが、おのれを捨てておのれを乗りこえるいさぎよさと「我が心」への執拗な集中とが共存しているということだ。さまざまに重なりあいからみあうそれらの全体をとらえ、それを一気に書き切るような仕事は、私の手に余ったのである。

もちろん、それで西行から遠ざかったわけではない。第一次の著作集が完結したあと、「現代詩手帖」の平成二十三年一月号から「西行覚書」という連載を始めた。そこで私は、西行伝を書くつもりはなかった。何かある視点で西行を斬るつもりもなかった。論ずるに当って私は、混沌とした時代に生きた彼の生と、そのなかで詠まれた彼の歌に、ぴったりと寄りそい、時にはほとんど重なりあいながら、彼の生と歌とを照らし出そうとしたのである。これは、言わば西行とともに旅をしているようなものだ。当然、私の文章にも、さまざまなくりかえしがあり、捻れがあり、時には微妙に判断や解釈が変っていることもあるが、上梓するに当って、それらに手を加えることをしなかった。そういうくりかえしや捻れそのものが、私の批評の一部になっていると思われたからである。連載は、「現代詩手帖」二十七年二月号で一応筆を止めたが、旅はこれで終ったわけではない。この本を、新しい出発のしるしとしたいと思っている。

連載や上梓に関しては、思潮社の小田久郎さん、髙木真史さん、亀岡大助さん、出本喬巳さん、遠藤みどりさんに、万端にわたって御世話になった。

装幀は、菊地信義さんの手をわずらわせた。

皆さん、どうもありがとう。

栗津則雄

初出＝「現代詩手帖」二〇一一年一月号〜十一月号、一二年一月号〜四月号、六月号〜十一月号、一三年一月号〜十一月号、一四年一月号〜十一月号、一五年一月号〜二月号

西行覚書《さいぎょうおぼえがき》

著者
粟津則雄《あわずのりお》
発行者
小田久郎
発行所
株式会社 思潮社
〒一六二―〇八四二 東京都新宿区市谷砂土原町三―十五
電話〇三（三二六七）八一五三（営業）・八一四一（編集）
FAX〇三（三二六七）八一四二
印刷・製本
三報社印刷株式会社
発行日
二〇一六年二月六日